茅盾研究
八十年書系

黎舟、闕國虯◎著

錢振綱・鍾桂松◎主編

25

茅盾與外國文學

花木蘭文化出版社

國家圖書館出版品預行編目資料

茅盾與外國文學／黎舟、闕國虬 著 — 初版 — 新北市：花木
蘭文化出版社，2014〔民 103〕
目 2+166 面；19×26 公分
（茅盾研究八十年書系：第 25 冊）
ISBN：978-986-322-715-1（精裝）
1.沈德鴻 2.西洋文學 3.文學評論
820.908   103010310

中國茅盾研究會《茅盾研究八十年書系》編委會

主　編：錢振綱 鍾桂松

副主編：許建輝 王中忱 李　玲

特邀顧問：

邵伯周 孫中田 莊鍾慶 丁爾綱 萬樹玉 李　岫

王嘉良 李廣德 翟德耀 李庶長 高利克 唐金海

ISBN-978-986-322-715-1

9 789863 227151

茅盾研究八十年書系
第二五冊   ISBN：978-986-322-715-1

茅盾與外國文學

本書據廈門大學出版社 1991 年 8 月版重印

作　　者　黎舟、闕國虬
主　　編　錢振綱　鍾桂松
總 編 輯　杜潔祥
副總編輯　楊嘉樂
編　　輯　許郁翎
出　　版　花木蘭文化出版社
社　　長　高小娟
聯絡地址　235 新北市中和區中安街七二號十三樓
　　　　　電話：02-2923-1455／傳真：02-2923-1452
網　　址　http://www.huamulan.tw 信箱 hml810518@gmail.com
印　　刷　普羅文化出版廣告事業
初　　版　2014 年 7 月
定　　價　60 冊（精裝）新台幣 120,000 元

茅盾與外國文學

黎舟、闕國虬　著

作者簡介

　　黎舟（1925～2004），原名呂榮春，江蘇吳江人。1949 年畢業於廈門大學外文系，1954 年後一直在福建師範大學中文系執教，歷任中文系副主任、教授，致力於中國現代文學與外國文學關係的比較研究，專著有《新文學大師的選擇》、《魯迅與中外文學遺產論稿》（合著）、《茅盾與外國文學》（合著）等，曾以筆名方晨出版過詩集《出發》。

　　關國虬，1946 年出生於福建福州，1982 年畢業於福建師範大學中文系中國現代文學專業，獲文學碩士學位。歷任福建師範大學中文系副教授、福建教育出版社社長、總編輯、編審，曾獲全國百佳出版工作者榮譽，著有《茅盾與外國文學》（合著）、《怎樣寫報告文學》等。

提　　要

　　本書以世界文學和比較文學的宏闊視野，綜合考察茅盾與外國文學的關係。在比較研究中注重史料發掘和實證分析，辯證把握借鑒與獨創的複雜關係，深入系統地探討茅盾的文藝思想、小說創作和翻譯研究與外國文藝思潮流派的有機聯繫，著重揭示和總結茅盾對待現實主義、自然主義、現代主義思潮及其代表作家所採取的取精用宏、博採眾長而自鑄偉辭、獨創一格的大家氣度和成功經驗，並在小說藝術的影響研究和平行研究上頗有精到的見識和縝密的論析。論題集中，思路開闊，辨析入微，論證周密，堪稱茅盾與外國文學關係研究的專精力作。

目次

引言：對外國文學的自覺接受和揚棄

　　歷史的經驗表明，世界文化交流有力地推動了人類社會的進步和促進了人類文化的發展。事實上，任何一個國家的文學都不能脫離歷史和世界的聯繫而被孤立地創造出來。它既是處在與本國文學傳統的前後聯繫之中，又是處在與其他國家文學的橫向交流之中。在批判地繼承本民族文學傳統的同時，積極而又有選擇地吸收和借鑒外國文學，正是促進一個民族的文學發展和繁榮的重要條件。馬克思、恩格斯在 19 世紀 40 年代，曾以近代人類物質生產和精神生產的世界性為前提，明確地提出了具有特定內涵的「世界文學」的概念。他們認為，由於世界市場的形成和開拓，在各民族之間交往日益頻繁的情況下，民族的片面性和局限性日益成為不可能，各民族的精神產品必將成為全世界人民的公共財產，並由此而展望了未來世界文學發展的光輝前景。

　　具有悠久歷史和光輝傳統的中國文學在它的成長和發展的過程中，一方面在幾個重要的歷史時期曾程度不同地吸收了外來文化的養料，另一方面又被陸續介紹到世界上一些地區和國家，並產生了一定的影響。尤其是到了近現代，由於社會改革和文化發展需要所促成的「西學東漸」，中國文學與世界其他國家文學之間的關係，也就顯得更加密切。魯迅曾經說過，「沒有拿來的，文藝不能自成為新文藝」〔註1〕。捷克漢學家馬立安・嘎立克也認為，中國現代文學「既是本國傳統與努力的產物」，「也是對外國文學影響的複雜的接受——創造過程的產物」〔註2〕。從「五四」文學革命開始，在文學觀念和創作

〔註1〕 《且介亭雜文・拿來主義》。
〔註2〕 《中西文學關係的里程碑》，北京大學出版社 1990 年 8 月出版。

上所發生的重大變革，外來文化、文藝思潮的影響，甚至在一定程度上起到了關鍵性的作用。一部中國現代文學史，實際上是一部在繼承本民族優秀文學傳統的基礎上，不斷地加強與世界各國文學之間的聯繫，對之進行自覺的選擇、吸收、揚棄，從而不斷豐富和發展自己的歷史，也是一部在吸收外來文化滋養之後，在開拓和創新中，又轉而向全世界提供自己的藝術珍品，進一步充實世界文學寶庫的歷史。在這一中外文化、文學交流過程中，我國現代進步文化的先驅者們作出了開創性貢獻，而茅盾就是其中建立了光輝業績的一位。

對一位作家來說，他的民族文化修養是接受外來影響重要基礎和前提。如果缺少這種修養，也就無法對中外文化進行辨異和認同，更不可能有效地吸收外來文化的精華。茅盾與魯迅、郭沫若等新文化巨人一樣，從小深受中國傳統文化的薰陶，具有深厚、堅實的舊學基礎。「五四」運動爆發後，他為外來進步文化思潮所驚醒，「從魏晉小品，齊梁詞賦的夢遊世界伸出頭來」〔註 3〕，發現了另一個廣闊的精神天地和參照系。從此，他以恢宏的氣度，寬廣的視野，自覺地進行對外國文學的研究和譯介工作，並將它看成是「取精用宏，吸取他人的精萃化為自己的血肉」，從而達到「創造劃時代的新文學」〔註 4〕這一崇高目的所不可缺少的步驟和方法。60 多年來他對譯介外國文學的積極倡導及其具體實踐，既溝通了中國文學與歐美文學以及世界被壓迫的弱小民族文學之間的聯繫，傳播了先進的文藝思潮和新鮮的藝術經驗，推動了我國新文學的發展，又有效地提高了自身的文學素養，使他的植根於中國社會生活土壤的現實主義文學觀和創作逐漸趨於成熟。

對「五四」以來中外文學的撞擊、交流現象，固然需要在世界文學的整體框架之內，從宏觀上探討、總結它演變、發展的客觀規律，但與此同時，又必須重視有較大影響的著名外國作家與中國新文學的關係，著名現代中國作家與外國文學關係的比較研究，並將它視為構築 20 世紀中外文學關係研究大廈的基石。也只有將這密切相關的兩個方面的工作做好了，整體的宏觀研究才有牢固的堅實的基礎。就茅盾與外國文學的關係而言，無論是他的譯介外國文學進程及其歷史特色，還是他在文學評論與創作活動中對外國文學的借鑒和揚棄，其內容都是極為豐富的，深刻、系統地進行這一方面的研究，

〔註 3〕 《契訶夫的時代意義》，《世界文學》1960 年 1 月號。
〔註 4〕 《我走過的道路》（上），人民文學出版社 1981 年 10 月出版。

既有助於更準確地認識茅盾本人及其光輝的文學業績，而且通過這一特定側面，也能更具體、深入地了解適應新民主主義革命的歷史要求，幾經外來文藝思潮的激蕩，終於脫離舊套，自創具有鮮明、獨特的時代和民族風格的新文學的偉大進程。而且，它所體現的歷史經驗，對於我們今天在改革、開放的新形勢下，如何正確對待外來文藝思潮流派，如何辯證地處理借鑒與繼承，借鑒與革新、創造之間的關係，也能提供有益的啟示。

對茅盾與外國文學關係的研究，可以是局部的，也可以是整體的。分別就他與某一國別文學，與某一外國作家的關係進行深入的研究，當然是十分必要的。在這一方面，自新時期以來已有不少研究者付出了辛勤的勞動，並取得了豐碩的成果。但是，我們又必須看到，茅盾對外國文學的借鑒是多方面，綜合性的，並不僅限於某一國別文學，某一外國作家，這是他自己曾多次予以說明的。正是考慮到這一情況，本書擬超越局部的影響比較，從總體上闡明茅盾譯介外國文學的歷史經驗，探討茅盾的文學思想和創作與外國文學之間的內在聯繫及其對後者的揚棄，並進而就其文學史意義和美學意義作出闡釋。

歌德曾經說過，「最能接受影響的人，也是最有個性的人」。〔註5〕。茅盾對外國文學的借鑒顯然並不是單純的被動的接受，而是一種體現主體的審美理想的「取精用宏」，富於革新精神的創造性活動。將它理解為直線的決定與被決定的因果關係是並不符合客觀實際情況的。正如蘇聯比較文學家A‧S‧布什明在談到兩國或兩國以上的文學遭遇現象中「文學連續性」時所說的，「最高的接觸——拿來現象應該是無跡可求的，用哲學的話來說，這種拿來應該是一筆勾銷」〔註6〕。捷克漢學家馬立安‧嘎立克也明確指出，「所謂 Snyatie（Aufheben，揚棄）一詞用於黑格爾哲學之中，意思為某種東西的消滅，克服，同時也是這種東西的保存和提升到一個更高的發展階段。按照這樣的解釋，『影響』就好像是來自作為發送者一方的文學的一個刺激，這一刺激在作為接受者的文學中被『勾銷』和『克服』，以便它能夠在這一文學中被創造性地保存下來，當然，是以另一種形式保存下來」〔註7〕。我們

〔註5〕 轉引自《比較文學研究譯文集》，上海譯文出版社 1985 年 7 月出版。

〔註6〕 《文學發展的連續性》，轉引自《中西文學關係的里程碑》，北京大學出版社 1990 年 8 月出版。

〔註7〕 《中西文學關係的里程碑》。

正試圖在「五四」以來廣闊的時代背景和文化背景上，密切聯繫茅盾的文化心理結構和審美理想，在動態中較為深入地研究他對外國文學的擇取和揚棄過程，也即他在自覺主動的選擇的同時，所作出的自創具有時代、民族特色的個人風格的新文學的過程。當然，這或許只體現了我們的真誠願望和努力方向，在實踐中未必能圓滿地體現上述目標。我們誠摯地期待著專家和讀者們的批評，指正！

第一章 「窮本溯源」與「取精用宏」
——譯介外國文學的進程和 歷史特色

第一節 譯介外國文學的理論

　　茅盾是中國新文學運動創始人之一。他不僅是偉大的革命文學家，而且也是卓越的外國文學研究家、翻譯家。在他長達六十餘年文學生涯中，對外國文學的翻譯、介紹，占有重要地位。他同魯迅一樣，從譯介外國文學開始他的文學活動，並貫穿於始終。

　　我國譯介近代西洋文學開始於舊民主主義革命時期的文學改良運動，「五四」文學革命則在更大規模上掀起一個譯介外國文學的高潮，而且在內容和方法上都起了深刻的變化。「翻譯文藝，和本國文藝思潮的發展，關係最大」。〔註1〕魯迅曾經指出，「新文學是在外國文學潮流的推動下發生的」，〔註2〕茅盾也曾說過，「翻譯文學曾爲中國的現實主義文學的來臨，作了開路先鋒」，〔註3〕這就清楚地說明譯介外國文學在促進新文學運動的發生與發展上所起的重大作用。茅盾作爲新文學運動先驅者之一，數十年來不僅辛勤地從事譯介外國文學的具體實踐，而且更從世界文化交流與革新中國文學的高度，就譯介

〔註1〕　胡愈之：《寫實主義與浪漫主義》，《東方文庫》第61種。
〔註2〕　《集外集拾遺補編·〈中國傑作小說〉小引》。
〔註3〕　《現實主義的道路》，重慶《新蜀報》副刊《蜀道》，1941年2月1日。

外國文學的目的、原則與方法等問題，在理論上作過許多深刻的闡述，產生了深遠影響。直到晚年，他還通過對歷史經驗的回顧與總結，就研究和介紹外國文學的一些重大問題，發表了不少精闢的意見。

傳播「世界的現代思想」與尋求藝術上的借鑒

「從歷史上看，一種新的文藝運動必然根源於新的思想運動，而同時又為其先驅。中國的新文藝運動也不是例外」。〔註 4〕「五四」時期，新文學界十分強調時代所賦予的思想啓蒙任務。因此，當時對外國文學的譯介，首先也是從思想教育這一社會功利目的出發的。那就是通過譯介外國文學來傳播先進思想，改變人們的精神，從而進一步促進社會的改造。早在 1905 年，魯迅在《〈域外小說集〉序》中就曾經說過，「我們在日本留學的時候，有一種茫漠的希望：以為文藝是可以轉移性情，改造社會的。因為這意見，便自然而然的想到介紹外國新文學這一件事」。「五四」文學革命發生後，魯迅譯介外國文學，更具有「高度的革命責任感與明確的政治目的性」。〔註 5〕從他所譯介的被壓迫弱小民族文學與近代俄國、日本文學，可以看出，他首先是從醫治中國舊思想的「痼疾」，啓發人民的覺悟這一高度來確定翻譯選題的。郭沫若在關於譯介外國文學的社會目的性上，也有與魯迅相類似的看法。他之所以在五四運動高潮中著手翻譯歌德的名著《浮士德》，主要因為「作品的內容很像我國的『五四』時代，摧毀舊的，建立新的」，〔註 6〕可以激起當時中國青年讀者思想感情上的共鳴。茅盾早期對譯介外國文學的社會意義所持的見解，與魯迅、郭沫若大體上相一致。由於當時他處在一個有全國影響的新文學重要刊物《小說月報》主編的地位，籌劃對外國文學的譯介工作，因而他在這一方面作了更為充分的論述。

茅盾早年強調譯介外國文學的社會功利目的，與他「為人生」的現實主義文學主張有著緊密的聯繫。他曾明確指出，「我們為人生的藝術而介紹西洋小說」，〔註 7〕十分重視文學作品的思想傾向性及其所產生的社會效果。

〔註 4〕 茅盾：《五十年代是「人民的世紀」》，《抗戰文藝·文協成立七周年特刊》，1945年 5 月。

〔註 5〕 茅盾：《學習魯迅翻譯介紹外國文學的精神》，《世界文學》1977 年第 1 期。

〔註 6〕 《談文學翻譯工作》，《郭沫若論創作》，上海文藝出版社 1983 年 6 月出版。

〔註 7〕 《西班牙寫實文學的代表者伊本納茲》，《小說月報》第 12 卷第 3 號，1921年 3 月。

從對歐洲文學史的系統考察與深入研究中，他認識到一時代的文學與該時代的哲學、社會思潮之間的內在聯繫。他認為，一個時代的新文學與新思潮之間是互相依賴的，即「新文學要拿新思潮做泉源，新思潮要借新文學做宣傳」。〔註8〕他曾以外國著名作家的作品為例說明，「沒有一種立得住，傳得下的文學，不靠思想做骨子」，「反過來講，也可以說凡是一種新思想，都要靠文學的力量去宣傳」，〔註9〕「借文學的描寫手段和批評手段去『發聾振聵』」〔註10〕。18世紀個人主義的新思潮，發源於盧梭的小說；19世紀家庭個性主義的新思潮，起於易卜生的劇本；尼采的超人哲學，也結晶在小說裡；赫爾岑是俄國少年黨的中堅，他的《誰之罪》便是部小說；托爾斯泰主張人道主義、勞動主義，羅曼‧羅蘭宣揚大勇主義，如此等等，「自來新思潮的宣傳，沒有不靠文學家做先鋒呀！」〔註11〕茅盾極其坦率地承認，自己也是「主張用文藝來鼓吹新思想的」〔註12〕。並明確指出，「中國現在正是新思潮勃發的時候，中國文學家應當有傳播新思潮的志願，有表現正確的人生觀在著作中的手段」〔註13〕。由此出發，他強調「介紹西洋文學的目的，一半果欲是介紹他們的文學藝術來，一半也為的是欲介紹世界的現代思想──而且這應是更注意些的目的」〔註14〕。茅盾在這裡所說的「世界的現代思想」，主要指「民主與科學」的思想，它是「新文藝精神之所在」〔註15〕，在「五四」新文化運動中，被用來作為反對封建傳統思想與愚昧、落後觀念的精神武器。「民主與科學」體現在文學思潮上，則是「為人生」的現實主義文學觀點。茅盾還針對在過去漫長的封建社會裡，中國「尚未有成熟的『人的文學』」這一情況指出，通過外國文學的翻譯，也可以達到「療救靈魂的貧乏，修補人生的缺陷」這一社會目的〔註16〕。由此可見，茅盾早期譯介外國文學的觀點與他的「為人生」文學觀之間的有機聯繫。當時，茅盾不僅認為新文

〔註8〕　《為新文學研究者進一解》，《改造》第3卷第1號，1920年9月。
〔註9〕　《近代文學體系的研究》，上海新文化書社1921年12月出版。
〔註10〕　《現在文學家的責任是什麼？》，《東方雜誌》第17卷第1期，1920年1月。
〔註11〕　《現在文學家的責任是什麼？》，《東方雜誌》第17卷第1期，1920年1月。
〔註12〕　《對於系統的經濟的介紹西洋文學底意見》，《時事新報》副刊《學燈》，1920年2月4日。
〔註13〕　《現在文學家的責任是什麼？》
〔註14〕　《新文學研究者的責任與努力》，《小說月報》第12卷第2號，1921年2月。
〔註15〕　《五十年代是「人民的世紀」》。
〔註16〕　《一年來的感想與明年的計劃》，《小說月報》第12卷第12號，1921年12月。

學創作應該是「為人生」的，而且也將譯介外國文學看作能為「改良人生」，「指導人生」這一社會目的服務的一種手段。1925 年以後，茅盾所介紹的「世界的現代思想」又增加了新的內涵，即馬克思主義的世界觀與文藝觀。

　　新文學運動初期，在譯介外國文學上首先重視政治思想標準的做法，儘管在另一方面也曾產生「急於事功，竟沒有翻出有價值的作品來」〔註 17〕的缺陷。茅盾後來也曾指出，「西洋文學名著被翻譯介紹過來的，少到幾乎等於零，因而所謂『學習技巧』云者，除了能讀原文，就簡直談不到」〔註 18〕。但是，當時茅盾並未因「注重思想」而忽視外國文學作品的藝術性。他將譯介外國文學的社會功利目的置於重要地位的同時，也充分認識這一工作對於新文學創作藝術上的借鑒作用。他曾辯證地指出，「文學作品雖然不同純藝術品，然而藝術的要素一定是很具備的。介紹時一定不能只顧著這作品內含的思想而把藝術的要素不顧」。〔註 19〕他說，「多譯研究問題的文學果然是現社會的對症藥，新思想宣傳的急先鋒，卻未免單面；只揀新的譯，卻未免忽略了文學進化的痕跡」，〔註 20〕還要注意翻譯一些藝術手段高明的文學，因為「總得先有了客觀的藝術手段，然後做問題文學做得好，能動人」，「然後我們創造自己的新文藝有了基礎」。〔註 21〕他在主持《小說月報》的「小說新潮欄」伊始，就草擬了一個翻譯外國文學作品的計劃，第一步先譯藝術性較高的，第二步才譯問題劇，問題小說。這樣也就防止了只重思想內容而不重藝術形式的另一種傾向的產生。他認為，當今之時，「就文學技術的主點而言」，「翻譯的重要實不亞於創作」，主張「一定要採用」「西洋人研究文學技術所得的成績」；強調「用了別人的方法（引者按：指技巧），加上自己的想像情緒，……結果可得自己的好的創作」。〔註 22〕他在《法國文學對歐洲文學的影響》一文中，曾以 18 世紀後半西班牙一些作家因單純模仿法國文學而未能在文學創作上取得重大成就為例說明，「僅僅模仿別國是不行的，而吸取別國文學的精神以滋溉自己，卻是可行的；而且由此而成的創作也可以成為傑作」。為此，他讚揚西班牙寫實主義作家伊本納茲「採莫泊桑描寫的技術，取自己鄉土的材

〔註 17〕魯迅：《準風月談・由聾而啞》。
〔註 18〕《中國新文學大系・小說一集導言》，1935 年 3 月。
〔註 19〕《新文學研究者的責任與努力》，《小說月報》第 12 卷第 12 號，1921 年 2 月。
〔註 20〕《小說新潮欄宣言》，《小說月報》第 11 卷第 1 號，1920 年 1 月。
〔註 21〕《小說新潮欄宣言》，《小說月報》第 11 卷第 1 號，1920 年 1 月。
〔註 22〕《一年來的感想與明年的計劃》。

料，用自己的思想自己的眼光，去研究觀察」，然後寫出「有獨立的生命」的小說。〔註 23〕從這可以看出，茅盾所主張的對外國文學藝術上的借鑒，最終是以革新、創造為依歸的。

選材原則：「切要」、「系統」、「合乎我們社會與否」

茅盾早期根據他對譯介外國文學目的意義的認識，在翻譯的選材問題上，提出了應注意「切要」、「系統」、「合乎我們社會與否」這三個重要原則。按照茅盾的解釋，所謂「切要」，就是要考慮「時間人力上的經濟」，「選最要緊最切用的先譯」。〔註 24〕他還說，「又因為中國尚沒有華文的詳明的西洋文學思潮史，所以在切要二字以外，更要注意一個系統字」〔註 25〕所謂「系統」，指不能隨便地「只顧拉出幾本名家著作譯譯」，而是要根據西洋文學發展史，考慮作品發表的時間程序，「比如譯表象主義劇本，自然總得先譯易卜生的 Msstor Builder 等等，然後可譯《群盲》和《青鳥》；如果「《群鬼》之後接上一篇《華倫夫人之職業》」，「在藝術眼光看去，未免缺了系統的精神了」。〔註 26〕所謂「合乎我們社會與否」，即要結合中國社會的實際情況，選擇最需要最合適的來翻譯，如譯英國作家蕭伯納的劇本，與其譯《華倫夫人之職業》，不如譯《陋巷》，「因為中國母親開妓院，女兒進大學的事尚少，竟可說沒有。而蓋造低賤市房以剝削窮人的實在很多」。〔註 27〕又如易卜生的《群鬼》一篇，便可改譯《少年團》，「因為中國現在正是老年思想與青年思想衝突的時代，young generation 和 old generation 爭戰的決勝的時代」〔註 28〕。茅盾所提出的三個選材原則，是以中國社會現實的需要與讀者易於接受為核心的。由此，他在主編《小說月報》時，「著重介紹 19 世紀的俄國文學，被壓迫民族的文學，以及 19 世紀各國的批判現實主義作家的作品。而對於其他外國的古典名著只作一般的介紹。」〔註 29〕

茅盾還認為，對外國文學的研究與介紹，應根據實際情況，分別提出不同的具體要求。前者是一種專門性工作，而後者則涉及社會上廣大讀者，因

〔註 23〕《西班牙寫實文學的代表者伊本納茲》。
〔註 24〕《對於系統的經濟的介紹西洋文學底意見》。
〔註 25〕《對於系統的經濟的介紹西洋文學底意見》。
〔註 26〕《對於系統的經濟的介紹西洋文學底意見》。
〔註 27〕《對於系統的經濟的介紹西洋文學底意見》。
〔註 28〕《對於系統的經濟的介紹西洋文學底意見》。
〔註 29〕《我走過的道路》（上）。

而他明確提出，「研究是非從系統不可」，〔註 30〕而且「愈久愈博愈廣，結果愈佳，即不論如何相反之主義咸有研究之必要」，〔註 31〕而「介紹卻不必定從系統（單就文學講），若是照系統介紹的辦法辦去，則古典的著作又如許其浩瀚，我們不知到什麼時候才能趕上世界文學的步伐，不做個落伍者！」〔註 32〕這也就是說，在介紹時還要以社會需要放在首位，不能強調以系統性為主。這與前面所說的系統，即翻譯一個文學流派的作品要注意寫作時間的先後，便於使人了解，是從兩個不同側面來提出問題的，實際上並無矛盾。他在答覆《小說月報》讀者來信時就曾經說過，「個人研究與介紹給群眾是完全不同的兩件」，「個人研究固能惟真理是求，而介紹給群眾，則應審度事勢，分個緩急」。〔註 33〕他強調「介紹時的選擇是第一應得注意的」，〔註 34〕並提到要注意「分別那些是不可不讀的及供研究的兩項」，「不可不讀的，大抵以近代為主」，而且要「少取諷刺體的及主觀濃的作品，多取全面表現的，普通呼籲的作品」〔註 35〕。這與《文學研究會叢書緣起》中所明確指出的，「我們在這個叢書中，所介紹的世界文學作品，只限於近代的」精神完全相一致。茅盾根據這一原則，認為俄國作家安得列夫、阿爾志跋綏夫的具有虛無主義、唯我主義傾向的《黑假面人》，《沙寧》等作品，要考慮它們對中國青年讀者思想上可能產生的不良影響，不宜加以介紹。其他如英國唯美主義作家王爾德的「藝術是最高的實體，人生不過是裝飾」的思想，正好與「現代精神相反」，因而「他的『人生裝飾觀』的著作，也不是篇篇可以介紹的。」

新文學運動初期，在有關外國文學的譯介與研究的關係以及由此而涉及的翻譯《浮士德》等作品是否切要等問題上，茅盾與郭沫若之間看法不盡相同，曾經有過論爭。郭沫若從應更多尊重個人的自由意志出發，比較強調翻譯家的主觀動機與能動作用，認為「人盡可隨一己的自由意志，去研究古今中外的一切文學作品」，而「翻譯之於研究」，則是「一條線的延長」，〔註 36〕兩者不能截然分開。他說，「翻譯家在他的譯品裡面，如果寄寓有創作精神；

〔註 30〕《通信》，《小說月報》第 12 卷第 2 號，1921 年 2 月。
〔註 31〕《〈小說月報〉改革宣言》，《小說月報》第 12 卷第 1 號，1921 年 1 月。
〔註 32〕《通信》，《小說月報》第 12 卷第 2 號。
〔註 33〕《通信》，《小說月報》第 13 卷第 7 號，1922 年 7 月。
〔註 34〕《新文學研究者的責任與努力》，《小說月報》第 12 卷第 2 號，1921 年 2 月。
〔註 35〕《新文學研究者的責任與努力》，《小說月報》第 12 卷第 2 號，1921 年 2 月。
〔註 36〕《論文學研究與介紹》，《郭沫若論創作》，上海文藝出版社 1983 年 6 月出版。

他於移譯之前，如果對於所譯的作品下過精深的研究，有了正確的理解；並且在他譯述之時，感受過一種迫不得已的衝動；那他所產生出來的譯品，當然能生出效果，會引起讀者的興趣。他以身作則，當然能盡他指導讀者的義務，能使讀者有所觀感，更進而激起其研究文學的急切要求。……如果是時，那麼，這種翻譯家的譯品，無論在什麼時候都是切要的，無論對於何項讀者都是經濟的」〔註37〕。茅盾則注意到翻譯除了主觀動機以外，還有它的客觀效果。他認為，有人純依主觀愛好而翻譯，是他的自由，但有人為適合一般人需要，足救時弊而翻譯，也是他的自由。他明確指出，「對於文學的使命的解釋，各人可有各人的自由意見，……我是傾向人生派的。我覺得一時代的文學是一時代缺陷與腐敗的抗議或糾正，……創作者若非全然和他的社會隔離的，若果也有社會的同情的，他的創作自然而然不能不對於社會的腐敗抗議」。〔註38〕他還說，「我覺得翻譯家若果深惡自身所居的社會的腐敗，人心的死寂，而想借外國文學作品來抗議，來刺激將死的人心，也是極應該而有益的事」〔註39〕。他更多是從社會需要與翻譯的客觀效果來考慮外國文學選題的。他們之間的意見分歧，實際上體現了重主觀、重藝術的浪漫主義與重客觀、重人生的現實主義在對待譯介外國文學上的兩種不同態度。

譯介外國文學的步驟與必備的修養

　　茅盾對翻譯、介紹外國文學的具體步驟、方法與譯介前應做的準備工作，也曾作過不少論述。他既主張從理論與歷史發展的角度，介紹外國文學流派，又重視體現流派、風格的外國文學名著的翻譯。他說，「研究文學哲理介紹文學流派雖為刻不容緩之事，而移譯西歐名著使讀者得見某派面目之一斑，不起空中樓閣之憾，尤為重要」。〔註40〕他還提出，翻譯西洋名家著作，要有廣泛性，「不限於一國，不限於一派」〔註41〕。單就寫實主義與非寫實主義文學兩者而言，因在國內文學界，「寫實主義之真精神與寫實主義之真傑作實未嘗

〔註37〕　《論文學研究與介紹》，《郭沫若論創作》，上海文藝出版社 1983 年 6 月出版。

〔註38〕　《介紹外國文學作品的目的》，《時事新報》附刊《文學旬刊》45 期，1922 年 8 月 1 日。

〔註39〕　《介紹外國文學作品的目的》，《時事新報》附刊《文學旬刊》45 期，1922 年 8 月 1 日。

〔註40〕　《〈小說月報〉改革宣言》。

〔註41〕　《〈小說月報〉改革宣言》。

有其一二」，前者「在今日尚有切實介紹之必要」；「而同時非寫實的文學亦應充其量輸入，以爲進一層之預備」〔註42〕。就體裁來說，他主張翻譯時要注意多樣化，「說部、劇本、詩三者並包」。他在 1921 年至 1922 年主編《小說月報》期間，正是努力實踐上述主張的，以大部分篇幅發表作品（包括小說、劇本、詩），同時也介紹外國文藝思潮流派，使兩者起互相印証的作用，而所介紹者，除寫實主義、自然主義外，還包括自世紀末以來興起的種種新流派。他考慮到普通讀者「對於西洋文學的派別源流，明白的很少，各文學家的生平和著作的特色，明白的也很少」，他曾建議在翻譯時最好「附個小引，說明這位文學家的生平和著作」，「如其那篇作品是有特別意思的，或者作者因特別感觸而作的，最好在小引之外，再加一個序，像《華倫夫人之職業》一篇，就非有個序不可」。〔註43〕他自己當年正是這樣做的，在《小說月報》或其他刊物上發表外國文學作品的譯文，大都附有譯者前記或譯者附記，簡略介紹作者的生平，思想與創作特色。

翻譯外國文學作品在某種意義上來說是一種再創造，它不僅必須同時精通漢語與所譯作品的語言，而且還必需具備多方面的知識修養。爲此，茅盾強調在翻譯之前，「自己先得研究他們的思想史，他們的文藝史，也要研究到社會學人生哲學，要欲曉得各大名家的身世和主義。不然，貿然翻譯出來，譯時先欲變原本的顏色，譯成後讀的人讀了一遍又要變顏色，那是最可怕的」！〔註44〕茅盾在這方面的意見，倒是和郭沫若的觀點不謀而合的。郭沫若在新文學運動初期在論述有關外國文學的翻譯和介紹時，也曾明確指出，「我們要介紹西洋文藝，絕不是僅僅翻譯幾篇近代作品，便算完事的。就是要介紹近代作品，縱則要對於古代思想的淵流，文潮代漲的波跡，橫則要對於作者的人生，作者的性格，作者的環境，作者的思想，加以徹底的研究，然後才能勝任」。〔註45〕這清楚地說明，這兩位新文學運動先驅者，都強調要在廣泛深入研究的基礎上，從事外國文學的譯介工作，而這也正是提高翻譯、介紹外國文學工作質量的最根本，同時也是最爲重要的前提。

〔註42〕《〈小說月報〉改革宣言》。
〔註43〕《對於系統的經濟的介紹西洋文學底意見》。
〔註44〕《現在文學家的責任是什麼？》。
〔註45〕《論文學的研究與介紹》，《郭沫若論創作》，上海文藝出版社 1983 年 6 月出版。

翻譯外國文學作品的標準和方法

關於翻譯外國文學作品所應達到的標準以及翻譯的具體方法，茅盾也曾提出自己的明確看法。他在早期強調翻譯外國文學作品時，應將保留原作的「神韻」，也即忠於原作的「眞精神」置於第一位。他認爲，「文學作品最重要的藝術色就是該作品的神韻」，「灰色的文學我們不能把他譯成紅色；神秘而帶頹喪氣的文學我們不能把他譯成光明而嬌健的文學」。〔註46〕他還舉例說，泰戈爾「以音爲主的歌」，「不能把他譯成以色爲主的歌」；譯蘇德曼的《憂愁夫人》，「必不可失卻他陰鬱晦暗的神氣」；譯比昂遜的《愛與生活》「必不可失卻他光明爽利的神氣，必不可失卻他短峭雋美的句調」；譯梅特林克的《一個家庭》與《侵入者》，「必不可失卻他靜寂的神氣」〔註47〕。他明確指出，只有「這樣的譯本有文學的價值」。〔註48〕

與作品的「神韻」相反而相成的是「形貌」，在翻譯時兩者往往不易同時並存。茅盾主張，如果「神韻」與「形貌」未能兩全，「與其失『神韻』而留『形貌』，還不如『形貌』上有些差異而保留了『神韻』」。〔註49〕這是一則因爲「文學的功用在感人（如使人同情使人慰樂），而感人的力量恐怕還是寓於『神韻』的多而寄在『形貌』的少；譯本如不能保留原本的『神韻』難免要失了許多的感人的力量」；二則「『形貌』容易相仿，而『神韻』難得不失，即使譯時十分注意不失『神韻』，尚且每每不能如意辦到。可知多注意於『形貌』的相似的，當然更不能希望不失『神韻』了」。而爲了使譯本「不失原作的神韻」，茅盾又提出了可以從「單字」與「句調」上想辦法。在他看來，「單字」與「句調」這兩者既是「構成『形貌』的要素」，同時「也造成了該篇的『神韻』」。他要求在翻譯文學書時，在「單字的翻譯正確」與「句調的精神相仿」上下工夫〔註50〕。30年初，在文藝界關於「翻譯問題」的討論中，茅盾進一步具體指出「理論文學的翻譯和文藝作品的翻譯應當分別各定一個現時可能而且合理的標準」，即「理論文學的翻譯」，「應當以求忠實爲第一義，『看去眼順與否』是無關大體的」；「至於對文藝作品的翻譯，自然最好能夠又忠實又順口，並且又傳達了原作的風韻和『力』（『文藝作品的生命』）」，同

〔註46〕《新文學研究者的責任與努力》。
〔註47〕《新文學研究者的責任與努力》。
〔註48〕《新文學研究者的責任與努力》。
〔註49〕《譯文學書方法的討論》，《小說月報》第12卷第4號，1921年4月。
〔註50〕《譯文學書方法的討論》，《小說月報》第12卷第4號，1921年4月。

時認為，「向來所謂信達雅的說法不能機械地應用到文藝作品的翻譯」。〔註51〕
他在晚年，仍然強調「很重要的一點」是要能將作家的「風格」翻譯出來，
也即「需要運用適合於原作風格的文學語言，把原作的內容與形式正確無遺
地再現出來。除信達外，還要有文采」，並將它視為「對文學翻譯的最高的要
求」。〔註52〕

在翻譯外國文學作品所採取的具體方法上，茅盾早期主張「直譯」，但又
將它與「把字典裡的解釋直用在譯文裡」的所謂「死譯」嚴格地區別開來。
他還具體地闡明了直譯的含義：「就淺處說，只是『不妄改原文的字句』」（除
消極的『不妄改』而外，尚含有一個積極的條件——必須顧到全句的文理）；
「就深處說，還求『能保留原文的情調與風格』」。〔註53〕當時他自己翻譯外
國文學作品，其中有的就是運用直譯法的，如近代匈牙利作家莫爾奈的劇本
《盛宴》。到了 30 年代，茅盾在回顧「五四」以後外國文學翻譯工作情況時，
進一步點出那時提倡「直譯」，「就是反對歪曲了原文」，要求做到「原文是一
個什麼面目，就要還它一個什麼面目」。〔註54〕他又具體解釋說，「所謂『直
譯』也者，倒並非一定是『字對字』，一個不多，一個也不少」；「因為中西文
字組織的不同，這種樣『字對字』一個不多一個也不少的翻譯，在實際上是
不可能的」〔註55〕。他以「同一原文的兩種譯本」為例：「一是『字對字』，
然而沒有原作的精神」，「又一是並非『字對字』，可是原作的精神卻八九尚
在」，他以為「後者是可稱為『直譯』」，「這樣才是『直譯』的正解」〔註56〕。
他自己有過這方面的親身體會。20 年代初期，他在翻譯猶太作家賓斯奇的劇
本《美尼》時，曾試「按字死譯」與「攝神直譯」這兩種方法，最後「到底
取了後者」。〔註57〕雖然，茅盾在有的場合曾說過他「在原則上信仰『字對字』
直譯」〔註58〕之類的話（那是他在當時有些人罵「字對字」的翻譯為「硬譯」
或「死譯」的情況下提出來的），但他在要求翻譯工作者「遵守『字對字』的

〔註51〕《〈文憑〉譯後記》，《文憑》，現代書局 1932 年 9 月出版。
〔註52〕《〈茅盾譯文選集〉序》，1980 年 2 月。
〔註53〕「直譯」與「死譯」》，《小說月報》第 13 卷第 8 號，1922 年 8 月。
〔註54〕《直譯・順譯・歪譯》，《文學》第 2 卷第 3 期，1934 年 3 月。
〔註55〕《直譯・順譯・歪譯》，《文學》第 2 卷第 3 期，1934 年 3 月。
〔註56〕《直譯・順・順譯・歪譯》，《文學》第 2 卷第 3 期。
〔註57〕《〈美尼〉譯者附記》，《小說月報》第 12 卷第 8 號，1921 年 8 月。
〔註58〕《〈簡愛〉的兩個譯本——對於翻譯方法的研究》，《譯文》新 2 卷第 5 期，1939
　　　 年 1 月。

原則」的同時，也提到「又能使譯文流利通暢」，以解決既「信」且「達」這樣一個老問題。〔註59〕這說明茅盾對「『字』對『字』直譯」並非作簡單的機械的理解的。解放後，他對翻譯方法所提的要求更爲辯證，即「一方面反對機械地硬譯的辦法」，「另一方面也反對完全破壞原文文法結構和語匯用法的絕對自由式的翻譯方法」，指出「適當地照顧到原文的形式上的特殊性，同時又盡可能使譯文是純粹的中國語言——這兩者的結合是完全可能的，而且是必要的」。〔註60〕這實際上是熔鑄了他自己長期翻譯外國文學作品的經驗在內的。

第二節　譯介外國文學的進程

從文學「爲人生」出發譯介外國文學

　　茅盾不僅從理論上對譯介外國文學的目的、原則與方法，作過許多深刻、精闢的論述，而且還以自己的實際行動實踐了自己所提出的主張，在譯介外國文學方面取得了卓越的成就。他在《學習魯迅翻譯介紹外國文學的精神》一文中說，「魯迅在他戰鬥的一生中，爲翻譯、介紹外國文學所耗費的精力和時間，是多得驚人的」。我們認爲這一句話同樣可以適用於茅盾自己。

　　茅盾從 12 歲起開始學習英語。1913 年至 1916 年，他在北京大學預科學習時，進一步熟練地掌握了這一語科，並選擇了法語爲第二外語。（以後，他還自學德語、日語。）他直接從原文閱讀了司各特的《艾凡赫》、笛福的《魯濱遜飄流記》、莎士比亞的《麥克白》、《威尼斯商人》、《哈姆萊特》等外國文學名著。1916 年 8 月，茅盾進上海商務印書館編譯所後，安排在英文部函授學校批改學生寄來的翻譯試卷。與此同時，他著手練習翻譯。最初，他也同魯迅一樣，曾編譯過外國通俗科學讀物和科學幻想小說（如《衣》、《食》、《住》、《三百年後孵化之卵》、《兩月中之建築譚》等），對讀者進行反對封建迷信和愚昧的自然科學教育。以後，他又利用編譯所圖書館「涵芬樓」所訂購的英、美雜誌和圖書，如《我的雜誌》（My Magazine）、《萬人叢書》（Everyman's Library）、《新時代叢書》（Modern Library），廣泛接觸外國文

〔註59〕《讀〈小婦人〉——對於翻譯方法的商榷》，《文學》第 5 卷第 3 期，1935 年 9 月。

〔註60〕《爲發展文學翻譯事業和提高翻譯質量而奮鬥》，《譯文》1954 年 10 月號。

學作品。五四運動爆發後，茅盾投身於新文學運動。他在主編《小說月報》時，與魯迅以及文學研究會其他作家一起，爲翻譯、介紹外國文學，促進新文學的理論建設與創作實踐，進行了辛勤的勞動。

在 1919 年至 1924 年這段時間內，茅盾是在「爲人生」文學觀指導下譯介外國文學的。他曾經明確指出，「我們仍是主張爲人生的藝術，仍是想不頗不偏的普通的介紹西洋文學。」〔註 61〕當時，他主要做了下列幾個方面的工作。

一、全面、系統而又有重點地介紹歐洲文藝思潮，為反對封建舊文學，提倡新文學提供思想武器

介紹外國文藝思潮流派曾經對新文學運動的興起和發展起過推動和促進作用，而茅盾在這一工作中又是站在最前列的。他認爲，「要緊的事情，就是要一部近代西洋文學思潮史」。〔註 62〕當「五四」文學革命運動發生時，歐洲文藝思潮已經歷了自古典主義、浪漫主義至寫實主義、自然主義的變遷，形形色色的「世紀末」文藝思潮正在開始流行。茅盾對待外國文藝思潮的態度是反對「唯新是摹」，主張「探本窮源」。由此，他對歐洲自古典主義以來的各派文藝思潮作了全面、系統的考察和研究，並注意「介紹世界文學界潮流之趨向」。〔註 63〕根據中國社會與文學發展的具體情況，當時他先將介紹的重點放在「重人生」的寫實主義（也即批判現實主義）上，具體闡明了寫實主義產生的原因、它的思想和藝術特徵及其在歐洲各國的流變。從文學的進化觀點出發，也爲了批判中國舊派小說的錯誤與新派小說的缺點，提倡「實地觀察」和「客觀的描寫」，〔註 64〕他又曾一度介紹自然主義。與此同時，爲補救寫實主義、自然主義的「豐肉弱靈」、「全批評而不指引」、「不見惡中有善」等弊病，〔註 65〕他又提倡在他看來具有「兼觀察與想像」，「綜合地表現人生」的特點的新浪漫主義，並認爲，「今後的新文學運動該是新浪漫主義的文學」，〔註 66〕介紹寫實主義、自然主義不過是達到這一「最終目的」的一種「預備」

〔註 61〕《一年來的感想與明年的計劃》。
〔註 62〕《小說新潮欄宣言》。
〔註 63〕《〈小說月報〉改革宣言》。
〔註 64〕《自然主義與中國現代小說》，《小說月報》第 13 卷第 7 號，1922 年 7 月。
〔註 65〕《〈歐美新文學最近之趨勢〉書後》，《東方雜誌》第 17 卷第 18 號，1920 年 9 月。
〔註 66〕《爲新文學研究者進一解》，《改造》第 3 卷第 1 號，1920 年 9 月。

和「過程」。〔註67〕

二、介紹、評論近代歐洲的著名寫實主義作家

茅盾在介紹近現代歐洲文藝思潮的同時，撰寫了不少關於外國作家的評論，他們大都是著名的寫實主義作家，如俄國的托爾斯泰、陀思妥耶夫斯基，英國的蕭伯納，法國的福樓拜、巴比塞，波蘭的顯克微支，挪威的比昂遜、包以爾，丹麥的約柯柏生，西班牙的伊本納茲等。茅盾在評論這些作家的創作時，闡明了文學必須表現自己民族的思想和生活，「世間只有能反映人生的文學作品才是真的文學」的觀點，〔註68〕並強調文學作品顯示理想的重要性。他特別讚賞那些能摒棄純客觀描寫，而「兼有浪漫主義和寫實主義的精神」的作品，〔註69〕從中表達了對一種新的真實與理想相結合的文學的渴望和追求。這與他對新浪漫主義的提倡是相一致的。由於茅盾認為象徵主義是承接寫實主義到新浪漫主義的一個過渡，可以克服寫實主義「太刺激人的感情」，「使人心灰，使人失望」的缺陷，起到「調劑」精神的作用，〔註70〕也曾介紹過象徵主義作家，如比利時的梅特林克、德國的霍普德曼、愛爾蘭的葉芝、格萊葛瑞夫人等。

三、翻譯近代外國文學作品

為適應廣泛借鑒的需要，當時茅盾所翻譯的外國文學，從文藝思潮、流派上來說，既有寫實主義的作品，如契訶夫、莫泊桑的小說、托爾斯泰的劇本，也有能關注社會人生，在藝術上具有蘊藉含蓄特色的象徵主義作品、如安特列夫的小說，梅特林克、葉芝、格萊葛瑞夫人的劇作。這些作品的主題涉及揭露上層社會的墮落與黑暗的反動統治，同情勞動人民的疾苦，反對民族壓迫與不義戰爭以及婚姻問題與兩性關係等方面內容，藝術手法也是多樣化的。

此外，茅盾還標點林紓譯的《薩克遜劫後英雄略》（即《艾凡赫》）和伍光建譯的《俠隱記》、《續俠隱記》，撰寫了《司各特評傳》、《大仲馬評傳》。他自 1921 年至 1924 年，還在《小說月報》的「海外文壇消息」欄裡，共寫了 206 條的記事，「對於戲曲創作和其劇場演出，⋯⋯表示很大的興趣，⋯⋯

〔註67〕 《我走過的道路》（上）。
〔註68〕 《挪威寫實主義前驅般生》，《小說月報》第 12 卷第 1 號，1921 年 1 月。
〔註69〕 《波蘭近代文學泰斗顯克微支》，《小說月報》第 12 卷第 2 號，1921 年 2 月。
〔註70〕 《我們現在可以提倡表象主義的文學麼？》，《小說月報》第 11 卷第 1 號，1920 年 1 月。

又很注目女作家的活躍，還又留神注視第一次世界大戰和俄國革命以後各國文學情況的大變動、各種主義和流派的興亡，特別是對當時所謂弱小民族和被壓迫民族的新動向，寄以很大的關心」。〔註71〕

這一階段茅盾在馬克思主義思想影響下，以樸素的唯物主義觀點和辯證的方法來觀察、分析文藝問題，這就使他對外國文學的研究和介紹，具有較高的質量。他在開始研究外國文藝思潮流派時，已看到它是「跟著時代變遷的」，〔註72〕認識到任何一種文藝思潮流派都是在特定的時代、國情和社會心理狀態下形成的，是「時代不同，人生各異」的產物。〔註73〕他在考察歐洲自17世紀以來各派文藝思潮時，既肯定古典主義、浪漫主義和寫實主義在文學史上的地位、價值和作用，又能指出它存在的缺陷及其被另一種文藝思潮取代的必然性。他在根據中國新文學發展的需要，大力介紹寫實主義的同時，不僅並未忽略「浪漫文學所本有的思想自由，勇於創造的精神」，〔註74〕而且還給予肯定的評價。當然，茅盾當時在譯介外國文學上也存在一些不足之處，如未能以歷史唯物主義觀點，從社會的經濟基礎與上層建築的關係上來闡明文藝思潮變革的終極原因；他還片面地認為「西洋文學進化途中所已演過的主義」，在中國也有「演一過之必要」等等。〔註75〕

1925年以後，隨著馬克思主義的進一步傳播與革命形勢的發展，中國新文學運動進入一個新階段。茅盾譯介外國文學的內容及其所持的觀點也隨之發生相應的變化。早年他雖已對十月革命後的蘇聯文學表示深切的關注，在《小說月報》的「海外文壇消息」欄裡，曾多次撰文介紹蘇聯文學創作與戲劇活動情況，但尚未對有關無產階級文學理論問題進行深入研究。1924年鄧中夏、惲代英等提出「革命文學」口號後，他在翻閱大量英文書刊，搜集豐富資料的基礎上，於1925年1月，撰寫了以蘇聯文學為借鑒的論述無產階級革命文學的長篇論文《論無產階級藝術》，這時他「已經意識到無產階級藝術

〔註71〕日本松井博光：《〈小說月報〉〈海外文壇消息〉目錄》，1988年11月。

〔註72〕《文藝上各種新派興起的原因》，浙江寧波《時事公報》，1922年8月12日～16日。

〔註73〕《文藝上各種新派興起的原因》，浙江寧波《時事公報》，1922年8月12日～16日。

〔註74〕《文學上的古典主義浪漫主義和寫實主義》，《學生雜誌》第7卷第9號，1920年9月。

〔註75〕《通信》，《小說月報》第13卷第2號，1922年2月。

的基本原理將會指引中國的文藝創作走上嶄新的道路」。〔註76〕

對社會主義現實主義作品的介紹

新文學運動第二個十年，茅盾在從事革命文學創作與文學評論工作的同時，繼續在譯介外國文學方面做了大量工作。當時，國統區文網森嚴，革命文學書刊常遭查禁，茅盾自覺地將譯介外國文學當作反對反革命文化「圍剿」的一種重要鬥爭形式。他協助魯迅創辦了中國第一個專門譯介外國文學的雜誌《譯文》，它在突破國民黨反動派對革命文學戰線的包圍和封鎖，傳播世界進步文化上，發揮了很大作用。與此同時，茅盾還積極支持鄭振鐸主編的廣泛介紹世界文學的帶有雜誌性質的叢刊《世界文庫》的編輯和出版工作。

新文學運動初期，茅盾曾較多地介紹19世紀歐洲寫實主義文學。這時，為適應中國無產階級革命文學發展的需要，他大力介紹蘇聯的社會主義現實主義文學。他懷著深厚的革命感情，親切地將法捷耶夫的《毀滅》、綏拉菲摩支的《鐵流》等作品說成是「我們」的，〔註77〕並親自翻譯了在當時蘇聯被認為是「社會主義的現實主義代表作品之一」的吉洪諾夫（一譯鐵霍諾夫）的揭露帝國主義罪惡陰謀的小說《戰爭》。鑒於現實的需要，他繼續翻譯和出版了第二本弱小民族短篇小說選《桃園》，並以自豪的口吻聲明：「介紹弱小民族文學是個人的癖性」。〔註78〕他也仍然注意到廣泛借鑒外國文學的必要性，曾翻譯了俄國作家丹青科描寫舊俄時代農村婦女思想轉變的長篇小說《文憑》，並指出這類舊的現實主義作品對當時中國文壇尚具有參考價值。

茅盾在這一時期能熟練地運用馬克思主義的歷史唯物主義觀點、方法來介紹外國文學，以社會的經濟基礎與上層建築的關係來科學地揭示西洋文藝思潮變革的終極原因：「每一次生產手段的轉變，跟來了社會組織的變化，再就跟來了文藝潮流的變革」；〔註79〕他將文藝思潮看成是「從那個深深地作成了人類生活一切變動之源的社會生產方法的底層裡爆出來的上層的裝飾」；指出，「每一文藝思潮（主義）的消滅與興起都有社會層的一階級的崩壞與勃興

〔註76〕《我走過的道路》（上）。
〔註77〕《中國蘇維埃革命與普羅文學之建設》，《文學導報》第 1 卷第 8 期，1931 年 11 月。
〔註78〕《近代文學面面觀》，世界書局 1929 年 5 月出版。
〔註79〕《西洋文學通論》，世界書局 1930 年 8 月出版。

做背景」〔註 80〕。由此，他明確認識了包括經濟基礎與社會哲學思潮在內的具體歷史條件對文藝思潮的制約作用，從而不再認爲西洋文藝思潮也要按它的發展程序在中國「演一過」。他在回顧新文學運動初期對外國文學的接觸時，坦率地承認「自己在那時候是一個『自然主義』和舊寫實主義的傾向者」〔註 81〕，這顯然含有自我批評的意思。他對繼自然主義後出現的「新浪漫主義」中的象徵主義，神秘主義作了一針見血的剖析，對作爲神秘象徵主義的反動的未來主義、實感主義、表現主義等形形色色的新主義，也能從資本主義社會階級關係的變化上來揭示它的產生根源。茅盾還以蘇聯十月革命後具有嶄新內容的新俄小說爲例，說明寫實主義必將回來，並以「新寫實主義」面目出現。〔註 82〕他認爲，正是這種「新寫實主義」（也即社會主義現實主義）應該成爲中國新文學的建設目標。

翻譯蘇聯衛國戰爭時期的文學作品

抗日戰爭時期，茅盾適應當時政治形勢的需要，著重譯介反映蘇聯衛國戰爭的文學作品，如巴甫連柯的長篇小說《復仇的火焰》、格羅斯曼的長篇小說《人民是不朽的》以及描寫當時蘇聯前線、敵後及後方生活的短篇小說。（後收入《蘇聯愛國戰爭短篇小說譯叢》），他將這看成是「意義重大的工作」。〔註 83〕他還積極支持著名翻譯家曹靖華爲中蘇文化協會主編的《蘇聯抗戰文藝叢書》的出版。茅盾翻譯的這些蘇聯小說都是運用社會主義現實主義的創作方法寫出來的，它與茅盾在前一時期譯介外國文學的重點有著一脈相承的聯繫。這些作品不僅深刻揭露德國法西斯的殘暴，而且還眞實地表現了蘇聯人民在衛國戰爭中的巨大力量及其源泉。這當然是與作者經歷了血與火的考驗，並具有先進的思想基礎分不開的。茅盾曾以《人民是不朽的》一書爲例，明確指出，「沒有生活的實感固然不能寫到那樣眞切，但如果沒有思想的基礎，也不能看得那樣深刻的」。〔註 84〕他還認爲「過份強調生活實感的說法，自然比強調技巧要正確得多，然而忽視了思想基礎，則生活實感

〔註 80〕 《西洋文學通論》，世界書局 1930 年 8 月出版。
〔註 81〕 《西洋文學通論》，世界書局 1930 年 8 月出版。
〔註 82〕 《答國際文學社問》，《茅盾論創作》，上海文藝出版社 1980 年 5 月出版。
〔註 83〕 《霧重慶的生活──回憶錄（三十）》，《新文學史料》1986 年第 1 期。
〔註 84〕 《關於〈人民是不朽的〉》，《人民是不朽的》，文光書店 1945 年 6 月出版。

亦將無根，看人看事都不可能深入而正確的」〔註85〕。這些閃耀著真知灼見的論述，對於中國抗日戰爭時期的文藝創作無疑具有指導作用。

這一階段，茅盾仍然如過去一樣，深切關注全國譯介外國文學的信息和動態。他在閱讀了大量譯文和資料，付出巨大的勞動，於 1945 年 3 月寫成的長篇論文《近年來介紹的外國文學》，極其詳盡地論述了自抗日戰爭開始以來我國翻譯世界古典文學名著，蘇聯戰前長篇小說與戰時反法西斯文學以及英、美、德、法等國反法西斯戰爭文學的概況。其中，關於俄、英、美、德、法等國的反法西斯戰爭文學的論述，也可以看作茅盾在 1928 年出版的介紹第一次世界大戰時參戰各國文學創作情況的《歐洲大戰與文學》一書的續編。與此同時，他還與著名外國文學翻譯家戈寶權合譯了羅斯基撰寫的傳記小說《高爾基》。

抗日戰爭勝利後，茅盾譯完了卡達耶夫所作的描寫蘇聯衛國戰爭時期少年兒童英勇鬥爭業績的小說《團的兒子》；為《蘇聯愛國戰爭短篇小說譯叢》的出版，寫了一篇「序」——《談蘇聯戰時文藝作品》。1947 年 6 月，茅盾又應《世界知識》周刊雜誌社的邀請，翻譯了蘇聯著名作家西蒙諾夫的劇本《俄羅斯問題》，並配合劇本的發表，撰寫了《俄羅斯問題》前記、譯後記、《K、西蒙諾夫訪問記》和《關於〈俄羅斯問題〉》。

建國後在介紹外國文學上的新貢獻

全國解放以後，茅盾仍然熱情關懷和積極支持外國文學的譯介工作。他曾任《譯文》第一任主編，並參與了《譯文》改名後的《世界文學》的編輯工作。在 1954 年 8 月召開的全國翻譯工作會議上，茅盾親自作了《為發展文學翻譯事業和提高翻譯質量而奮鬥》報告，明確指出，「介紹世界各國的文學是一個光榮而艱巨的任務」，強調翻譯工作必須有組織有計劃地進行，並將它提高到藝術創造的水平。茅盾還結合歷年來舉行的紀念世界文化名人的活動，寫了《為什麼我們喜愛雨果的作品》、《果戈里在中國》、《激烈的抗議者，憤怒的揭發者，偉大的批判者》等論文。1957 年，茅盾在學術專著《夜讀偶記》裡，聯繫中國文學史，發表了他對世界文藝思潮發展規律的看法，並修正了原先在 20 年代初期提出的某些論點。

在新時期，茅盾又連續發表了《學習魯迅翻譯介紹外國文學的精神》、

〔註85〕 《關於〈人民是不朽的〉》，《人民是不朽的》，文光書店 1945 年 6 月出版。

《爲介紹及研究外國文學進一解》等論文。前者回顧了魯迅譯介外國文學的歷程，提出要學習魯迅的「高度的革命責任感與明確的政治目的性」，以辯證的態度來對待外國文學遺產，並強調「首先要學習並眞正弄通馬列主義、毛澤東思想，然後我們的學習魯迅才不是皮毛，我們的介紹世界文學的工作才不會流於形式主義」。後者精闢地論述了有關閱讀和借鑒外國文學的幾個重要問題，批評了過去教條式地對待借鑒的錯誤傾向，並將介紹、研究外國文學與「百花齊放」的方針聯繫起來，闡明了借鑒與革新、創造之間的密切關係。1980 年 2 月，茅盾爲自己的譯文選集出版寫了序言，其中所提出的有關翻譯工作的意見，如應以「信達雅」爲標準，「既需要譯者的創造性」，「又要完全忠實於原作的面貌」等等，可以說是他幾十年實踐經驗的科學總結，是留給我們的一份寶貴精神遺產。

第三節　譯介外國文學的歷史經驗

研究和譯介外國文學的密切結合

茅盾將研究與譯介外國文學緊密結合起來，在「窮本溯源」，全面、系統地研究外國文學的同時，進行外國文學的譯介工作。

一個翻譯家對外國文學的全面、深入的了解程度，對他的翻譯工作有著直接的影響，也可以說，除了外語與漢語的精通程度以外，一個翻譯家的外國文學修養，往往決定他的翻譯工作質量。舊民主主義革命時期，在林紓、馬君武、蘇曼殊等先驅者的努力下，譯介外國文學的工作取得了一定的成績，客觀上爲「五四」文學革命運動的發生創造了條件。但在當時，研究與譯介外國文學的工作尚未得到緊密的結合。有的翻譯者缺少外國文學的精湛修養，甚至根本不懂外語，只能依靠與他合作的口譯者來選擇原文，而這些口譯者又大都不懂文學史，有的甚至連文學常識都很貧乏，以致在選題及翻譯的忠實性上都存在不少問題。「五四」新文學運動興起後，這種不正確的狀況有了根本的改變。外國文學的翻譯工作者，不僅精通外語，而且大都具有豐富的外國文學知識，因此也就能夠統觀全局，在翻譯選題上避免了主觀隨意性與盲目性，增強了自覺性，並有效地提高了翻譯質量。

茅盾身兼二任，他既是一位優秀的外國文學翻譯家，又是一位具有遠見

卓識的外國文學研究家。他對外國文學的譯介是與他對外國文學的研究工作同時起步的。他認為，在譯介外國文學以前，首先必須認真做好研究工作。他說，「翻譯某文學家的著作時，至少讀過這位文學家所屬之國的文學史，這位文學家的傳，和關於這位文學家的批評文學，然後能不空費時間，不介紹假的文學著作來。要這樣辦，最好莫如由研究一國或一家的文學的人翻譯，專一自然可以精些」。〔註86〕任何一部外國文學作品都是特定歷史時期社會思潮與文藝思潮影響下的產物，全面把握一位作家所處的時代特徵，並深入研究這一時期他本國的思想史和文藝史，顯然有助於正確理解他作品的思想與藝術特色的由來，而研究一位作家的生平和思想，則更是翻譯他的創作的必要前提。由於外國大文豪的著作「差不多篇篇都帶著他的個性；一篇一篇反映著他生活史中各時期的境遇的」，〔註87〕茅盾還著重指出必須研究外國作家的生活經歷和創作特色。而要翻譯一篇作品，「必先了解這篇作品的意義，理會得這篇作品的特色」，然後才能使譯本「不失這篇作品的真精神」，而這顯然「不是可以從文字上直覺得來的」。〔註88〕在 1921 年新文學界討論有關翻譯外國文學的方法時，茅盾在《譯文學書方法的討論》一文中，又從提高翻譯質量著眼，明確提出了外國文學翻譯工作者必須具備的三個條件：「（1）翻譯文學書的人一定要他就是研究文學的人。（2）翻譯文學書的人一定要他就是了解新思想的人。（3）翻譯文學書的人一定要他就是有些創作天才的人」。在這裡，茅盾不僅指出研究文學、了解新思想對於翻譯工作的重要性，而且還將翻譯與創作有機地聯繫起來，強調翻譯家也必須具備一定的創作才能，不是「不能為創作家方降而為翻譯家」，〔註89〕從而降低了翻譯家的水平，這是很有見地的。建國後，他在對翻譯工作者提出「精通本國語文和被翻譯的語文」，「需要有生活的體驗」等項要求的同時，也強調「對原作進行嚴格的科學研究」的必要性。〔註90〕他在晚年編選自己的《譯文選集》時，根據幾十年的親身經驗，還念念不忘地告誡我們：「翻譯一部外國作家的作品，首先要了解這位作家的生平，他寫過哪些作品，有什麼特色，他的作品在他那個時代占什麼地位等等；其次要能看出這個作家的風格，然後再動手翻譯他的

〔註86〕《新文學研究者的責任與努力》。
〔註87〕《新文學研究者的責任與努力》。
〔註88〕《新文學研究者的責任與努力》。
〔註89〕《譯文學書方法的討論》。
〔註90〕《為發展文學翻譯事業和提高翻譯質量而奮鬥》。

作品。很重要的一點是要能將他的風格翻譯出來。譬如果戈里的作品與高爾基的作品風格就不同,蕭伯納的作品與同樣是英國大作家的高爾斯華綏的作品風格也不同」。〔註91〕這一段話所表述的主要觀點雖然他在早期都已說過,但他在晚年提出時已經過實踐的檢驗,因而更具有重要意義。我們可以將它看成是他留給廣大外國文學翻譯工作者的寶貴遺言,值得永遠記住。

茅盾自己在翻譯介紹外國文學的工作中正是實踐了上述理論主張,將外國文學的研究與譯介這兩者緊密聯繫起來。他對外國文學的研究又採取全面、系統的「窮本溯源」的方法。他一開始就對世界文學的發展歷史,尤其是歐洲文學發展的歷史進行了深入的考察和研究。正如他在《我走過的道路》(上)一書中所說的,「我從前治中國文學,就曾窮本溯源一番過來,現在既把線裝書束之高閣了,轉而借鑒於歐洲,自當從希臘、羅馬開始,橫貫 19 世紀,直到『世紀末』。那時,20 世紀才過了 20 年,歐洲最新的文藝思潮還傳不到中國,因而也給我一個機會對 19 世紀以前的歐洲文學作一番系統的研究」。茅盾在早年不僅對歐洲自 17 世紀以來先後發生的古典主義、浪漫主義、寫實主義這三大文藝思潮的歷史淵源、哲學基礎及其思想與藝術特徵作過認真的研究,而且還包羅萬象地對古希臘、羅馬文學、中世紀騎士文學、文藝復興時代的文學以及自「世紀末」興起的唯美主義、象徵主義、未來主義與表現主義等文藝思潮進行了具體的考察。茅盾對歐洲文學發展歷史的研究成果,體現在他所撰寫的一系列學術專著與單篇論文中。這些學術專著,有的是從文藝思潮演變的角度對歐洲文學史的全貌作簡明的鳥瞰式的概括,如《西洋文學通論》;有的則是就歐洲文學史上某一時期也即斷代的文學現象作具體的闡述,如《北歐神話 ABC》、《希臘神話 ABC》、《騎士文學 ABC》、《近代文學體系的研究》、《近代文學面面觀》、《現代文藝雜論》等等;有的則是對國際政治與軍事鬥爭史上某一時期歐洲主要國家文學情況的比較研究,如《歐洲大戰與文學》;有的則是幾個國家的作家論的匯編,如《六個歐洲文學家》。此外,茅盾還不惜花費時間,撰寫了通俗性的介紹外國文學的小書,如《世界文學名著講話》、《漢譯西洋文學名著講話》。茅盾所寫的外國文學評論,內容上也是多樣化的,有的是對某一外國文藝思潮流派的剖析,如《未來派文學之現勢》;有的是綜合評述某一歷史時期某一國家的文學發展概況的,如《近代俄國文學雜譚》、《19 世紀及其後的匈牙利文學》;

〔註91〕 《茅盾譯文選集·序》。

有的則是對某一外國作家的生平、思想或創作道路，藝術特色的具體介紹和
分析，如《文學家的托爾斯泰》、《陀思妥以夫斯基的思想》、《關於高爾基》、
《霍普德曼傳》、《波蘭近代文學泰斗顯克微支》等。在中國現代作家中間，
寫了如此眾多，又具有很高學術水平的外國文學研究專著與論文的，可以說
茅盾是僅有的一位。

　　茅盾對外國文學的研究與介紹，既全面、系統，而又有重點。他所著重
注意的是「各種文藝思潮的形成和發展，各個流派的遞嬗和變遷」，闡述「來
龍去脈，指明方向道路」。〔註92〕他在介紹外國作家時，也總是注意他的創作
思想與創作方法的前後變化，如他對德國作家霍普德曼，就先後寫了《霍普
德曼的自然主義作品》、《霍普德曼的象徵主義作品》等論文，分析、研究他
在創作上由自然主義走向象徵主義的演變過程，並闡明這兩者之間的區別與
聯繫。他在評論外國文學作品時，也將它放在一定的社會歷史條件與文藝思
潮的背景下，聯繫作家的審美與創作個性，進行具體考察。

　　由於茅盾對外國文學有如此全面、系統、深入的研究，這也就使他具有
十分開闊的視野，能以歷史和美學的眼光，從整體著眼，對具體的微觀文學
現象作出實事求是的評價，從而將翻譯外國文學的選題置於科學的基礎上，
並有效地提高了翻譯的質量。

既重視社會功利目的，又不忽略藝術技巧的學習

　　茅盾對外國文學的譯介，既重視社會功利目的，又不忽略藝術技巧上的
學習和借鑒。

　　茅盾譯介外國文學，首先將它服務於中國人民的革命和建設事業，以
「合乎我們的社會與否」〔註93〕作為對外國文學取捨的首要標準。正如捷克
學者雅·普實克所說的，茅盾「對西方文學的研究顯然不是出於認為外國的
花香，而是從愛國主義思想出發，從理論或美學的角度去欣賞這朵外來的香
花」。〔註94〕茅盾在 20 年代以譯介 19 世紀俄國革命民主主義文學與被壓迫
的弱小民族文學為重點，三四十年代以譯介蘇聯社會主義現實主義文學為重

〔註92〕孫席珍：《茅盾——中國現代文學的又一面旗幟》，《茅盾研究》第 1 輯，1984
　　　　年 6 月。
〔註93〕《對於系統的經濟的介紹西洋文學底意見》。
〔註94〕《捷文版〈腐蝕〉後記》，《茅盾研究在國外》，湖南人民出版社 1984 年 8 月
　　　　出版。

點,同時繼續重視對弱小民族文學的介紹,首先都是從政治上也即社會功利目的上來考慮的,即通過對外國文學的譯介來幫助中國人民進一步認識自己的處境,啓發他們的思想覺悟,鼓舞他們的鬥爭意志。20年代初,當茅盾開始譯介反映弱小民族的「歷史,風土人情,及其求自由、求民主、求民族解放的鬥爭」的作品時,曾明確指出,弱小民族中「被損害而向下的靈魂感動我們,因爲我們自己亦悲傷我們同是不合理的傳統思想與制度的犧牲者;他們中被損害而仍舊向上的靈魂更感動我們,因爲由此我們更確信人性的砂礫裡有精金,更確信前途的黑暗的背後就是光明」!〔註95〕從這可以看出,他所重視的是弱小民族文學對中國人民由精神上的感染、啓發而產生的教育作用。抗日戰爭時期,國民黨反動派消極抗日,積極反共,茅盾著重翻譯蘇聯衛國戰爭時期的文學,是因爲「那些反映抗擊希特勒侵蘇」的文學作品,不僅「會令讀者從中進一步認清希特勒法西斯的面目」,而且借這一面「別人的鏡子」,也可以「照出了中國反動派反民主反人民的嘴臉」。〔註96〕新中國建立後,茅盾根據新的形勢,著重強調翻譯外國文學應是「爲我國的社會主義革命和社會主義建設的宏偉事業盡其運輸精神食糧的任務」。茅盾在譯介外國文學上所持的社會功利目的,使他對作品思想傾向性的鑑別和抉擇有了明確的標準,因此也就能始終堅持正確的方向,爲中國人民提供有益的精神食糧。

茅盾在確定翻譯外國文學作品的選題時,雖然首先考慮社會功利目的,但是他對那些雖無明顯的政治傾向性,而在藝術上卻有可供借鑒之處的作品也是適當翻譯的。如他在1935年爲鄭振鐸主編的《世界文庫》所譯的一組散文與文藝回憶錄(包括顯克微支的《遊美雜記》、海涅的《英吉利斷片》、易卜生的《集外書簡》,梅特林克的《「蜜蜂的發怒」及其他》、蒲寧的《憶契訶夫》和奧維德的《擬情書》等文,後結集出版,題名爲《回憶·書簡·雜記》),或描寫在異國旅遊中所見到的風土人情,或記述著名作家的事跡,以藝術上的精美見長,讀後可以使人開闊眼界,增長見識,並獲得美的享受。他在介紹外國作家的創作道路,也是既分析作品思想內容,又不忽略其藝術特色,如他在《近代俄國文學雜譚》一文中,將托爾斯泰的一生創作分成三期,既從體裁、文字的格調和篇幅等方面,說明其不同特點,又點出托爾斯泰主義

〔註95〕 《被損害的民族的文學號·引言》,《小說月報》第12卷第10號,1921年10月。
〔註96〕 曹靖華:《別夢依依懷雁冰》,《光明日報》,1981年4月1日。

的形成和發展。他所撰寫的作家評傳（如《司各特評傳》、《大仲馬評傳》）也很注意人物描寫、「配景」上的藝術特色的具體分析。他在評介外國文學大師的名著時常引導讀者研究他們如何布局（結構），如何描寫人物的性格，如何寫大場面，以取得藝術上的借鑒。

廣泛介紹和重點借鑒

　　茅盾在譯介外國文學上既有由中國社會改革和新文學發展所形成、確定的重點，又充分注意借鑒的廣泛性。

　　新文學運動初期，在思想解放的潮流下，先驅者們對待外國文學一般採取較為開放的態度。他們在譯介外國文學時並未自立禁區，劃定哪些能介紹，哪些則不能介紹的條條框框。但這並不是說他們缺少獨立的主見和明確的選擇標準，實際上他們所作的「窮本溯源」、「羅陳眾說」的介紹，本身就包含著從中進行比較、鑒別，然後作出科學抉擇的主觀能動性。茅盾從譯介外國文學開始，在選題上就既有由中國社會改革與新文學發展需要所形成、確定的重點，同時又不局限於此，還注意到一定的廣泛性。20 年代初期，他一方面既著重介紹歐洲的寫實主義文學，因為它所具有的直面社會人生的特點，最適合中國社會的需要；另一方面，他又明確主張「非寫實的文學亦應充其量輸入」，〔註97〕從而介紹過繼寫實主義、自然主義而起的象徵主義、表現主義、未來主義等文學流派。30 至 40 年代，茅盾既大力介紹蘇聯社會主義現實主義文學，又並未忽略對舊的寫實主義作品的翻譯和介紹，並充分肯定當時翻譯外國文學名著的必要性及其所取得的成果。他一貫倡導並實踐現實主義的創作方法，認為這是「最需要學習的」，〔註98〕又主張要把誦讀的範圍盡量弄得廣泛一些。他在《創作的準備》一書中明確指出，「誦讀一些浪漫主義的名著，並不會妨礙到我們對於現實主義的學習；相反，正可以幫助我們對於現實主義創作方法的更深入」〔註99〕。而就學習外國作家的現實主義創作方法而言，他不僅主張以這派的最高峰為主要對象，而且還強調應擴大研究的範圍，提出「現實主義文學的早期的大師，我們不能不研究，乃至浪漫主義的作家而具有現實主義的傾向的，我們不能不研究。而在現實主義文學發展

〔註97〕《〈小說月報〉改革宣言》。
〔註98〕《創作的準備》，上海生活書店 1936 年 11 月出版。
〔註99〕同上。

—27—

史中諸多紀念碑似的大作家，也是我們不能不研究的」。他十分懇切地批評那種想「抱住一部巴爾扎克或高爾基，而認為終身可以受用不盡，其他的書不值一顧」的想法，提出了「博采眾長」的建議：「我們可以有一個最佩服的老師，然而也應該廣泛地吸收這一位最佩服的老師以外的大作家的長處，甚至二三流作家的一得之長」。〔註100〕茅盾在晚年，科學地總結了「五四」以來新文學運動譯介外國文學正反兩方面的經驗，更從理論的高度對借鑒外國文學應抱的態度作了深刻的概括。他說，「凡是在某一時代發生過廣泛影響的文學名著，都是值得仔細閱讀，而且從中得到借鑒」。〔註101〕他認為，不但要研究「馬克思、恩格斯、列寧所肯定」的「巴爾扎克、托爾斯泰和高爾基的作品」，而且還應擴大範圍，研究其他浪漫主義、寫實主義、自然主義的著名作家，如司各特、大仲馬、左拉、蕭伯納、高爾斯華綏、福樓拜，「也要研究從歌德、海涅，直到霍普德曼」。他甚至主張「也應當讀 19 世紀末期在歐洲風靡一時的象徵主義的大作家，如梅德林的作品」〔註102〕。這也就是說，對外國各個時代各種文學流派的有代表性的作家作品，都要廣泛涉獵，研究。茅盾自己從青年時代起就是這樣做的。

茅盾還特別強調，「從外國文學求借鑒」，「不應劃地為牢，自立禁區」，「即使是反面材料，也有借鑒的作用」〔註103〕。在世界各國文學史的發展過程中，正面與反面的東西總是相比較而存在，有時甚至還是相鬥爭而發展的。對外國文學反面材料的借鑒，不僅可以使我們加深對正面材料的認識，而且從中也可以得到有益的教訓。這裡問題不在乎什麼可以借鑒，什麼不可以借鑒，最為重要是借鑒者本身所持的立場、觀點、方法。以馬克思主義的觀點、方法借鑒反面材料，也就可以化腐朽為神奇。茅盾所提出的外國文學中反面材料可以借鑒的意見是完全符合馬克思主義的唯物辯證法觀點的，是對過去長期存在的外國文學借鑒上的「左」的形而上學觀點的一種切實有力的批評。

在取精用宏中革新創造

茅盾譯介外國文學，善於吸收、融化和揚棄，以實現「取精用宏」，創造

〔註100〕《創作的準備》，上海生活書店 1936 年 11 月出版。
〔註101〕《幾個初步的問題》，《文學》革新號。
〔註102〕《為介紹及研究外國文學進一解》，《外國文學評論》第 1 輯，1978 年 11 月。
〔註103〕《為介紹及研究外國文學進一解》，《外國文學評論》第 1 輯，1978 年 11 月。

具有鮮明民族特色的「劃時代的新文學」爲最終歸宿。

翻譯介紹外國文學的一個重要目的，應是從中取得借鑒，促進本國新文學的理論與創作的發展，學習、借鑒與革新、創造是相緊密聯繫的。離開了革新和創造，對外國文學的學習和借鑒只能是一種沒有出息的「依樣畫葫蘆」。茅盾在早期就認爲中國既應「隨文明潮流而急轉」，又「當具自行創造之宏願」〔註104〕。他說，「今日談革新文學非徒事模仿西洋而已，實將創造中國之新文藝，對世界盡貢獻之責任」。〔註105〕後來，他又明確指出，「借鑒不是摹仿」，是「要吸收其精英，化爲自己的血肉」。〔註106〕這種對外國文學的吸收和融化過程必然伴隨著揚棄與改制。這樣，必然與它原來的面目不盡相同。

茅盾文藝思想的形成與發展，既深深植根於中國社會生活的土壤，同時又沐浴著近現代西方文藝思潮的雨露。他在早年尚未確立馬克思主義文藝觀以前，從文學「表現人生」、「指導人生」這一基本觀點出發，曾一度介紹 19 世紀末在歐洲出現的新浪漫主義，那是在特定的社會歷史和文化條件下，有選擇地取其某些方面，「爲我所用」，並非全盤照搬。他對於在新浪漫主義這一術語下所包含的各種複雜成分，是進行具體分析並加以區別對待的。他所讚賞的是以法國作家羅曼·羅蘭、法朗士、巴比塞等作家爲代表的新理想主義文學；對象徵主義，他是從文學「爲人生」這一主張出發進行發現的，取其重主觀，善於表現「內面眞實」的長處，而堅決摒棄其神秘、夢幻的色彩。同樣，他根據文學「爲人生」的觀點，對新浪漫主義中的唯美主義、頹廢主義進行一針見血的批評。他在 20 年代初期曾介紹過法國實証主義理論家泰納所提出的文藝「三要素」（人種、環境、時代）論，因爲這種理論重視外界客觀因素對文藝的影響，可以用以反對將文藝當成主觀表現的片面性觀點，但他在介紹時也有所揚棄，一方面將泰納所強調的帶有生物學因素的「人種」論置於次要地位，並突出社會背景的作用，另一方面，又增添了「作家的人格」（包括思想、愛好、個性）這一要素，強調它在文藝創作中所具有的重要作用。這實際上是對泰納的「三要素」論的一種改制和革新，使之具有適應中國社會需要的新的內涵。1925 年以後，茅盾由「爲人生」的文學觀到無產

〔註104〕《爲介紹及研究外國文學進一解》，《外國文學評論》第 1 輯，1978 年 11 月。
〔註105〕《一九一八年之學生》，《學生雜誌》第 5 卷第 1 號，1918 年 1 月。
〔註106〕《〈小說月報〉改革宣言》。

階級文學觀的轉變，除了他自身政治思想變化這一重要的內在原因外，也與他受到蘇聯文學的影響有關。30 年代他大力介紹蘇聯社會主義現實主義文學，對他的革命現實主義文學觀的進一步開拓和充實，產生了深刻影響。

茅盾認爲，對外國文學「學習」的要點在於「把前人的名著來消化，作爲自己創作時的血液」，而「並不是剽竊前人著作的皮毛和形骸，依樣畫起葫蘆來」。〔註 107〕他還說，「學習是融化了他所研究的甲乙丙丁等名家，……然而他所寫的作品非甲非乙非丙非丁而亦似甲似乙似丙似丁。有才能的作家學習結果就是如此。但是天才的作家則更進一步，他從前代的名著中吸取了精華，變爲他自己的血肉，他不但非甲非乙非丙非丁，並且也不似甲似乙似丙似丁，他是用他自己的天才把前人的精華凝煉成新的只是他自己的東西了，他在人類智慧的積累上更加增了一層」〔註 108〕。茅盾自己在文學創作中對外國文學的借鑒正屬於這種情況，他將這種學習、借鑒與繼承本民族優秀的文學傳統逐步結合起來，並在此基礎上進行革新、創造，從而形成了既具有鮮明的時代特徵，又洋溢著濃厚民族色彩的獨特藝術風格，爲全人類的文學藝術庫增添了新的精神財富。

〔註 107〕《爲介紹及研究外國文學進一解》。
〔註 108〕《創作的準備》。

第二章 「現實主義屹然爲主潮」
——現實主義文藝觀與外國
文藝思潮流派的關係

　　茅盾「叩文學的門」，開始是作爲翻譯家和文學評論家出現在「五四」以後的新文學戰線上的，外國文學對他的影響是明顯的，我們認爲首先是在文藝思想方面。

　　茅盾也像魯迅一樣，在強烈的革命民主主義要求的驅策下，敏銳地感應著現實生活的脈動，從「反對舊文學，提倡新文學」這一基本目的出發，開始對外國文藝思潮的擇取，所謂「收納新潮，脫離舊套」，正概括了「五四」文學革命潮流一個最顯著的特徵。作爲對這股文學潮流的呼應，茅盾以寬廣的視野，放眼域外，把對外國文藝思潮流派的批判、吸收看作是「取精用宏，吸取他人的精萃化爲自己的血肉」，從而達到「創造劃時代的新文學」這一目的所不可缺少的重要步驟和方法。作爲翻譯家，也作爲研究外國文學的學者，茅盾曾系統、全面地接觸過外國各種文藝思潮流派，它們也理所當然地在茅盾的文學主張上刻下或深或淺的印痕。然而這一結果對於茅盾來說，並不是簡單的量的積累。他從來就不是外來某一文藝思潮的亦步亦趨的模仿者，也不是世界上紛紜複雜的文學信息的儲存器，而是在以「五四」爲發端的民族文學的歷史性變革中篳路藍縷，獨立創造的開拓者。對於外來文藝思潮，茅盾所採取的立場和態度是：從「文學爲人生」的觀點出發，通過擇取與揚棄，逐漸形成了自己的現實主義的文學主張，而他的現實主義理論，也並不只是西方歷史上的相應文學思潮的簡單反響。不錯，他曾經較多地以歐洲現實主

義思潮作爲自己文學思想的理論材料，然而，這對於他來說，只是意味著對現實主義文學的「客觀眞實性」這一原則立場的恪守。他從不滿於西方批判現實主義（當然也包括它的後繼者自然主義）文學的固有缺陷開始，而有選擇、有分析地擷取，溶化了其它文藝思潮的某些長處。這樣，他的現實主義主張對於上一世紀的歐洲相應文學思潮一方面是一種承繼，另一方面更是一種背離和突破，從而顯露了鮮明的開放性和現代性，也預示著向一種更穩定的，與新民主主義革命的歷史要求更相吻合的新的現實主義文學理論發展的廣闊前景。終於，隨著社會革命的深入，也隨著他的政治思想的同步發展，以 1925 年發表的《論無產階級藝術》爲標誌，茅盾的文學觀開始了向革命現實主義的飛躍，並經過一段曲折（這裡有現實的教訓，痛苦的反思，馬克思主義理論的再學習）之後，逐漸臻於成熟和穩定。

這樣一個歷史的發展過程，從其與外國文藝思潮的聯繫來說，主要包括以下幾個方面的內容：

一、茅盾「爲人生」的文學觀與外國現實主義文學思潮的關係；

二、茅盾自 1925 年後逐漸形成和成熟起來的革命現實主義主張與蘇俄文學的關係；

三、茅盾如何評價西方的「新浪漫主義」、象徵主義、表現主義等「新」派文藝思潮以及它們在哪些方面，以何種方式，在何種程度上影響了茅盾的文學主張。

第一節　早期文藝思想與歐洲近代文藝思潮

爲人生：一個不僅僅屬於文學的起點

「爲人生」是茅盾從事新文學運動的一個出發點。早在「五四」文學革命運動前後，他就發表了《學生與社會》、《一九一八年之學生》等社會論文。儘管其中所體現的還只是屬於資產階級思想範疇的「愛國主義和民主主義」，存在著在馬克思主義還沒有傳播到中國之前的先進知識分子的認識局限，然而值得重視的是青年茅盾在這裡表達了他「革新思想」、改造社會的強烈願望。從密切關注社會人生、強調思想的社會功利作用這兩方面來看，它已經顯露了茅盾日後倡導「爲人生」的文學觀的端倪。

「爲人生」之作爲新文學創始期影響最大的一股文學思潮，它的有力之處首先在於明確宣告了表現人生、改造人生是新文學的起點和歸宿。固然早期「爲人生」的新文學家們在提供「療救社會」的藥方時，大多未能免除空想的色彩，但他們在作品中對黑暗現實的揭露和對人生希望的憧憬畢竟展示了「社會人生」給文學帶來的可貴生機。顯然，「爲人生」的文學主張與「五四」時期的社會革命要求，與在「薄明曙色」光照之下覺醒起來的新青年們的意識和激情，是互相契合、互爲補充的。團結在《新青年》周圍的作家們的文學主張中大多包含著「爲人生」的內容。早在文學革命的眞正宣言——「五四」運動前發表的《文學革命論》——中，陳獨秀就以著名的三大主義，把躁動於母腹中的新文學與垂死的封建舊文學作了原則的區分。他所提出的建立「國民文學」、「寫實文學」、「社會文學」的主張固然不免有內涵上的含混，但其中顯然包含著「爲人生」的可貴契機。對「爲人生」的文學觀影響更大的是周作人的《人的文學》和《平民文學》。他認爲：「用這人道主義爲本，對於人生諸問題，加以記錄研究的文字，便謂之人的文學。」他又認爲：「平民文學」的特徵就在於「普遍與眞摯」，一是「記載世間普通男女的悲歡成敗」，二是「以眞摯的文體，記眞摯的思想與事實」，「須以眞爲主，美既在其中，這便是人生的藝術派的主張。」這是我們所看到最早對「人生的藝術派」作理論界定的文字。顯然，其思想材料的來源，主要的並不是本民族的傳統，而是外國的文藝思潮。

在「五四」運動的影響和推動下，茅盾「開始專注於文學」〔註1〕，提倡「爲人生」的藝術，主張文學要「表現人生、指導人生」〔註2〕。他在新文學運動初期所撰寫的大量文學論文中，一再地以外國文學的歷史作爲提倡「爲人生」的文學的依據。他指出：「翻開西洋的文學史來看，見他由古典——浪漫——寫實——新浪漫……這樣一連串的變遷，每進一步，便把文學的定義修改了一下，便把文學和人生的關係束緊了一些，並且把文學的使命也重新估定了一個價值。」〔註3〕在這裡，他把「爲人生」理解爲西洋文學發展史的中軸，並從中受到如何發展中國新文學的啓示。毫無疑問，外國的進步文學曾經啓發和豐富了茅盾的「爲人生」的文學思想。或者說，當他從改造社會

〔註1〕 茅盾：《我走過的道路》。
〔註2〕 《新舊文學平議之評議》，《小說月報》第11卷1號，1920年1月。
〔註3〕 《新文學研究者的責任與努力》。

人生這一根本目的出發去尋找新文學的方向時，他必然地從紛紜複雜的西方文藝思潮中擇取「爲人生」的傳統作爲自己文學主張的有力借鑒。

「爲人生」的文學主張和它的影響下的新文學創作，在某種意義上可以說是整整一個時代的文學的標誌。它的內涵是十分豐富的。除了以「表現人生」與「指導人生」作爲文學的起點和歸宿這一根本原則外，以下兩點構成了茅盾的「爲人生」的文學觀的鮮明特色：

一、強調「反映人生」的社會性

他認爲所謂「人生」，「決不是一人一家的人生，乃是一社會一民族的人生」〔註4〕。所以他對文學題材的要求始終強調其社會性，而反對抒寫身邊的瑣屑小事和純屬個人的狹隘感受。他認爲歐洲「近代文學中劇本的好處」，「好在有哲理有社會問題」〔註5〕。他注意從作品反映人生的社會性程度上去估量托爾斯泰、易卜生、蕭伯納等外國作家創作的價值。他在「五四」以後對新文學創作所寫的幾篇漫評中，也在《文學和人的關係及中國古來對文學者身份的誤認》等重要論文中，一再表述了他的文學社會性的觀點。他曾從「世界文學的進化」上比較我國傳統的封建文學觀念與西方近代文學觀念的相異之處，指出：「他們不曾把文學當作聖賢的留聲機，不知道『文以載道』『有爲而作』。他們卻發現了一件東西叫『個性』，次第又發現了社會、國家和民眾。所以他們的文學，進化到了現在的階段」。那個時期茅盾的文學觀，從總體上說，對比於對「個性」的發現，他更爲注重的是對「社會、國家和民眾」的發現。

二、強調新文學與新思想的密切聯繫

茅盾是反對「文以載道」的。那是因爲傳統文學中的「道」不過是脫離現實人生、扼殺人的思想自由的「代聖賢立言」罷了。但他並不一般地反對思想傾向性在文學創作中的重要地位。相反，他把新思想視作新文學賴以生存的首要條件。在這一點上他比同時代的許多新文學家，包括「人生派」的文學研究會作家，有著更爲深刻的理論自覺。他明確地主張、新文學「唯其注重表現人生，指導人生的，所以我們要注重思想，不重格式」〔註6〕。他在

〔註4〕 《現代文學家的責任是什麼？》。
〔註5〕 《答黃君厚生〈讀小說新潮欄宣言的感想〉》，《小說月報》第 11 卷 4 號，1920年 4 月。
〔註6〕 《新舊文學平議之評議》。

系統地考察了歐洲近代文學與社會思潮的關係之後，提出：「自來一種新思想發生，一定先靠文學家做先鋒隊，借文學的描寫手段和批評手段去『發聾振聵』。」〔註 7〕在他的第一篇評介外國作家的論文中，他就表示了對英國現代著名戲劇家蕭伯納的讚賞：「蕭氏心目中之戲曲，非娛樂的，非文學的，而實傳布思想改造道德之器械也。」〔註 8〕這裡，他是從文學的改革思想的社會使命（「鼓吹新思想」）這一角度去認識歐洲近現代文學的；同時，他又提出：「文學於思想方面，終須借助於哲學家的。」〔註 9〕則從哲學思潮對文學創作思想內容的滲透、改造上總結了歐洲近現代文學的「進化」趨勢。這種對新文學與新思想的內在辯證關係的全面認識體現在茅盾對波蘭文學、匈牙利文學、挪威文學……尤其是對 19 世紀俄羅斯文學的評論中。我們可以說，強調新文學與新思想的關係既是他評介外國文藝思潮的著意所在，也是他對建設中國新文學的一個始終不懈的主張。他明確指出：「中國現在正是新思潮勃發的時候，中國文學家應當有傳播新思潮的志願，有表現正確的人生觀在著作中的手段。」〔註 10〕這正是茅盾的「為人生」的文學主張的重要內容和特色，我們可以在其中尋見它與近現代歐洲文藝思潮的明顯聯繫。當然，茅盾在「五四」時期所鼓吹的「新思潮」，其具體內容還不是很明確的，它基本上還局限在革命民主主義的範疇之內，如「積極的責任是欲把德謨克拉西充滿在文學界」，「我覺得文學作品除能給人欣賞而外，至少還須含有永存的人性，和對於理想世界的憧憬」〔註 11〕。這些認識是對以「科學」與「民主」為兩大旗幟的「五四」新思潮的反響。它一方面吹噓出那個歷史時期的勃勃生氣，另一方面也顯露了自身在理論上的稚嫩。

俄國文學：新世紀的「激動和影響」

茅盾的「為人生」的文學主張，就其與外國文藝思潮的關係來說，有著 19 世紀西歐文學、俄國文學與近代被壓迫的弱小民族文學的影響，而其中尤以俄國文學的影響最為顯著。魯迅曾經指出：「俄國的文學從尼古拉二世時候

〔註 7〕 《現代文學家的責任是什麼？》。
〔註 8〕 《蕭伯納》，《學生雜誌》第 6 卷 2、3 號，1919 年 3 月。
〔註 9〕 《〈歐美新文學最近之趨勢〉書後》。
〔註 10〕 《現代文學家的責任是什麼？》。
〔註 11〕 《介紹外國文學作品的目的》。

以來，就是『為人生』的，無論它的主意是在探究，或在解決，或者墮入神秘，淪於頹唐、而其主流還是一個：為人生。」「這一種思想，在大約二十年前與中國一部分的文藝紹介者合流……」〔註12〕魯迅在這裡所說的「文藝紹介者」主要指以茅盾、鄭振鐸等為代表的文學研究會作家。我們知道，茅盾所精通的只是一門英語。然而，他也像魯迅一樣，經歷了一個「繞道」向俄國文學選擇的過程。茅盾自己在回憶早年接受俄國文學影響時也說過：「我也是和我這一代人同樣地被『五四』運動所驚醒了的。我，恐怕也有不少像我一樣，睜圓了眼睛大吃一驚的，是讀到了苦苦追求人生意義的 19 世紀俄羅斯古典文學。」〔註13〕

　　茅盾在這裡所談的是中國新文學史上的一個普遍現象。它出現在「五四」時代，所反映的首先是中國社會革命與文學革命的自身需要。正如盧卡契所說，「任何一個真正深刻重大的影響是不可能由任何一個外國文學作品所造成，除非在有關國家同時存在著一個極為類似的文學傾向。這種潛在的傾向促成外國文學影響的成熟。」〔註14〕即使在近代文學的範疇內，中國文學就已出現了企圖突破舊傳統藩籬的徵兆，周氏兄弟在日本擬辦《新生》和編譯《域外小說集》時的寂寞感，無疑最深刻地體現了那個時代的文學的苦悶，而他們之所以選擇俄羅斯文學和被壓迫民族文學作為移譯的對象，是「因為那時正盛行著排滿論，有些青年，都引那叫喊和反抗的作者為同調的。」〔註15〕顯示了對那個「潛在的文學傾向」的一種先覺。當歷史翻過了新的一頁，由於十月革命對全世界，包括中國，所具有的劃時代的影響，由於舊中國與革命前的俄國在國情上的相近，也由於俄國文學，特別是 19 世紀後半期的俄國文學，忠實而又深刻地反映了自農奴制改革以來直至 1905 年革命期間的俄國社會生活的歷史變革。與馬克思主義隨著十月革命的一聲炮響而開始在中國傳播同時出現的是，「五四時期的新文學家們自然而然地把視線「都集於俄國，都集於俄國的文學」〔註16〕，這個發現自然有力地影響著中國新

〔註12〕 《南腔北調集·〈豎琴〉前記》。

〔註13〕 《契訶夫的社會意義》，《世界文學》1960 年 1 號。

〔註14〕 《托爾斯泰和西歐文學》，《盧卡契文學論文集》（二），中國社會科學出版社 1981 年 11 月出版。

〔註15〕 魯迅：《南腔北調集·我怎麼做起小說來》。

〔註16〕 瞿秋白：《俄羅斯名家短篇小說集序》，《俄羅斯名家短篇小說第 1 集》，新中國雜誌社 1920 年 7 月出版。

文學的進程和面貌。

從 1919 年起，茅盾就開始譯介俄羅斯文學。他在《小說月報》部分改革時提出的計劃翻譯 40 種外國文學作品中就有 21 種是俄國作家的。〔註17〕在他所寫的第一篇有關俄羅斯文學的論文中〔註18〕，開宗明義的是這麼三行提示：

> 十九世紀末之世界的文學
>
> 俄國革命的動力
>
> 今後社會之影響

他日後回憶自己的這篇文章是「試圖從文學對社會思潮所起的影響的角度」〔註19〕來探討俄羅斯文學與十月革命之關係的。儘管其中的某些論點（如把以托爾斯泰爲代表的 19 世紀俄國文學看作是俄國革命之「原因」）並不確當，對比於李大釗、瞿秋白等同志在這個時期撰寫的文學論文中所表述的歷史唯物主義觀點〔註20〕有著認識上的明顯局限。然而，我們更感興趣的倒是其中對俄國文學獨立價值的深刻理解，它說明了俄國文學的影響在茅盾的「爲人生」的文學觀的形成中所具有的重大意義。

盧卡契談到俄羅斯文學時說：「一方面，沒有一種文學比得上俄羅斯文學那麼具有鮮明的特點，另一方面也從來沒有一種社會生活，比得上俄國在古典現實主義時期受到文學作品那樣巨大的激動和影響。」〔註21〕正是從世界的文化、文學發展的廣闊背景上，茅盾充分認識了以托爾斯泰爲代表的俄國近代文學在世界文化思想史上和文學發展史上的卓著地位。他認爲：「19 世紀則俄國人思想一躍而出，始興之時代，亦即大成之時代，20 世紀後數十年之局面決將受其影響，聽其支配。」而俄國文學則是「19 世紀末年歐洲文學界最大之變動。其震波遠及到現在，其將影響於此後」。其勢力「竟直逼歐洲向來之文藝思想而變之，且漫漫欲遍全世界之思想而變之。」這種認識，他在《俄國近代文學雜譚》等論文中也多次闡述過。我們不難看出，他較多的是

〔註17〕 見《小說新潮欄宣言》，這些計劃中的翻譯，茅盾自稱是 43 部，研究者亦從此數，事實上其中開列的作品只有 40 部。

〔註18〕 《托爾斯泰與今日之俄羅斯》，《學生雜誌》第 6 卷 4～6 號，1919 年 4～6 月。

〔註19〕 《我走過的道路》（上）。

〔註20〕 如瞿秋白在《〈俄羅斯名家短篇小說集〉序》一文中說：「俄國因爲政治上、經濟上的變動影響於社會人生，思想就隨之而變，縈回推蕩，一直到現在，而有他的特殊文學」。這篇文章寫於 1920 年。

〔註21〕 《〈俄羅斯現實主義在世界文學中的地位〉德文版第一版和第二版序》，《盧卡契文學論文集》（二），中國社會科學出版社 1981 年 11 月出版。

從文學對社會生活的反作用上去認識對象的重大價值的。他並不孤立地從純藝術的觀點去看待俄國文學，相反，改造社會的現實功用是他衡量對方價值的基本準繩。反過來，我們也可以說正是俄國文學對社會生活施以「巨大的激動和影響」的鮮明特點給茅盾的「爲人生」的文學觀貫注了新鮮的血液。

同時，他還在與英、法等國家文學的比較中對俄國文學作出了明確的肯定。他認爲，俄國文學在以下幾個方面都顯示了自己思想的徹底性和藝術的深刻性：

一、**在反映社會人生的廣度與深度上**。「伊柏生多言中等社會之腐敗，而托爾斯泰則言其全體也。」〔註 22〕俄國近代文學從倫理、道德、宗教，直到社會制度上對舊社會的全面揭露和批判是其它歐洲國家的文學所不可比擬的；又由於沙俄專制之酷烈，「故其發爲文學，沉痛懇摯，於人生之究竟看得極爲透徹」，具有洞察社會人生的極大深刻性。

高爾基曾經說過：「19 世紀的歐洲文學和俄國文學的基本主題，乃是跟社會、國家自然界對立著的個人。」〔註 23〕盧卡契也認爲：「個人脫離人民生活而離群索居，是 19 世紀後半葉資產階級文學的決定性的主要題材。」正是在這個基本主題中，俄羅斯文學具有遠勝於歐洲其它國家文學的深度和廣度：

> 甚至在最偉大的作家如福樓拜或易卜生的作品中，我們所見到的也多半是心理的、道德的結果而不是它們的社會基礎。只有在俄國，托爾斯泰和陀思妥也夫斯基才把這個問題以其全部廣度和深度托了出來。〔註24〕

俄國文學是由於對「社會基礎」的揭示而達到反映生活上的「全部廣度和深度」的。茅盾認爲：「二十世紀以來，文明愈甚，社會階級，愈不平等。於是各方面之聲浪，遂競傳改造社會制度，與人類以平等的機會，使在奮力向上之平行線上。然首先疾呼，而促使人之覺悟者，則托爾斯泰也。」〔註 25〕在這裡他還只是在革命民主主義的思想範疇內認識托爾斯泰，但他明確地從「托爾斯泰對現行制度的批判」上肯定了托爾斯泰創作的有力之處，這也是他認爲俄羅斯文學長於其它歐洲國家文學的一個根本原因。

〔註 22〕 《托爾斯泰與今日之俄羅斯》。
〔註 23〕 《蘇聯的文學》，《高爾基論文學》，人民文學出版社 1978 年 2 月出版。
〔註 24〕 《陀思妥也夫斯基》，《盧卡契文學論文集》（二）。
〔註 25〕 《托爾斯泰與今日之俄羅斯》。

　　二、在對待下層人民的態度上。他認爲俄國近代文學的特色是富於「平民的呼籲和人道主義的鼓吹」〔註26〕；「自果戈理（Gogol）以至現代作家，沒有一個人的作品不是描寫黑暗專制，同情於被損害者的文學」。〔註 27〕同情於「被侮辱者與被損害者」是 19 世紀俄國文學的底色，儘管陀斯妥也夫斯基，或者契訶夫，他們對自己所描寫的下層社會的痛苦狀況表達了各自不同的理解，然而對「小人物」命運的深切關注卻是俄羅斯作家的共同傾向，正是這種「平民的特點」，導向了整整一個時代文學所表現的「被統治者不能照舊生活下去」的社會主題。俄羅斯文學的這個基本特點不僅與以描寫中等階級的道德墮落爲基本主題的北歐易卜生的現實主義創作有著明顯的區別。而且與英、法等西歐作家一些以下層社會生活爲題材的現實主義創作也有著高下深淺之分。茅盾認爲，與法國作家相比，「托氏的文學，描寫下等社會的生活。那麼樣的親切活現，莫泊桑有其細膩，而無其動人」〔註28〕與英國作家相比，「英國文學家如迭更司 Charles Dickens 未嘗不曾描寫下流社會的苦況。但我們看了，顯然覺得這是上流人代下層人寫的。其故在缺乏眞摯濃厚的感情。俄國文學家便不然了，他們描寫到下流人的苦況，便令讀者肅然如見此輩可憐蟲，耳聽得他們壓在最下層的悲聲透上來，即如屠爾格涅甫、托爾斯泰那樣出身高貴的人；我們看了他們的著作，如同親聽污泥裡人說的話一般，決不信是上流人所說的。其中高爾基是苦出身，所以他的話更悲憤慷慨」。〔註 29〕這裡，茅盾不僅指出了俄國作家與英法作家在反映下層社會生活上的不同態度，而且分析了產生這種區別的個人原因：一在於對下層人民的「感情」「眞摯濃厚」與否，二在於作家的個人經歷，是否對下層人民的生活有切身體驗。

　　三、在表現的思想傾向上。茅盾認爲，英法等國文學家均不同程度地受著傳統道德，世俗習見的局限，「其理想多少必有幾個爲社會之舊習慣、舊道德所範圍」，「獨俄三文學家也不然，決不措意於此，決不因名人之指斥而委曲良心之眞理」〔註 30〕，具有破除傳統觀念的徹底性；出於對社會人生的不同態度，俄國文學與歐洲其它國家文學表現在社會理想上也有很大不

〔註26〕《俄國近代文學雜譚》，《小說月報》第 11 卷 1、2 號，1920 年 1～2 月。
〔註27〕《社會背景與創作》，《小說月報》第 12 卷 7 號，1921 年 7 月。
〔註28〕《文學上的古典主義浪漫主義和寫實主義》。
〔註29〕《俄國近代文學雜譚》，《小說月報》第 11 卷 1、2 號，1920 年 1～2 月。
〔註30〕《托爾斯泰與今日之俄羅斯》。

同。梅林認為：「俄羅斯文學從其發源和生活的條件來看，不可能是別的，只能是一種控拆文學，戰鬥文學、反抗文學，充滿著經濟和政治解放的傾向性。」〔註31〕茅盾充分認識俄羅斯文學這一根本性質，指出：「伊柏生言社會之惡，獨破其假面具而已，而托爾斯泰則確立救濟之法」，俄國近代文學「從此愛和憐的主觀，又發生一種改良生活的意願」，所以其中「都有社會思想和社會革命觀念」。〔註32〕

通過以上幾個方面的對照分析，我們不僅看到了茅盾對俄國近代文學的鮮明特色的深刻認識，而且還看到了他正是從「為人生」的文學觀的全部豐富內涵上去進行對俄國近代文學的發現的。我們在前面曾經說過，「表現人生、指導人生」是茅盾的「為人生」的文學觀的起點和歸宿，我們又認為對文學反映人生的社會性的重視和對表現新思想的強調是他的「為人生」的文學觀的重大特點。在這裡，我們可以看到他的這些主張與他所認識的俄國文學的特質有著明顯的對應之處。而後者對前者的影響也是很顯然的。茅盾在對早期新文學運動的現狀進行批評時也往往以俄國文學為例子，如他在批評當時「創作家太忽略了眼前的社會背景」時就指出：「國內創作小說的人大都是念書研究學問的人，未曾在第四階級社會內有過經驗，像高爾基之做過餅師，陀斯妥耶夫斯基之流過西伯利亞」〔註33〕；又如他在批評當時文壇在描寫青年知識分子題材中普遍的感傷主義情調時說：「現在真應該有一部小說描繪出在『水深火熱』之下的青年，不惟不因受了挫折而致頹喪，反而把他們的意志愈煉愈堅，信念愈磨愈固，有如俄國現代文學家狄希克維基（S. Yushkevitch）所做的《餓者》與《鎮中》（皆劇本），寫餓到要死的人還是竭力要保持他的奮鬥精神，不露一絲倦態，一毫失望！這樣的著作，真是黑暗中的一道光明，我們所渴望的啊！」〔註34〕

現實主義：一個歷史的選擇

在魯迅所概括的十九世紀俄羅斯的「為人生」的文學主流中，有現實主義作家，也有「墜入神秘，淪於頹唐」的具有濃厚的象徵主義色彩的作家，

〔註31〕 《列夫・托爾斯泰》，《梅林論文學》，人民文學出版社 1982 年 12 月出版。
〔註32〕 《俄國近代文學雜譚》，《小說月報》第 11 卷 1、2 號，1920 年 1～2 月。
〔註33〕 《社會背景與創作》。
〔註34〕 《創作的前途》，《小說月報》第 12 卷 7 號，1921 年 12 月。

但其中最有力者還是現實主義。在他看來，即使是安德列耶夫，其創作的「深刻」之處也是以「不失其現實性」〔註35〕爲條件的。「爲人生」的文學是以「表現人生、指導人生」，尤其是表現下層勞動人民的悲慘命運並呼籲反抗爲其宗旨的。一般說來，「爲人生」的命題並不與現實主義劃等號。它是與「爲藝術而藝術」相對立的一種文學思潮。在這一思潮之內，可以是現實主義的、也可以是浪漫主義的，或其它什麼主義的。在恩格斯稱之爲「時代的旗幟」的以反映「下層等級」爲特徵的歐洲近代文學「新潮流」中，就包括了狄更斯這樣的現實主義作家，也包括了喬治桑這樣的浪漫主義作家。而在 19 世紀西方批判現實主義作家那裡，他們或囿於表現人生時的「純粹客觀」態度而往往使自己擺脫不了「爲藝術而藝術」的傾向。如福樓拜就認爲：「應該把一切交給藝術，在藝術家，生活應被視爲一種手段，而不是此外任何物。」西方的浪漫主義文學，其末流所趨，則是融進了以「逃避現實」爲其特徵的「世紀末」的文藝思潮。與此不同的是，19 世紀的俄國文學由於追求「藝術和生活的密切的結合」，則「主要是發展了這現實詩歌的傾向。」〔註36〕這說明了對社會生活的不同態度，從根本上規定了藝術的不同傾向，梅林認爲，「在文學史上，凡屬上升階級和沒落階級的思想意識發生衝突時，前者往往是在自然和眞實，在自然主義和現實主義這樣的戰鬥口號下向後者展開攻勢，……對上升的階級來說，它能夠和希望的生活就是自然和眞實。」〔註37〕中國新文學的現實主義從發源到匯成大潮，也是由於時代的推動和作家的個人選擇而形成的。這是因爲作爲時代之子的新文學在選擇自己的發展道路時不可避免地受到外部條件和內部條件的制約，這既是一種限制，又是一種促進；而從根本上說，現實主義由於它的「直面人生」的本質特徵，對比於其它的文藝思潮，與新民主主義的革命要求是更相契合的。

　　我們知道，早在近代的梁啓超和王國維的美學論著中就出現了近現代意義的「寫實派」或「寫實」的概念，而陳獨秀在 1915 年至 1917 年文學革命的醞釀階段，就在《青年雜誌》上著文介紹歐洲文藝思潮從古典主義、浪漫主義到寫實主義、自然主義的變遷過程，並明確指出：「吾國文藝……今後當

〔註35〕魯迅《譯文序跋集·〈黯淡的煙靄裡〉譯者附記》。
〔註36〕別林斯基：《論俄國中篇小說和果戈理君的中篇小說》，《別林斯基選集》第 1
　　　　卷，上海譯文出版社 1979 年 5 月出版。
〔註37〕《略論自然主義》，《梅林論文學》。

趨向寫實主義」〔註38〕。接著又在《文學革命論》中提出「建設新鮮的立誠的寫實文學」的口號。然而，直至「五四」時期對現實主義的理論探討都還是較爲膚淺的。在創作上，除了魯迅，當時的大多數新文學家，現實主義還往往只是一種趨向，而沒有普遍地形成一種穩固的特質。值得注意的是，茅盾從來不把現實主義確認爲文學研究會初創時的共同主張，而只有將「爲人生」視爲他們的「一致」的「基本態度」。其中固然有「冷靜地諦視人生，客觀的地、寫實的地，描寫著灰色的卑瑣人生」〔註39〕的葉聖陶。但也有一些作家在藝術傾向上並不統一，並不平衡，特別表現在他們的知識青年題材的描寫中。如王統照的早期創作從探索人生的意義開始，而停止於「愛」和「美」的發現上，這就使他的早期作品塗上了濃厚的空想浪漫色彩。這種情況在女作家冰心的「問題小說」的創作中也有所表現。這樣，我們一方面感到他們在創作中所反映的「問題」確實屬於「人生」，另一方面又覺得他們往往只是在人生的邊上徜徉，他們用「人生究竟是什麼」作爲自己觀察人生，反映人生的起點和終點，就不可避免地用這個膚淺的，對生活本質的較低層次的認識堵塞了自己向更高層次的生活眞實的掘進之路。這裡的缺失不僅在於他們提供的解決問題，「指導人生」的方法是空洞無力的，而且在於他們對人生問題的上述「提法」不能說是完全正確的，也就是說不是充分的現實主義的。契訶夫認爲：「在《安娜‧卡列尼娜》和《奧涅金》裡沒有解決任何問題，但這些作品還是完全成功的，其唯一的原因，就是在這些作品裡一切問題的提法都是正確的。」顯然，他認爲他們的作品中的「問題」都相當深刻地反映了生活的內在要求。正是現實主義的徹底性規定了反映人生問題的深刻性，它甚至超越了作家在企圖解決問題時的保守傾向，超越了作家主觀世界的某些偏見或局限。我們知道，這個思想在恩格斯論老巴爾扎克時曾經有過經典性的論述。他稱之爲「現實主義的偉大勝利。」因此，現實主義理論的輸入及其在民族藝術實踐基礎之上的成熟，已成爲新文學發展的一個迫切課題。正如茅盾當時所意識到的，「然就國內文學界情形言之，則寫實主義之眞精神與寫實主義之眞傑作實未嘗有其一、二」〔註40〕。「中國國內創作到近來，比起前兩年來，愈加『理想些』了，若不乘此把自然主義狠狠地提倡一番，怕

〔註38〕《通訊》，《青年雜誌》第1卷4號。

〔註39〕茅盾：《〈中國新文學大系‧小說一集〉導言》，1935年3月。

〔註40〕《小說月報》改革宣言。

『新文學』又要回到原路呢？」〔註41〕

這樣，新文學在向外來文藝思潮的擇取上必然注重於現實主義。這並不是短暫的、局部的文學現象，而是 30 年新文學中一個十分穩定的，具有全局意義的歷史特點。在《新青年》、《晨報》副刊、《小說月報》等當時幾個鼓吹新文學的最爲重要的刊物上，陳獨秀、胡愈之、鄭振鐸、謝六逸等人都在「寫實主義」這一概念下介紹了外國現實主義文藝思潮，而對俄國、法國以及被壓迫民族的現實主義文學譯介之多，成爲當時新文壇的一大盛舉。茅盾是這個潮流的弄潮兒。我們可以毫不誇張地說，他在歐洲現實主義理論的引進和與新文學運動的結合上比當時的大多數新文學家都有著更大的貢獻。他在這個時期的文學主張，從其總體來說屬於現實主義，歐洲的現實主義思潮當時也對他的文學主張產生了深刻的影響。

早在 1919 年的《托爾斯泰與今日之俄羅斯》一文中，茅盾就在將托氏與易卜生作對比時使用了「寫實主義」的概念，如果說他當時主要是從「爲人生」這一角度去認識寫實主義的話，那麼在同年所寫的《近代戲劇家傳》中，他就注意到了寫實主義的客觀眞實性這一基本的藝術特徵。他認爲高爾基的劇作是「完完全全的寫實，更不加一些人工」的；然而他又認爲「自寫實主義而來至於現代，各大家派別紛起，未易定其將來之命運」。這說明寫實主義對當時的茅盾來說還只是一種潛在的傾向，而沒有成爲發展新文學的自覺意識，準確地說，茅盾對寫實主義的最初理論自覺產生於 1920 年，體現在他的《對於系統的經濟的介紹西洋文學底意見》、《現在文學家的責任是什麼？》、《小說新潮欄宣言》等論文中，正是在這些論文中，他開始從文藝思潮的歷史演變中考察歐洲近代文學，並針對中國新文學的現狀，明確地提出了自己的現實主義文學主張。

當時把現實主義譯作「寫實主義」，所指主要是歐洲的批判現實主義這一崛起於 19 世紀的文藝思潮。茅盾對「寫實主義」的認識，大多本於歐洲的批判現實主義文學，也包括了繼之而起的自然主義文學。誠然，他像當時的大多數新文學家一樣，曾經用文學進化的觀念去解釋西方文藝思潮從古典主義到浪漫主義、到寫實主義、到新浪漫主義的歷史變遷。所謂文學進化論，對於茅盾來說，在以下兩個方面是有其積極意義的：一是吸收其變化、發展的文學觀念，來作爲反對舊文學提倡新文學的一個理論根據；二是用西方文

〔註41〕 《最後一頁》，《小說月報》第 12 卷 8 號，1921 年 8 月。

學發展的進化程序作為參照，來確定中國文學已達到的階段和必將進入的新的階段。他認為：「我們都還是停留在寫實以前」〔註42〕，「西洋文學進化途中所已演過的主義，我們也有演過之必要，特別自然主義尤有演過之必要」〔註43〕，所以要「先造出中國的自然主義文學來」〔註44〕。而按照他當時的理解，這裡的「自然主義」，其實質內容也就是「寫實主義」。

當然，他所接受的文學進化論也有消極的東西。他離開了社會經濟發展的基礎而孤立地看待西方文學發展的歷史進程，並將它視為固定的普遍的程式，這也是不待言的。像當時的大多數新文學家一樣，文學進化論曾經激動了他對文學革命和提倡寫實主義的最初要求，然而，更深刻的見解卻發生於「為人生」這一基本態度。茅盾在對於整個歐洲文學發展歷史的廣泛深入探究的基礎上明確地認識到：「浪漫文學專描寫上等社會的生活，寫實文學專描寫下等社會的生活」，「浪漫文學大都重藝術，寫實文學重人生」，正是基於對「重人生」與「寫實文學」的內在聯繫的深刻理解，茅盾選擇了「寫實主義」作為自己「為人生」的文學的藝術主旨。他認為：「中國現在要介紹新派小說，應該先從寫實派、自然派介紹起」〔註45〕，「取西洋寫實自然的往規，做個榜樣，然後自己著手創造」〔註46〕。他當時曾在與拉封丹、波特萊爾的對比上肯定了法國現實主義先驅福樓拜對於文學發展的意義：「對於這三位法國文學家，我們應該覺得佛洛貝爾的紀念會有更重大的意義；就世界文學的全體而言果然如此，即就中國新文學的將來而言，恐怕亦是如此。」〔註47〕

如果說他在「為人生」與「為藝術」的對峙中作出自己的抉擇時較多地接受了俄國19世紀文學的影響，那麼他在探討現實主義文學的自身藝術特質時，則在廣泛地研究了歐洲各國現實主義文學共同特徵的基礎上，著重對法國的現實主義理論進行了借鑒而在對法國現實主義以及自然主義理論的揚棄、改造上，他則又回到19世紀俄國文學的傳統上來，並由此而形成了他的現實主義理論的自身特色。

〔註42〕 《小說新潮欄宣言》。

〔註43〕 《文學作品有主義與無主義的討論》，《小說月報》第13卷2號，1922年2月。

〔註44〕 《評四五六月的創作》，《小說月報》第12卷8號，1921年5月。

〔註45〕 《小說新潮欄宣言》。

〔註46〕 《答黃君厚生〈讀小說新潮欄宣言的感想〉》，《小說月報》第11卷4號，1920年4月。

〔註47〕 《紀念佛羅貝爾的百年生日》，《小說月報》第12卷12號，1921年12月。

對現實主義理論的借鑒之所以注重於法國，這不僅由於在它的國土上曾經湧現出司湯達、巴爾扎克、福樓拜等一代現實主義大師，而且由於它把文藝上日漸形成的一種傾向推動爲一種社會性的文藝思潮，並因此而造就了歐洲 19 世紀的現實主義運動。儘管最早覺察到這個新的傾向並在「現實主義」概念下進行了最初的理論概括的作家並不是法國人，然而現實主義的追求客觀眞實性，面向「窮苦人黯淡而艱難的生活」的固有特徵，及其與近代自然科學、近代哲學的本質聯繫，無疑是在法國文學中最先成熟起來的。茅盾很早就注意到西方文學發展的這一現象，他指出：「最初寫實主義的興起，還是從藝術上革命，攻擊浪漫文學。他們的元助，幾乎都在法國生產。法國的文學，每每能夠影響世界的文學。」他的現實主義主張較多地受到法國文學的影響是不難理解的。

然而茅盾對「寫實主義」的認識，由於包括了繼之而起的自然主義思潮的影響，呈現出十分複雜的狀態。於是，在茅盾的理解中，寫實主義與自然主義有著什麼關係，這就成爲我們首先要探討的問題。

有的同志認爲：茅盾先是接受了寫實主義，而後「對於寫實主義的看法有了改變」，「轉而倡導自然主義」。有的同志認爲：茅盾當時把寫實主義視爲：「一個大於『自然主義』的概念」，自然主義不過是寫實主義的組成部分。這兩種看法都認爲茅盾當時已經認識到寫實主義和自然主義是兩個不同的概念。我們認爲這種描述並不符合茅盾當時的實際認識。

事實上，在上面所提及的那些標誌著茅盾對寫實主義的最初的理論認識的論文中，他恰恰是把寫實主義與自然主義並提的。他有時從歷史的角度把自然派看作是寫實派的發展，更多的時候卻是從藝術性質的角度將自然派與寫實派看作是相近的概念。不能說他將二者看得毫無區別。（他在認識它們的固弊時是將二者作了區別的。這點本文下面將要述及。）但值得注意的是：在對寫實主義或自然主義作肯定性的介紹或提倡時，他很長時間裡幾乎不著意於它們在內涵的差別，而往往在同一篇文章裡，將「寫實主義」與「自然主義」，並用或互換（僅《小說新潮欄宣言》一文，「寫實派」「自然派」並用的就有三處）；同時，他當時對「寫實主義」或「自然主義」的具體解釋，也很難說有什麼實質性的差別。如：

> 寫實派用客觀的眼光，科學的方法，做長篇小說和短篇小說，
> 叫人讀了猶如親歷。（《近代文學體系的研究》，1921、12）

　　　　自然主義的眞精神是科學的描寫法。見什麼寫什麼，不想順醜
　　惡的東西上加套子，這是他的共通的精神。(《曹拉主義的危險性》
　　1922、9）

一個是「客觀的眼光」，一個是「科學的描寫法」，這樣兩個基本特點都體現
在茅盾對寫實主義和自然主義的解釋中，這說明，直到 1922 年，即他在「狠
狠提倡」自然主義的時候，他仍然是將二者在藝術性質上視爲相同或相近的。
所以，儘管他曾經介紹過一些國外批評家將「在描寫法中客觀化的多少」看
作「寫實主義與自然主義之區別」；然而，在他看來，「文學上的自然主義與
寫實主義實爲一物」〔註48〕。

　　他後來說：「我自己在那時候是一個『自然主義與舊寫實主義』的傾向
者。」〔註49〕他並沒有把自己的前期文藝思想斷然劃分爲受寫實主義影響
與受自然主義影響兩個階段。當然，他當時對寫實主義和自然主義的態度是
有過變化的，這變化在於：在 1921 年上半年以前，他對寫實主義和自然主
義的態度是「大力介紹」〔註50〕，（他此時所提倡的是以羅曼羅蘭的新理想
主義爲代表的「新浪漫主義」，按照他的解釋，我們可以將它理解爲對一種
新的更符合於時代要求的現實主義的探索和追求。至於他與「新浪漫主義」
的關係，將於本章第 3 節撰述。）在概念上較常使用的是「寫實主義」；自
1921 年下半年以後，他對寫實主義和自然主義從「大力介紹」推進一步爲
「提倡」，（然而，他至此也沒有放棄對新的現實主義的追求，只是由於更充
分地估計了「禮拜六派」對文壇的惡劣影響，所以認爲「提倡」自然主義「在
當前是必要的」〔註51〕。）較常使用的概念是「自然主義」。把這裡的變化
理解爲具實質性意義的「轉向」，是不符合茅盾當時文藝思想的實際的。

　　把寫實主義與自然主義籠統地看作爲一個相同或相近的文藝潮流，在新
文學運動初期，這樣的理解並不只見於茅盾。胡愈之在「寫實主義」概念下
所介紹的同樣包括了自然主義，他認爲「寫實主義與自然主義，在文藝上雖
略有分別，但甚細微」〔註52〕；謝六逸也認爲：「其實自然主義與寫實主義在

〔註48〕《通訊・自然主義的懷疑和解答》，《小說月報》第 13 卷第 6 號，1922 年 6
　　　　月。
〔註49〕《答國際文學社問》。
〔註50〕茅盾在《我走過的道路》（上）中說：「我主張要大力介紹寫實主義自然主義，
　　　　但又堅決反對提倡它們」，所說的是他在 1921 年上半年以前的態度。
〔註51〕《我走過的道路》（上）。
〔註52〕愉之：《近代文學上的寫實主義》，《東方雜誌》第 17 卷 1 號，1919 年。

實質上並沒有什麼區別。」〔註 53〕出現這種把二者視爲「一物」的情況。這是因爲：一方面寫實主義與自然主義二者之間有著十分明顯的「血緣的聯繫」，左拉就曾以司湯達、巴爾扎克爲大師，認爲「自然主義因巴爾扎克而勝利了」〔註 54〕，而茅盾等人當時正是從其「犖犖大端的共通精神」〔註 55〕上認識它們的；另一方面，「彼時中國文壇未嘗有人能把自然主義、現實主義之界限劃分清楚，當時文壇上，尚未見有人介紹馬克思主義文學理論。」

在茅盾所概括的寫實主義或自然主義的文學流派中，包括了法國的巴爾扎克、福樓拜、左拉……直到俄國的托爾斯泰、契訶夫以及高爾基等作家。那麼，他從中理解的「犖犖大端的共通精神」又是什麼呢？或者說他主要是從哪些方面向寫實主義和自然主義進行吸收的呢？

一、**無論是寫實主義，還是自然主義，它們都把「真實」，尤其是客觀的真實，視爲文學的至高品格。**巴爾扎克把「真實」看作是文學「成功的秘密」，而左拉同樣認爲文學要「如實地感受自然，如實地表現自然」，充分的客觀性質是寫實主義或自然主義「真實觀」的共同基礎〔註 56〕。茅盾所接受於寫實主義或自然主義的，首先是對「真實」的追求。他認爲：「自然主義者的最大目標是『真』」〔註 57〕，這是因爲「科學的精神重在求真，故文藝亦以求真爲唯一的目的。」〔註 58〕他始終把文學的功利性、藝術性統一於文學的真實性，「『美』、『好』是真實」〔註 59〕，「不真就不會美，不算善」〔註 60〕，他把真實看作是藝術創造的基礎。茅盾所理解的真實，首先是客觀的真實，在此基礎上達到客觀真實與主觀真實的統一；由於他明確地認識到「文學家所欲表

〔註 53〕《西洋小說發達史》，《小說月報》第 13 卷 5 號，1922 年 5 月。
〔註 54〕《戲劇上的自然主義》、《西方文論選》（下卷），上海譯文出版社 1979 年 11 月出版。
〔註 55〕茅盾：《「曹拉主義」的危險性》，《時事新報》副刊《文學旬刊》第 50 期，1922 年 9 月。
〔註 56〕當然，嚴格說來二者的「真實觀」並不完全一致，後者把真實僅僅看作是對自然的一種「証實」，那種「絕對的客觀」觀念必然導致文學只能在「事實」的泥地上爬行，「也就違背了每一種藝術的本質」（梅林語）；而前者恰恰肯定了典型化追求在藝術創造中的決定性意義。
〔註 57〕《自然主義與中國現代小說》。
〔註 58〕《文學與人生》，收入 1922《松江第一次暑假學術演講會演講錄》。
〔註 59〕《文學和人的關係及中國古來對於文學者身份的誤認》，《小說月報》第 12 卷 1 號，1921 年 1 月。
〔註 60〕《自然主義與中國現代小說》。

現的人生，決不是一人一家的人生，乃是一社會一民族的人生」，與以「社會人生」為內涵的客觀真實相適應，他所要求表現的「主觀真實」則「一定是屬於民眾，屬於全人類，而不是作者個人。」〔註61〕

二、為了走向真實，茅盾提倡「實地觀察」。他認為：「若求嚴格的『真』，必須事事實地觀察」，「寫實是注意觀察」〔註62〕，自然派的精神並不只在所描寫者是實事，而在實地觀察後方才描寫」〔註63〕。他曾多次著文介紹福樓拜的《薩朗波》的創作過程：「照題材看來，這書應是浪漫的著作，但佛羅貝爾卻用自然主義的描寫方法去描寫：他不但搜羅一切關於卡柴其風化習慣的材料，讀盡一切講到卡柴其的書，並且親自到丟尼斯（Tunis）一趟，探看『地方色』。」〔註64〕他認為，「這種實地觀察的精神，到自然派便達到極點」〔註65〕，如左拉之寫《小酒店》。茅盾把寫實派和自然派的實地觀察精神，用來針砭當時文壇上的「但憑想當然」的積習，提出「新文學的寫實主義，於材料上最注重精密嚴肅，描寫一定要忠實，譬如講佘山必須至少去過一次，必不能無的放矢。」〔註66〕他在這裡所講的「實地觀察」的對象，仍集中於社會人生，而不是身邊的「瑣屑事故」。

三、由於追求客觀真實，「客觀描寫」就成為寫實主義者和自然主義者共同遵循的方法。自然主義者認為「必須如實地接受自然，不從任何一點來變化它或削減它。」〔註67〕而在現實主義者看來，「藝術家不該在他們作品裡面露面，就像上帝不該在自然裡面露面一樣。」〔註68〕前者把客觀性原則推向極端，它甚至完全否認了主體在創作過程中的作用，這違反了任何一種藝術創造的本質，實際上是行不通的；而後者則並不一般地否認藝術家在作品中的「存在」，它只是不贊成藝術家赤裸裸地在作品中現身說法而已。二者在客觀性上的不同態度，實質上反映的是藝術與非藝術的區別，然而，就「客觀地描寫」而言，這卻是二者的共同特徵。茅盾在談到「實地觀察後

〔註61〕《小說新潮欄宣言》。

〔註62〕《文學上的古典主義浪漫主義和寫實主義》。

〔註63〕《一般的傾向》、《時事新報》副刊《文學旬刊》，1922年4月。

〔註64〕《紀念佛羅貝爾的百年生日》，《小說月報》12卷12號，1921年12月。

〔註65〕《自然主義與中國現代小說》。

〔註66〕《什麼是文學，1924年松江暑期演講會《學術演講錄》第2期。

〔註67〕左拉：《戲劇上的自然主義》。

〔註68〕福樓拜：《致喬治·桑》（1875年12月）。

以怎樣的態度去描寫」時，正是根據了寫實主義者和自然主義者這一共同的創作態度，提出：客觀描寫「這一點精神至少也是文學者的 ABC，走遠路人的一雙腿。」〔註 69〕在一段時間內，他爲了「補救」中國現代小說「向壁虛構」的「弱點」，以至注重於左拉的「純客觀態度」，認爲「左拉這種描寫法，最大好處是眞實與細緻」。〔註 70〕這固然是作爲權宜之計，而其中的理論偏頗卻是很明顯的。

我們認爲以上三點是茅盾接受於寫實主義和自然主義的主要之處。我們還要考察的是：這種影響對於茅盾的早期文學思想來說意味著什麼？或者說茅盾在進行了上述幾方面的吸收後，他的文學主張從總體上說究竟是現實主義的，還是自然主義的？

這首先必須弄清他對寫實主義和自然主義的固有缺陷的認識。他晚年在回憶錄中說：他對它們的最初態度是「主張先要大力地介紹」，「但又堅決地反對提倡」，後來的態度有所改變，認爲「提倡自然主義，在當前是必要的」。我們認爲茅盾的這些追求基本是準確的。應該說，他對寫實主義、自然主義的固有缺陷是始終持清醒的批判態度的，即使是後來的「提倡」，那也只是在「當前」有其必要性，他甚至比以前更激烈地否定了「自然派作品裡所含的思想。」他所批評的對象，主要是法國以及北歐的寫實主義作家和自然主義作家。

不同於他在接受對方的「犖犖大端的共通精神」上將自然主義、寫實主義視爲一物，茅盾在認識二者的固有缺陷時對之是有所區別的。他最早對寫實主義的批評見於《托爾斯泰與今日之俄羅斯》，所指的是挪威的易卜生在與托爾斯泰對比上的局限，而較集中表達他對寫實主義的批評的是《文學上的古典主義浪漫主義與寫實主義》一文。他把寫實主義分爲兩種：一是「純粹的寫實主義」，指的是「法國出產」的那種本色的寫實主義；一種是「主義的寫實主義」，指的是以俄國的托爾斯泰爲代表的有著濃厚理想色彩的寫實主義，除了俄國作家以外，也包括波蘭的顯克微支、挪威的比昂遜等。他所批評的只在於「純粹的寫實主義」。他認爲這種寫實主義的根本毛病在於：一是「太重客觀的描寫」，其弊在「枯澀而乏輕靈活潑之致」；二是「太重批評而不加主觀的見解」，其弊在於缺乏理想的光照，「使讀者感著沉悶煩憂的痛苦，

〔註 69〕《「曹拉主義」的危險性》。
〔註 70〕《自然主義與中國現代小說》。

終至失望」。顯然，這裡的兩點批評不僅對於寫實主義，而且對於自然主義也是適用的。

至於自然主義的缺陷，茅盾在《霍普特曼的自然主義作品》、《自然主義與中國現代小說》、《「曹拉主義」的危險性》等文章中闡述得較爲充分。茅盾指出自然主義是把寫實派文學的上述局限加以惡性發展的：由於「以爲人在靈肉兩方都是脆弱的」和「推尊遺傳學說裡的假設」，自然主義者「愛描寫環境與遺傳的無限的勢力」，他們的作品所體現的不僅是「太重客觀」的問題，而且是陷入了「物質的機械的命運論」，「使人消失奮鬥的勇氣」；由於認爲「人生的主體實是黑暗的野蠻的」，自然主義作家「最愛取下流人的酗酒、犯罪、獸欲以爲題材」，「專在人間看出獸性」，使讀者看人生是一片「絕望」。不難看出，茅盾在這裡所概括的只是自然主義文學的特有缺陷，一般說來，它們並不屬於寫實主義。

如上所述，茅盾對寫實主義以及自然主義始終是持鮮明的批判態度的。這樣，對於寫實主義或自然主義，茅盾當然是既有所吸收，又有所摒棄的。他說過：「我們要從自然主義者學的，並不是命運論等等，乃是他們的客觀描寫與實地觀察」。他把它們的「技術」與「思想」作了區分，而對於「思想」，他拒斥的只是「左拉的偏見」，至於「正視人間的醜惡」，「面向下層社會」的主張，他仍然認爲是應該接受的。很顯然，經過如此這般的分解之後，出現在茅盾早期文藝思想中的寫實主義或自然主義已不再是 19 世紀歐洲傳統的寫實主義或自然主義了。那麼，這種變化對於理解茅盾早期文學思想的總體傾向來說意味著什麼呢？

首先，這意味著茅盾儘管受了自然主義文學的種種影響，但在本質上他不是一個自然主義者。在二三十年代國內有人認爲他是自然主義者，至今國外還有人在重複這個看法。他們都漠視了茅盾對自然主義的有限吸收在其根本內容上是對文學的客觀性原則的接受，他們也忽視了茅盾對自然主義的上述批判在規定其早期文學思想的非自然主義性上的決定意義。我們認爲，自然主義作爲一個龐雜的美學體系，它的各個部分的理論思想既有其相統一的一面，也有其相矛盾的一面，最突出的例証是左拉本人也無法在創作中堅持徹底的自然主義。這樣，茅盾對其既有所吸收，又有所排斥，那也是很自然的。至於他所吸收的，恰恰是與寫實主義相通的，他所排斥的，也正是自然主義所特有的。那麼，結論只能是：與其說他是自然主義者，不如說他是寫

實主義者。

其次，這還意味著茅盾也不是 19 世紀歐洲傳統意義上的寫實主義者，在這裡，我們不僅要重視他本人對寫實主義文學的批評，而且要重視他對「純粹的寫實主義」和「主義的寫實主義」的區分。對於後者，他在他的早期論文中從來沒有進行過具有實質意義的批評〔註 71〕，對托爾斯泰以至顯克微支，他是始終持肯定態度的，而且，他的這種態度與他同時期對新浪漫主義「提倡」是相一致的。我們認為，茅盾此時所主張的是在文學的客觀真實性基礎上，達到「兼有浪漫精神與寫實精神」，綜合表現人生的目的，正是在這一根本認識上，他將以托爾斯泰為代表的「主義的寫實主義」和他所理解的以羅曼·羅蘭的新理想主義為代表的「新浪漫主義」統一起來了。顯然，他的這一主張從其總體來說屬於現實主義，但又不是法國傳統的那種「純粹的寫實主義」。即使在 1921 年下半年後「提倡」自然主義的階段，他也沒有放棄這一主張，在為反駁吳宓而寫的《「寫實文學之流弊」？》一文中，他仍然認為把「西洋寫實小說」與「俄國寫實小說」「混捉在一起」，實是大謬，「西洋寫實小說中，果然有使人抑鬱沉悶的作品，但非所語於俄國的寫實小說」，他又認為「俄國寫實派大家最有名的是果戈理（Gogol）、屠格涅夫、托爾斯泰、陀斯妥也夫斯基等四人，他們的作品都含有廣大的愛，高潔的自己犧牲的精神，安得謂為『不健全的人生觀』？」正是在這些對俄國文學的始終一貫的理解中，我們看到了他「提倡」自然主義的真正意圖，也看到了他的早期文學思想的現實主義屬性及其不同於「純粹的寫實主義」的固有特色。

他引用過克魯淪特關於俄國寫實文學是「『新』寫實主義」的論述，他自然是贊成這個看法的。我們認為，茅盾從不滿於寫實主義、自然主義固有缺陷出發，又回到俄國文學的傳統上來。當然，這不是作為具體的歷史過程，而是作為邏輯的過程來理解的，也就是說，他的對寫實主義與自然主義的「介紹」或「提倡」始終都不是他這個時期文學思想的終點，他所矚望的文學應該具有突破「西洋寫實文學」的局限，既反映現實，又表現理想，綜合表現人生的特質，他認為這是一種「最高格的文學」。

〔註71〕他僅在兩處表示過不贊成托爾斯泰的極端的「為人生」的主張，所指大概是托氏晚年對藝術的根本否定。

時代的特色

如上所述,茅盾「為人生」的現實主義文學觀受到了外國——特別是俄國和法國——的文學思潮的深刻影響,然而從根本上說,他仍然是以新民主主義革命的歷史要求和在此歷史要求規定下的新文學的偉大變革為出發點的。這樣,他一方面越過西方世紀末以來的種種「新」派文藝思潮的蠱惑,恰恰選擇了 19 世紀的寫實主義(以及自然主義)作為建樹自己文學主張的主要思想材料;另一方面,由於他是站在新的歷史高度上,從容地審視著自文藝復興以來歐洲諸種文藝思潮的消長起伏,那麼他在對寫實主義以及自然主義思潮的認識上,必然突破了 19 世紀的歐洲傳統,而尋求一種新的寫實主義。我們在其中所看到的是茅盾對處於偉大轉折時期的民族生活、民族文學及其發展趨勢的深刻理解,正是這種理解生發出了他對新文學的現實主義和現實主義應有的新的時代品格的執著追求,並由此而形成了他早期「為人生」的現實主義文學觀的自身特色。

我們知道,西方的資產階級民主革命是在長達數百年的時間內完成的,從歐洲一些主要國家的經驗來看,它們的思想啟蒙運動和政治革命是在不同的歷史階段上分別進行的,從 15 世紀開始的文藝復興到 1789 年的法國大革命,中間經歷了三百多年,而現實主義思潮正是在整個歐洲的資本主義革命已基本結束,資本的統治已經確立,新的矛盾開始暴露的歷史條件下勃興的。與此不同的是,中國的資產階級民主革命並沒有先經歷過思想啟蒙運動充分發展的階段,它不是先打掃了奧吉亞斯的牛圈而後攻占巴士底獄的,歷史把思想文化革命和社會政治革命的偉大任務同時推到了現實的舞台。如果說,西歐的現實主義文學思潮較多關心的還是文學自身的問題,它與文化思想的改革,尤其與政治革命僅有著稀薄的聯繫的話,那麼,中國的新文學不僅直接作為新文化運動的重要方面軍,而且形成了遠比歐洲近現代文學更為鮮明的與政治革命同步前進的時代特色。中國新文學的現實主義思潮全部是在新民主主義思想文化運動和政治革命的歷史進程中蘊釀以至於成熟的,它作為時代的產兒,當然打上了母體的深刻的印記。在這一點上,它接近於俄國革命民主主義者別、車、杜等人的現實主義理論,而且比後者表現得更為鮮明,更為直接,更為具體,也更有理論的尖銳性和戰鬥性。這是中國新文學的現實主義思潮的一個根本特點。

作為這一特色的代表是魯迅和茅盾。正如魯迅把自己的創作稱為「遵命

文學」一樣，茅盾的早期論文《托爾斯泰和今日之俄羅斯》也是以探求「俄國革命之動力」進而昭明新文學與社會革命的內在聯繫爲宗旨的。如果說魯迅的前期小說主要是以「中國反封建思想革命的鏡子」〔註72〕顯示著這一歷史特色的話，那麼，茅盾在這個時期所進行的理論探索，從它與新民主主義革命的聯繫來說，則是以追求文學與政治革命的直接結合爲特色的。按照他的理解，「『五四』以來寫實文學的眞精神就在它有一定的政治思想（民族的自由解放和民眾的自由解放）爲基礎，有一定的政治目標爲指針。」〔註73〕作爲最早的共產黨人之一，正如他的自述——「我的內心的趣味和別的許多朋友……則引我接近社會運動。」〔註74〕這種「文學與政治的交錯」的生活經歷，他的政治信仰和從事實際革命活動的熱情當然在他的「爲人生」的現實主義文學觀的形成過程中留下了深刻的影響。我們這樣說，並不是認爲他早在20的代就已經用馬克思主義觀點去觀察文學現象，相反，我們認爲，對比於他早在1920年就「初步懂得了共產主義是什麼，共產黨的黨綱和內部組織是怎樣的」〔註75〕，他的馬克思主義文藝觀的最初形成則遲至20年代中期。只是我們應該注意到，他在這個時期的文學主張，飽漲著對黨領導的政治革命的關切和熱情。他往往從政治革命的角度，而不只是從一般的「爲人生」的要求上，對新文學提出希望。他曾以俄國文學、挪威文學、匈牙利文學、波希米亞文學、保加利亞文學爲例，說明文學不能脫離政治，而是「要向於政治的或社會的」〔註76〕。他在《大轉變時期何時來呢？》一文中從「近年來政治的愈趨黑暗，民氣的日益消沉」與「從前在民眾中活動，鼓動民眾向前的青年們，現在多意氣頹唐」這一政治現象上揭示了「五四」退潮後文壇上的唯美派、頹廢派產生的社會根源。他的《雜感－讀代英的〈八股〉》是對早期共產黨人文學主張的熱烈響應，而惲代英的文章正是從新文學必須「能激發國民的精神，使他們從事於民族獨立和民主革命的運動」這一要求出發去批評文壇上的種種形式主義傾向的。

這樣，我們看到，作爲新文學現實主義思潮的一個代表，茅盾之追求新

〔註72〕見王富仁：《中國反封建思想革命的鏡子》，《中國現代文學研究叢刊》1983年第1期。
〔註73〕《浪漫的與寫實的》，《文藝陣地》第1卷2期，1938年5月。
〔註74〕《從牯嶺到東京》，《小說月報》第19卷10號。1928年10月。
〔註75〕《我走過的道路》（上）。
〔註76〕《文學與政治社會》，《小說月報》第13卷9號，1922年9月。

文學與政治革命的結合，除了在根本上是由中國革命的歷史任務所規定的之外，還有著源於個人經歷、個人認識的深刻原因的。

開放性是茅盾早期現實主義主張的又一個特色。儘管茅盾較多地接受了俄國、法國的現實主義思潮的影響，然而這決不意味著他把自己的視野局限在現實主義的範圍之內。他認為：「浪漫主義所本有的思想自由，勇於創造的精神，到萬世之後，尚是有價值，永為文學進化之原素」〔註77〕。至於他一度「提倡」以羅曼·羅蘭的新理想主義為代表，而又包括了象徵主義等「新」派文學在內的新浪漫主義，則更說明了他的對外國文藝思潮流派的吸收不是單一的，而是多方面的。正是多方面的影響，形成了茅盾早期現實主義主張的開放性。實質上，他所提倡的是企圖兼取浪漫主義、寫實主義之所長，而棄其所短，並將二者溶合在一起的某種「主義」。從其總的傾向來說，它當然仍屬於現實主義，然而由於充分地體現了新民主主義革命的時代精神，由於強調在「如實寫出」中表現主體的社會理想，它又不是19世紀歐洲的那種傳統的寫實主義，而是一種具有許多新特點的現實主義。

顯然，這種新的現實主義已不是傳統的現實主義理論所能完全規範的。因此，需要對這一「開放性」特色作進一步說明的是下列兩點：

一是它的不穩定性。茅盾的不滿於寫實主義和自然主義的固有缺陷，他的對新浪漫主義的「提倡」，說明了他並不固守上一世紀的歐洲傳統，而尋求著「更高格」的新的現實主義；然而在全面了解蘇聯社會主義現實主義文學之前，在他發展為革命現實主義者之前，他的種種「突破」和「尋求」往往只是片斷的，不很明確的，甚至混雜著對文學的某些不正確理解，如對「表象主義」的「提倡」。這種情況造成了他的早期文藝思想在現實主義總體傾向下的某種不穩定性。

二是它蘊藏著向革命現實主義發展的內在要求。如同我們以上所說的，他的對舊寫實主義傳統的「突破」意味著在尋求一種新的現實主義，以此為出發點走向革命現實主義是完全可能的；不僅於此，從他政治思想上逐漸成熟起來的馬克思主義「信仰」，從他對早期共產黨人文學主張的響應，從他對高爾基創作意義的重視，從他對文學反映第四等級生活狀況的關注，他早期「為人生」的現實主義文學觀中蘊藏著向革命現實主義發展的必然要求，這是不難理解的。

〔註77〕《文學上的古典主義浪漫主義和寫實主義》。

第二節　革命現實主義文學觀與蘇聯文學的影響

無產階級文學觀的最初形成

在茅盾早期「爲人生」的現實主義文學觀中，我們已經看到了對一種更適合於新民主主義革命歷史要求的新的現實主義的探求。但是，他當時對這種新的現實主義的思想基礎、理論形態及其美學意義都還沒有一個較爲明確的看法。作爲這一探索的結晶，則是革命現實主義文學觀的最後形成和臻於成熟。

茅盾的革命現實主義文學觀首先孕育的是對文學的階級性質的明確認識，在這一認識的基礎上，他從提倡「爲人生的藝術」轉向提倡「爲無產階級的藝術」，並把後者看作是前者的「修正和補充」。

從 1919 年底起，茅盾「開始接觸馬克思主義」〔註78〕，並在不久之後就表示了對馬克思主義的「確信」〔註 79〕。政治思想的發展促進了他文學思想的相應發展。20 年代初，他開始關注十月革命後的蘇聯無產階級文學運動。在《小說月報》全面革新後，茅盾就在該刊新闢的「海外文壇消息」一欄中，接連撰文介紹「勞農俄國」的文藝狀況，對蘇維埃政權下「藝術的自由發展」〔註80〕表示了極大的熱誠和讚美。然而，主要由於客觀對象尚處於萌芽狀態，他這時對蘇聯文學的發展還沒有較爲全面的了解，即使是對高爾基的認識也大多是根據他的早期創作，所以，此時蘇聯革命文學對他「爲人生」的文學觀還未產生實質性的影響。在文學的社會性質上，他提倡的仍然是「平民文學」，是「爲人類呼籲」。自然，他這時所主張的「描寫下等社會的生活」中也包括了對「第四階級」即無產階級的生活的眞實反映的問題，但他顯然還沒有完全了解後者在文藝美學上的獨立意義。

如果說，茅盾在 20 年代初期所顯露的對蘇聯文學的關注和有限的理解僅僅表現爲革命現實主義因素在作者文學思想中一種量的積累的話，那麼，「以蘇聯文學爲借鑒」寫於 1925 年的《論無產階級藝術》則可以看作茅盾的文學思想從「爲人生」到「爲無產階級」，從舊現實主義到革命現實主義這一重大

〔註78〕　《我走過的道路》（上）。
〔註79〕　《五四運動與青年底思想》，《民國日報》副刊《覺悟》1922 年 5 月 11 日。
〔註80〕　《海外文壇消息·勞農俄國治下的文藝生活》，《小說月報》第 12 卷 1 號，1921年 1 月。

發展中開始出現質變的確証，關於這篇論文，茅盾後來說：

> 在 1924 年，鄧中夏、惲代英和澤民等提出了革命文學的口號，之後，我就考慮要寫一篇以蘇聯的文學為借鑒的論述無產階級革命文學的文章。我的目的，一則想對無產階級藝術的各個方面試作一番探討；二則也有清理一番自己過去的文學藝術觀點的意思，以便用「為無產階級的藝術」來充實和修正「為人生的藝術」。〔註81〕

實事上，他的這一變化在早於《論無產階級藝術》兩個月前寫的《現成的希望》一文中就已略顯端倪。他說：

> 描寫無產階級生活的文學，自近代俄國諸作家──特別是高爾基──而確立。可是英國的狄更斯，早就做了許多描寫無產階級生活的小說。批評家把兩者不同之點指給我們看到：讀了狄更斯的小說，只覺得作者原來不是無產階級中人，是站在旁邊高聲唱道：「你們看，無產階級是這般這般呀！」但是讀了高爾基等人的作品，我們讀者卻像走進了貧民窟，眼看著他們的污穢襤褸，耳聽著他們的呻吟怨恨。為什麼呢？因為狄更斯自身確不是無產階級中人，而高爾基等則自己是無產階級，至少也曾經歷過無產階級的生活。

把這段話與《俄國近代文學雜譚》〔註82〕作一比較，有以下三點是值得注意的：一、在俄國諸作家中，突出了高爾基創作的重大意義。二、用「無產階級的生活」代替了籠統的「下流社會的苦況」；三、對造成藝術表現的差別的個人原因的探索上，指出其根本在於作家是否「自己是無產階級」的問題。這裡的變化發展是十分顯明的，體現了作者從新的思想高度上對以高爾基為代表的新的文學潮流的重新認識。

當然，更鮮明也更系統地表明這種變化的還是《論無產階級藝術》。在這篇文章裡，茅盾以馬克思主義的階級論批評了羅曼・羅蘭的「民眾藝術」。他認為：「在我們這世界裡，全民眾，將成為一個怎樣可笑的名詞？我們看見的是此一階級和彼一階級，何嘗有不分階級的全民眾？」「羅曼羅蘭民眾藝術，究其極不過是有產階級知識界的一種烏托邦思想而已。」正是在這個意義上，他充分肯定了以高爾基的創作為前驅，以十月革命後的蘇聯社會主義文學為後繼的「能夠表現無產階級的靈魂，確是無產階級自己的喊聲的」無產階級

〔註81〕《我走過的道路》（上）。
〔註82〕刊於《小說月報》第 11 卷 1、2 號，1920 年 1～2 月。

文學潮流在文學史上的偉大意義和獨立地位。他指出：「我們要為高爾基一派的文藝起一個名兒，我們要明白指出這一派文藝的特性、傾向，乃至其使命，我們便不能不拋棄了溫和性的『民眾藝術』這名兒，而換了一個頭角崢嶸，鬚眉畢露的名兒——這便是所謂『無產階級藝術』。」他從蘇聯革命文學的初期實踐中總結了無產階級藝術所要表現的無產階級精神的問題，指出：「描寫無產階級生活」並非無產階級藝術的本質特徵，無產階級藝術的根本要求在於體現「集體主義的，反家族主義的，非宗教的」無產階級精神，它在內容上不僅要反映社會生活的現實，而且要表現無產階級的「要建設全新的人類生活」的理想。

此外，他還考察了無產階級藝術產生的條件，著重的指出：「新藝術是需要新土地和新空氣來培養」的，所謂「社會選擇」，其真正的含義也就是社會上「居於治者地位」的階級的選擇；而文藝的批評則是這種「社會選擇」之「系統的藝術化的表現」，「所以無產階級藝術的批評將自居於擁護無產階級利益的地位而盡其批評的職能」。

我們不難看出，上述論點的基礎則是馬克思主義的階級論，尤其是馬克思主義關於無產階級的歷史地位和歷史使命的學說。茅盾用這一基本觀點去觀察、分析歷史上的文學現象，特別是蘇聯正在崛起的無產階級文學運動，而後者的「偉大的創造力」顯然也有力地促成了他從「為人生的藝術」到「為無產階級的藝術」的深刻轉變。這個轉變自然包含了對他早期文學思想的部分否定。他後來這樣說過：「對於布爾喬亞的文學理論，我曾經有過相當的研究，可是我知道這些舊理論不能指導我的工作，我竭力想從『十月革命』及其文學收穫中學習；我困苦地然而堅決地要脫下我的舊外套。」〔註83〕作為一個對無產階級藝術理論的自覺探求過程，《論無產階級藝術》是具有特別重要的意義的。

當然，他並沒有因此而否定「人生派」，而在提出「無產階級藝術」口號的同時又認為新文學中「人生派」的主張是「較妥的說法」。〔註84〕他只是馬克思主義的階級論將它提高到一個更高的層次，即無產階級藝術論的層次。這樣，他的「為無產階級的藝術」主張既是對早期的「為人生」的文學觀的修正，又是其必然的合理的發展。

〔註83〕《答國際文學社問》。
〔註84〕《告有志研究文學者》，《學生雜誌》第 12 卷 7 號，1928 年 7 月。

從「新寫實主義」到「社會主義現實主義」

《論無產階級藝術》以及在這前後的幾篇論文標誌著茅盾的無產階級文學觀的最初形成，我們由此可以看出蘇聯文學的影響在茅盾的文學思想發展進程中的重大意義。

然而這對於作為完整的文藝美學體系的革命現實主義來說還僅僅是一個開始，體現在《論無產階級藝術》中的對蘇聯社會主義文學的認識還只是總結了客觀對象的一般階級的特徵，而較少深入到它的現實主義的美學底蘊。因此，我們認為茅盾此時還未達到對革命現實主義的成熟的理論認識。經過一段曲折之後，茅盾的革命現實主義文學觀才逐步臻於成熟。他在20年代末以及後來的大量論文中表明了自己的完整的富於創造性的革命現實主義主張。

為了促進新文學的健康發展，茅盾像以前一樣，仍大量譯介外國文學，其重點則是蘇聯的社會主義現實主義文學。他把《鐵流》、《毀滅》等作品看成是「我們」的〔註85〕。從茅盾所翻譯的鐵霍諾夫的《戰爭》、卡達耶夫的《團隊之子》、格羅斯曼的《人民是不朽的》等作品中，更從他所撰寫的有關蘇聯文學的評論中，我們可以看到他的革命現實主義文學從形成到成熟都是與蘇聯社會主義現實主義文學的影響分不開的。

茅盾曾先後使用過「新寫實主義」、「新現實主義」或「社會主義現實主義」等概念，它們的各自內涵，按照他的解釋，並無實質性的差別，他後來更常用的是「革命現實主義」這一為我國理論界所習慣了的概念。我們不想在這裡討論這些概念本身的微細差別，而只是具體地考察他的革命現實主義主張的豐富內涵，並進而探討蘇聯文學在其中的影響。

誠然，他早在1921年就使用過「新寫實主義」這一概念，但他是在這樣一個意義上使用這個概念的：「近代思想復由唯實主義轉到新唯實主義，所以文學上也由寫實主義轉到新寫實主義」〔註86〕，所指並不是革命現實主義。後來他又在另一個意義上使用了這一概念，它正是在介紹蘇聯文學時使用的，然而它指的是一種「文體」〔註87〕，而不是一種新的文學思潮和創作方

〔註85〕《中國蘇維埃革命與普羅文學之建設》、《文學導報》1卷8期，1931年11月。
〔註86〕見《近代文學體系的研究》。
〔註87〕見《海外文壇消息・俄國的新寫實主義與其它》，《小說月報》15卷4號，1924年4月。

法。四年後，他在《從牯嶺到東京》一文中又重複了這種看法。這說明直到
1928 年他還「不懂得這個名詞的含義」〔註88〕。真正賦於「新寫實主義」以
明確的革命現實主義內涵的是寫於 1929 年的《讀〈倪煥之〉》。茅盾在這篇文
章中說：

> 所謂時代性，我認為，在表現了時代空氣而外，還應該有兩個
> 要義：一是時代給予人們以怎樣的影響，二是人們的集團的活力又
> 怎樣地將時代推進了新方向，換言之，即是怎樣地催促歷史進入了
> 必然的新時代，再換一句說，那是怎樣地由於人們的集團的活動而
> 及早實現了歷史的必然。在這樣的意義下，方是現代的新寫實派文
> 學所要表現的時代性！

顯然，這裡的「新寫實派文學」所要具備的「兩個要義」正體現了革命
現實主義的本質特徵。對此進行了更明確闡述的是寫於同年的《西洋文學通
論》。他指出：「高爾基是把……寫實主義在新基礎上重新復活了的；他的客
觀描寫不是冷酷的無成心的客觀，而是從客觀的事物中找他的主觀的信仰的
說明；他亦科學的分析社會力之構成及其發動姿態，可是他的《母親》不像
左拉的《礦工》之終於失望；他衝破了神秘主義的迷霧，將地下的烈火照耀
了人間。」他從高爾基身上所認識到的「新寫實主義」是以如實地反映人民
群眾「集團的而非個人的」歷史創造性和主動性（行動的而非空想的）為核
心的，而要做到這一點，必須「把耳朵貼在泥土上靜聽」，深刻理解「社會力」
的衝動對創造新世界的意義。他特別指出高爾基的以《母親》為代表的第二
期創作由於在「人物和題材」上轉向了描寫覺醒的無產階級及其生活，因此
是「更寫實的」，改造社會的「目的」也「更顯明」，人物的行動性更強烈，
集團主義的意識也更自覺，其「基調」是「對於將來的確信」。他不再像過去
那樣籠統地認識和評價高爾基的創作，他對《母親》的大力肯定說明了他對
社會主義現實主義創作原則的深刻認識。在另外一些文章裡，他更明確地指
出：「要找社會主義者的高爾基，則他的第二期作品就不能不被推舉了」，其
中的人物「是有政治覺悟及階級覺悟的勞工者」。〔註89〕

同樣的認識還體現在茅盾對十月革命後蘇聯文壇上出現的無產階級作
家的評述上。他認為以格拉特珂夫、法捷耶夫等作家為代表的「寫實主義是

〔註88〕 《我走過的道路》（中）。
〔註89〕 《關於高爾基》，《中學生》創刊號，1930 年 1 月。

不僅僅描寫現實爲滿足,是要就『現實』再前進一步,『預言』著未來的」,「這寫實主義……是要描寫『集團』如何創造了『新的人』,又創造了新的社會;這個寫實主義的人物當然不能是個人主義的英雄,而是勇敢的有組織的服從紀律的新英雄」。無產階級作家表現的是比「同路人」作家所表現的「更深切而眞實的人生」。茅盾認爲這種「再興的寫實主義」與舊現實主義相比具有「性質上的不同」,是謂「新寫實主義」。

隨著蘇聯「社會主義現實主義」口號的提出,茅盾在 1933 年 5 月第一次運用「社會主義現實主義」的概念評價了田漢的戲曲〔註90〕。顯然,茅盾所論述的蘇聯文學的「新寫實主義」與他在《讀〈倪煥之〉》中對「新寫實派文學」即革命現實主義的理解,蘇聯的「社會主義現實主義」口號的提出與茅盾運用這個概念所進行的批評,其中有著十分明顯的聯繫,而我們則是在下列理論原則上理解這種聯繫的:革命現實主義,或新寫實主義,或社會主義現實主義,是自爲的無產階級對文學的召喚,是社會主義運動在藝術領域結成的一個碩果,它所追求的眞實是一種在歷史的革命發展中的生活的眞實,因此與任何客觀主義或自然主義是不相容的,它反對將生活作靜止的描寫,明確要求作家對整個世界持有馬克思主義的洞察和預見,在人民群眾的自覺的歷史活動的具體描寫中或內在要求的充分表現中去反映社會生活的眞實。

「鍛煉出一雙正確而健全的普羅列塔利亞意識的眼睛」

我們曾把對文學的思想傾向性的重視看作茅盾早期「爲人生」的文學觀的一個特點,然而只有革命現實主義才眞正實現了「新思想」與現實主義基本要求的科學統一。在向革命現實主義進發的途中,他逐漸拋棄了「永存的人性」等非馬克思主義的、含混的「新思想」的命題,而提出:無產階級的理想是「要建設全新的人類生活」,「社會主義的建設的理論是必要的。無產階級藝術也應當向此方面努力,以助成無產階級達到終極的理想。」〔註91〕他正是在馬克思主義世界觀上找到了「新思想」的唯一歸宿,也找到了革命現實主義的哲學基礎。

馬克思主義世界觀的指導是革命現實主義區別於舊現實主義的基本標

〔註90〕《讀了田漢的戲曲》,《申報》副刊《自由論》,1933 年 5 月 17 日。
〔註91〕《論無產階級藝術》,《文學》周報、172、173、175、196 期,1925 年 5 月。

誌。在舊現實主義範疇內的種種文學思潮和創作，它們往往不能做到世界觀和創作方法的和諧統一。那種世界觀和創作方法的矛盾實質上反映的是作家主觀世界的內在衝突，即使在被茅盾稱爲「主義的寫實主義」的托爾斯泰那裡，他一方面對沙俄時代的社會生活進行了「無與倫比」的眞實描繪，另一方面又擺脫不了托爾斯泰主義的可笑說教，體現在創作中的這種外在衝突，正是內在的「托爾斯泰觀點中的矛盾」的外化。而在蘇聯的社會主義現實主義文學那裡，它第一次把現實主義藝術的一般要求統一於「看到」和「表現」、「使生活走向社會主義」的現實內容，其中當然體現著作家種種直覺的以至於自覺對社會主義的感受和理解的。在革命現實主義與舊現實主義這一根本區別的理論認識上，茅盾顯然受到了蘇聯文學的深刻影響。

　　他認爲：客觀生活不可能直接進入文學作品，它必須轉化爲形象（或「意象」），而形象正是人腦的審美（廣義的）的反映。所以，那種摒棄了主體的創造活動的「客觀」反映是不可思議的。對於革命現實主義作家來說，則「須先準備好一個有組織力、判斷力、能夠觀察分析的頭腦，而不是僅僅準備了一個被動的傳聲的喇叭；他須先的確能夠自己去分析群眾的噪音，靜聆地下泉的滴響，然後組織成小說中人物的意識」，〔註92〕指出了作家具有馬克思主義世界觀在對生活作能動反映中的至關重要的意義。正是在「証明被壓迫的無產階級有怎樣不同的思想方式」〔註93〕上，他將革命現實主義與舊現實主義作了原則的區分。他後來還多次就蘇聯的社會主義現實主義的作品指出革命的世界觀和人生觀，對創作的重大意義，強調生活的實感與思想的聯繫。〔註94〕如果說，茅盾在《論無產階級藝術》中還未曾把伊凡諾夫、賽甫琳娜等「同路人」作家與法捷耶夫、富曼諾夫、綏拉菲摩維支等無產階級革命作家加以區分而顯出對「人生觀」認識上的某種不明確的話，那麼，在《西洋文學通論》中他就注意指出：「同路人」作家由於「並沒體認到革命的全體」，「對於共產主義也是門外漢」，而帶來的對社會生活反映上的某種片面性，儘管他們對於革命也有著某種程度的出於直感的認識。如對「同路人」作家皮涅克，茅盾認爲他的局限就在於「不曾往前走」，以尋求「革命的核心」，儘管他是「上好的觀察者」，但是由於沒有對於革命的「全體」的認識，他筆下的人物也只能「和皮涅克自己一樣，是革命的『同路人』」。在《中國

〔註92〕《讀〈倪煥之〉》，《文學周報》第8卷20號，1929年5月。
〔註93〕《文學者的新使命》，《文學周報》第190期，1925年9月。
〔註94〕參閱《關於〈人民是不朽的〉》。

蘇維埃革命與普羅文學之建設》中他指出：「『同路人』作家的皮涅克尚未能把蘇聯革命的主要意義和精神，很正確地在他作品內表現出來。」這裡從世界觀的根本原則上對無產階級作家與「同路人」作家的區分，是有其深刻的理論意義的。這說明，在茅盾看來，對革命現實主義的自覺是以馬克思主義世界觀為基礎的，因此，作家「鍛煉出一雙正確而健全的普羅列塔利亞意識的眼睛」，乃是把握革命現實主義創作原則的必要條件。

然而辯證唯物主義並不能代替革命現實主義。茅盾在提出馬克思主義世界觀對革命現實主義創作方法所具有的決定意義的同時，又反對了另一種將文學創作「論文化」的傾向。他曾把這種傾向概括為「政治宣傳大綱」加「公式主義的結構或臉譜主義的人物」這樣一個公式，正是批評了初期無產階級革命文學在藝術創造中的「左」傾幼稚病。就作品所表現的作家主觀認識而言，這種公式首先破壞了馬克思主義的生動性和創造性，由於脫離了思想所唯一依存的物質實體——具體的場景，具體的動作，具體的形象，他的「主義」或「思想」都只能是「耳食的社會科學常識或是辯證法」〔註95〕。茅盾反對任何一種游離於形象以外的「目的意識」，並因此而對小說《地泉》提出了批評，尖銳地指出這一類作品所反映的甚至是作家本身並未「真能夠懂得」社會科學的「全部的透徹的知識」〔註96〕。

茅盾所針砭的是創造社、太陽社作家在提倡無產階級革命文學時的一種有害的傾向。眾所周知，這種傾向是在蘇聯「拉普派」的教條主義的理論思潮的影響下形成的，茅盾對它的批評事實上包括了對「拉普派」錯誤的某種認識。如同在《論無產階級藝術》一文中對萌芽期的蘇聯文學的某些不足仍進行了批評一樣，茅盾在向革命現實主義進發的途中，在較多地接受蘇聯文學影響的同時又對之採取了審慎的態度，他所吸取的是社會主義現實主義文學的本質精神，而摒棄了對方在形成期上所不可避免的某些雜質。

「最最主要的還是充實的生活」

茅盾認為要創造偉大作品，必須具備三個條件：一是「正確的觀念」，二是「充實的生活」，三是「純熟的技術」。而且他又認為「最最主要的還是充實的生活。只有從生活中把握到了正確觀念方是真正的『正確』，也只有從生

〔註95〕《讀〈倪煥之〉》。
〔註96〕《〈地泉〉讀後感》，收入 1932 年 7 月上海湖風書局出版之《地泉》。

活中體認出來的技術方是活的技術。」〔註 97〕這固然是針對當時左翼文壇的「概念化、公式化」的創作傾向而言的，然而對「生活實感」的強調卻始終是茅盾革命現實主義理論的重要內容與鮮明特色。

茅盾認爲，爲了克服創作上的「臉譜主義」和「方程式」的描寫，除了「更刻苦地去儲備社會科學的基本知識」和「更刻苦地去磨煉藝術手腕的精進和圓熟」外，還要，「更刻苦地去經驗複雜的多方面的人生」〔註 98〕。爲了提醒左翼作家注重「生活實感」，茅盾多次撰文介紹高爾基的經歷，揭示高爾基在社會底層豐富的生活閱歷與他的現實主義創作的密切關係。他指出：「高爾基的生平也就等於一篇小說」〔註 99〕，「社會就是高爾基的學校，各項苦工就是高爾基的學科。他的敏銳的觀察，生辣活潑的文章，都是他自學與經驗的果實」〔註 100〕。他在日本所寫的最後一篇論文《關於高爾基》，其目的是「爲了指明，眞正的普羅文學應該像高爾基的作品那樣有血有肉，而不是革命口號的圖解」〔註 101〕。他在介紹其他蘇聯作家時，也注意到「生活實感」問題，即使是「同路人」作家，他也指出：「他們確是和革命同時『生長』的，他們的觀念形態都是從革命中取得的，他們各個以自己的態度接受革命。」〔註 102〕

爲了更完整地理解茅盾有關「生活實感」的理論認識，指出下列兩點還是有意義的：

一、由於現實主義對眞實的追求並不在於刻板地摹寫生活，所以茅盾在強調創作應以「生活實感」爲基礎的同時又認爲有了「生活實感」不等於就有了「藝術眞實」。他說：「作者所貴乎實感，不在『實感』本身，而在他能從這裡頭得了新的發現，新的啓示」，所以，須「先把自己的實感來細細咀嚼，從那裡邊榨出些精英，靈魂，然後轉化爲文藝作品。」〔註 103〕可見，茅盾提出的「生活實感」仍屬於感性認識的範疇，它還是片斷的，粗糙的，蕪雜的，當然也是有待深化的，它必須經過提煉爲形象以至於典型等一系列審美創造過程，才逐步到達更深一層次的藝術的眞實。正是在這個意義上，他比較了

〔註97〕《關於「創作」》，《北斗》創刊號。1931 年 9 月。

〔註98〕《〈地泉〉讀後感》。

〔註99〕《西洋文學通論》。

〔註100〕《高爾基》，《中學生》第 25 號，1932 年。

〔註101〕《我走過的道路》（中）。

〔註102〕《西洋文學通論》。

〔註103〕《歡迎太陽！》，《文學周報》第 5 卷 23 期，1928 年 1 月。

「同路人」作家的創作與社會主義現實主義文學的區別，他認為前者選擇的題材也是作家所「躬自體驗過的」，他們也如實寫來，是「寫實」的，但以「僅僅描寫現實為滿足」，而後者則是「要就『現實』再前進一步」，向更深層的真實掘進的，所以前者「實則只僅僅是內戰時代動亂人生的小小的 Caricature（漫畫）」，而後者則表現了「更深切而真實的人生」〔註104〕。

二、茅盾在分析新文學運動初期創作上背離真實的原因時指出：「國內創作小說的人大都是念書研究學問的人，未曾在第四階級社會內有過經驗，像高爾基之做過餅師，陀思妥耶夫斯基之流過西伯利亞，印象既然不深，描寫如何能真？」〔註105〕他提出的補救方法則是「實地觀察」和「客觀描寫」。此時，作為一個「『自然主義』和舊現實主義的傾向者」的茅盾，還沒有明確地把握「實踐」在認識中的意義。而在成為革命現實主義之後，他更多的用「生活實感」代替了「實地觀察」，強調作家「從革命中取得」對生活的藝術的把握。茅盾用「生活實感」這個命題科學地解釋了客觀與主觀、生活與藝術之間的中介，它意味著作家取得素材的過程本身就是一個「實踐」的過程，是一個有目的的，主體積極參與的創造過程，而不是對生活的冷漠的「觀照」，更不是原始形態的客觀生活本身的實錄。也許我們只有這樣理解茅盾提出的「生活實感」的全部含義，才能領悟他多次介紹高爾基的生活經歷對新文學建設的深遠意義，才能明確茅盾的革命現實主義主張與舊現實主義在追求客觀真實上的理論分野。

方法和技巧

對藝術技巧的重視是茅盾革命現實主義文學觀的重要組成部分。值得指出的是：為了豐富和完善革命現實主義文學的藝術技巧，他指出了廣泛地吸取外國優秀文學遺產的重要性，其中除了蘇聯的社會主義現實主義文學外，還包括了其它流派的文學，尤其是19世紀批判現實主義文學。這一面向世界的特點使他的革命現實主義文學觀呈現出十分可貴的開放性。

在成為革命現實主義者後，他仍然整理出版了多種舊著，如《歐洲大戰與文學》，《六個歐洲文學家》等，其目的也是在藝術上為新文學提供廣泛的有益的借鑒。他一方面在介紹蘇聯文學時注意分析作家的獨立風格和藝術技

〔註104〕《西洋文學通論》。
〔註105〕《社會背景與創作》。

巧，另一方面又著重指出他們與古典現實主義文學在藝術上的聯繫。他指出：
「同路人」作家的技巧，『是繼承了革命前的作家的手法的』；愛倫堡的創作
則「浸潤於大陸的文風」，深愛福樓拜的影響；賽甫琳娜的「表現方法是舊時
的寫實主義的方法」；巴倍爾是寫實主義，「而且是法國的佛羅貝爾式的寫實
主義」；羅曼諾夫「便是臨模了過去寫實派名家，從果戈里起，直到托爾斯泰，
而得了成功的」。至於無產階級作家，他也指出：「在李白金司基的作品中，
可以看見迦爾詢（V.L.Garshin）與烏司本斯基（G.I.Uspenshy）這兩位過去的
寫實名家的影響。法台耶夫則受托爾斯泰的影響很深。心理描寫太多的拉瑪
司金的作品卻顯然有陀斯妥以夫斯基的影子。」他從中認識到的是這些新俄
作家「差不多全是從俄國文學的『黃金時代』的那些寫實派作家那裡學習了
描寫的技巧。」〔註106〕

　　他出版於1928年的《小說研究ABC》具體總結了歐洲古典小說特別是自
菲爾汀以來的近代現實主義小說的藝術經驗，其中包含著針砭當時左翼文壇
輕視傳統的錯誤偏向這一現實目的。他曾明確地提出：即使是批判現實主義
的創作方法，「對於觀念地去描寫『轉變』的現時中國文壇，不失是一種參考。」
〔註107〕這種「參考」當然是包括藝術技巧上的借鑒的。

　　而且，茅盾的革命現實主義文學觀的開放性不僅有著向外國作家學習藝
術技巧上的意義，更爲重要的是，他是從民族新文學的發展與世界文學的遠
景上來認識這種借鑒的。他認爲：「中國文藝形式一定也得循著世界文藝形式
發展的道路而向前發展」〔註108〕，因此，它不得不打破自己傳統的格局，出
現了「五四」文學革命這樣偉大的革新運動，而外國文學的影響正是促成革
新的重大契機；他又認爲文學的變革從根本上說是由經濟基礎的變革而發生
的，他說：「文藝形式這東西，無論在世界那一國，只要有同樣的『社會經濟
的土壤』以及『階級的母胎』，便會放出同一類的花來」。所以新文學注重向
外國近現代文學的借鑒實質上體現的仍然是它受制於本民族社會生活的內在
要求走向現代化的歷史進程。他曾經引用過《共產黨宣言》中關於「世界文
學」的那一段著名論斷來闡明各民族文學「互相影響溶化」的偉大意義，並
指出：中國新文學「要吸取過去民族文藝的優秀的傳統，更要學習外國古典

〔註106〕《西洋文學通論》。
〔註107〕《文憑・譯後記》，《文憑》，現代書局1932年9月出版。
〔註108〕《舊形式、民間形式與民族形式》，《中國文化》第2卷1期，1940年9月。

文藝以及新現實主義的偉大作品的典範」。

顯然，這裡所體現的對中國文學走向世界，走向現代化的思考，正是形成茅盾革命現實主義文學觀的開放性質的深層原因。

第三節　與新浪漫主義的關係

在茅盾早期文學活動中，他對外國文藝思潮流派的介紹是十分廣泛的。在以寫實主義文學為主的同時也介紹了第一次世界大戰前後出現的西方文學諸多「新流派」、「新主義」，以作為豐富他的「為人生」的文學主張的借鑒，甚至作為他所矚望的理想文學的「預備」。在其後的幾十年中，與他的思想發展相適應，茅盾對這「半打多」的主義的評價也有過曲折的變化，顯示了他作為無產階級革命現實主義巨匠的科學態度和批判精神。

「提倡」新浪漫主義的出發點

毫無疑問，中國新文學在外來文藝思潮的擇取上，從其總體來說是以現實主義和浪漫主義為主的。但這樣一個歷史特點是在從文學革命到革命文學的發展進程中逐漸成熟的，而在新文學運動初期，對比於注重引進現實主義和浪漫主義這樣一種自覺的文學意識，對外來文藝思潮的「開放」狀態倒是那個時期文學的更顯著的特點。正如茅盾後來所說的出於衝破舊文學傳統樊籬的需要，「當時大家競相介紹十九世紀歐洲各派文藝思潮」〔註109〕。在《晨報副刊》，《小說月報》、《創造季刊》等刊物上，除了王爾德、梅特林克、斯特林堡、波特萊爾、愛倫坡、瓦雷里、布洛克等「新」派作家的作品翻譯外，還有大量的理論探討和介紹的文字以及對尼采、柏格森、弗洛依德的著作的翻譯或介紹。這些「新」派文藝思潮的湧進，當然也對初期的新文學運動產生了較大的影響。鄭伯奇後來在總結第一個十年的新文學運動時說：「浪漫主義、現實主義、象徵主義、新古典主義，甚至表現派、未來派等尚未成熟的傾向都在這五年間的中國文學史上露過一下面目。」〔註110〕這是確實的。

茅盾在他的第一篇論文中就介紹過尼采〔註111〕，在1920年又撰寫了長篇論文《尼采的學說》。不久後他說：「最近文學新浪漫運動的興起，實是受了

〔註109〕《我走過的道路》（上）。
〔註110〕《中國新文學大系・小說三集導言》。
〔註111〕見《學生與社會》，《學生雜誌》4卷12號，1917年12月。

三部書的影響。」指的是尼采的《查拉圖斯忒拉這樣說》，勃呂奈底要爾的《科學與宗教》和詹姆斯的《向信仰的意志》。我們沒有看到茅盾對後兩種書的進一步評介，而尼采的影響在他的早期思想中卻是存在的〔註112〕。像魯迅早期創作中殘存的「尼采色」其實代表著「另一種社會關係」一樣，茅盾之借重於尼采，是要以其「做摧毀歷史傳統的畸形的桎梏的舊道德的利器，從新估定價值，創造一種新道德出來。」也許茅盾比同時期的新文學家在對尼采學說的認識上持有更清醒的批判態度，然而對於理解尼采的影響更有意義的卻在於這樣一個事實：他主要是從尼采學說的反傳統的思想形式上去接受它的影響的，他把這種思想形式從尼采學說的反人道主義、反民主主義的思想實體上剝脫下來，改造成批判封建傳統道德、宣傳民主主義和個性解放的「利器」。顯然，他們理解的尼采，並不完全等同於作爲德國反動的唯心主義哲學家的尼采。至於對世紀末文藝思潮造成深刻影響的，除了尼采學說之外，還有柏格森的直覺論和弗洛依德的「下意識」理論，然而茅盾對這些形成「現代派」文學的理論基礎的哲學流派似乎並沒有給予很大的注意，他更多評介的還是諸「新」派文學，其中包括早期象徵派、後期象徵派、表現主義、未來主義等以及以羅曼・羅蘭爲代表的新理想主義。他曾經用「新浪漫主義」這樣一個概念囊括了上述的各種「主義」，而在寫於 1958 年的《夜讀偶記》中他再一次沿用了這個概念，所指的是「現在我們總稱爲『現代派』的半打多的『主義』」以及「初期象徵派和羅曼・羅蘭的早期作品」。

茅盾當年對浪漫主義的「提倡」，從其主觀認識上說，是有著下列原因的：

一是從文學進化觀念出發，他把重主觀的浪漫主義到重客觀的寫實主義，再到重新復活主觀的新浪漫主義看成是文學進化的「必經之途轍」〔註113〕。他又認爲，不同於浪漫主義是對古典主義的「反動」，新浪漫主義對於寫實主義則「非反動而爲進化」〔註114〕，它是「受過自然主義洗禮」的，體現了主觀和客觀的綜合，如同黑格爾的三段式所揭示的，是「正反等於合」，它的返回主觀，卻「已不是從前的主觀了」，因此是迄今爲止一種「最高格的文學」。

二是從新文學宣傳新思潮的角度對新浪漫主義進行認識。他認爲「近代文學只能跟著哲學走」，「文學的最後目的……到底還在表示至高的理想」，而

〔註112〕參見樂黛雲：《尼采與中國現代文學》，《北京大學學報》1980 年 3 期。
〔註113〕《遺帽・譯者附記》，《東方雜誌》17 卷 16 號，1920 年 8 月。
〔註114〕《〈歐美近文學最近之趨勢〉書後》。

「近代思想是由唯物主義轉到新理想主義，所以文學也是由自然主義轉到新理想——即新浪漫——主義。」〔註115〕所謂「新思潮」者，按照他的理解，不能認爲他所指的就是「哲學上的新理想主義」。這是因爲固然他曾經未加批判地使用過「新理想主義」的概念，他也未認清後者的哲學淵源是法國柏格森的唯心主義的新觀念論，但是他又從來沒有給「新理想主義」以明確的解釋，因此也就很難說他提倡的就是歐洲哲學史上的「新理想主義」；他的徹底反帝反封建的自覺意識，他的對文學的社會功利性的強調，都規定了他的「新理想主義」，其眞正含義只能是一種用以「指導人生」，解決社會問題的積極進步的社會理想。茅盾在這裡所說的「唯物主義」和他在其它地方所說的「唯物主義科學萬能主義」一樣，指的就是哲學上的自然主義，由於它機械地套用自然科學的規律來說明人類社會現象，因此不能解決社會問題。文學要表現的新思潮，當然不能是哲學上的自然主義。由於新浪漫主義體現了他所理解的新理想主義的精神，綜合了「批評」和「指引」，既「揭破黑幕」又「放進光明」，所以，他認爲，「能幫助新思潮的文學應該是新浪漫的文學，能引我們到正確人生觀的文學該是新浪漫的文學。」〔註116〕

三是要克服寫實文學重客觀、輕主觀、「豐肉而枯靈」的弊病，取新浪漫主義的「兼觀察與想像」、「綜合表現人生」的長處。他針對自然主義只注意觀察、忽視想像，只注意分析，忽視綜合的缺點，強調「創作文學時必不可缺的，是觀察的能力和想像的能力」，「表現的兩個手段，是分析和綜合」，並明確指出：「世界萬象，人類生活，莫不有善的一面與惡的一面」，而「徒尙分析的表現法，不是偏在善的一面，一定偏在惡的一面。舉浪漫文學與自然派文學就是各走一端的。醜惡的描寫誠然有藝術的價值，但只代表人生的一邊，到底算不得完滿無缺，忠實表現」。〔註117〕在與寫實主義的對比中，他認爲新浪漫主義在「分析」的基礎上達到了以下幾個方面——「肉」與「靈」、「惡」與「善」，「批評」與「指引」——的「綜合」。所以，「今後的新文學運動該是新浪漫主義的文學」。〔註118〕

以上各點，就是他當時對新浪漫主義的基本認識，並成爲他「提倡」新

〔註115〕《近代文學體系的研究》。
〔註116〕《爲新文學研究者進一解》。
〔註117〕《新文學研究者的責任與努力》。
〔註118〕《爲新文學研究者進一解》。

浪漫主義的出發點，其核心的思想就是提倡他所理解的「新理想主義」。他甚至很明確地把新浪漫主義徑直稱爲新理想主義，他說：「……於是最近海外文壇遂有一種新理想主義盛行起來了。這種新理想主義的文學，喚做新浪漫運動。」〔註 119〕

「主義的寫實主義」與「新理想主義」

顯然，把具有各不相同的思想藝術傾向的各種「新」派藝術的集合體新浪漫主義稱爲新理想主義，是並不恰當的。新浪漫主義作爲壟斷資本主義時代所產生的一種表達中小資產階級的失望和不滿情緒的文學，其中的各個派別當然都具有「反動」於前一時期所盛行的自然派文學的共同特徵，這就是它們都「忌避物質方面的東西，而注重主觀的神秘夢幻的情緒」〔註 120〕。然而，由於、「主觀」的千差萬別，其藝術傾向也是絕不相同的，其中固然有茅盾所注重的「新理想主義」，更多的卻是梅林在本世紀初就批評過的「逃向夢的國度」〔註 121〕的消極傾向，對於這種差別，茅盾認識不足，這也是不待言的。

然而，對於理解茅盾早期文學思想來說，他把新浪漫主義歸結爲新理想主義，事實上表明了他「提倡」新浪漫主義的重點所在，這個重點就是以羅曼·羅蘭爲代表的新理想主義，他固然說過：「表象主義和神秘主義復活以來，合而成了新浪漫派。」〔註 122〕但他又認爲：「其實新浪漫主義之復興，蓋近代主要之傾向，非可以表象概之，自法小說家 Anatole France 時即已粗具，1912年羅蘭之大著 Jean Christophe 出世，旗鼓頓盛。」〔註 123〕而在其它一些地方，他則說得更爲明確：「新浪潮主義現在主要的趨勢光景可以拿羅蘭做個代表了。」〔註 124〕「最能爲新浪漫主義之代表之作品，實推法人羅曼羅蘭之 Jean Christophe。」〔註 125〕

茅盾認識羅曼·羅蘭的新理想主義所依據的是後者的早期作品。值得注意的是，茅盾從 1920 年起開始向新文壇介紹羅曼·羅蘭，這正是他極力推

〔註 119〕《文學上的古典主義浪漫主義和寫實主義》。

〔註 120〕沈起予：《什麼是浪漫主義》，《文學百題》。生活書店 1935 年 7 月出版。

〔註 121〕《自然主義和新浪漫主義》、《梅林論文學》。

〔註 122〕《聖誕節的客人·譯者附記》，《東方雜誌》17 卷 3 號。1920 年 2 月。

〔註 123〕《遺帽·譯者附記》，《東方雜誌》17 卷 16 號，1920 年 8 月。

〔註 124〕《爲新文學研究者進一解》。

〔註 125〕《〈歐美新文學最近之趨勢〉書後》。

崇托爾斯泰的時候。我們認為，茅盾對羅曼・羅蘭的激賞，其動機就掩藏在他對托爾斯泰的認識之中。他認為：「俄國近代文學的特色是平民的呼籲和人道主義的鼓吹」，而「從此愛和憐的主觀，又發生一種改良生活的願望」，表現了「社會思想和社會革命觀念」〔註126〕，這些基本特色最集中地體現在托爾斯泰的「主義的寫實主義」創作之中。托爾斯泰對羅曼・羅蘭的影響是人所共知的。正如後者自己所說：「我深深地熱愛托爾斯泰，我愛他一如既往，從未間斷。近兩、三年來，我一直是在他的思想氣氛的包圍中生活著。」〔註127〕茅盾固然從來沒有把托爾斯泰當作新浪漫派作家，然而他所注重的卻是托爾斯泰的不同於「純粹的寫實主義」的地方，托爾斯泰「所重者實已不在客觀的描寫，而在以主觀的理想的人物，放在客觀的描寫的環境內，而標示作者的一種主義」；「他書中的環境是現實的環境，他書中的陪襯人物，也都是現實的人；獨有書中的主人翁便不是現實的，而是理想的，是托爾斯泰主觀的英雄。」〔註128〕這些都與羅曼・羅蘭的創作——尤其是《約翰・克利斯朵夫》——的特色相同或相近，而茅盾很早就注意到了羅曼・羅蘭著作中的「大勇主義」，注意到了《約翰・克利斯朵夫》所具有的「表現過去，表現現在，並開示將來給我們看」〔註129〕的特點。此外，在描寫的「局面之宏大」上，在注重心理刻劃上，二者之間也有著顯明的承繼關係。我們指明這一點，在於說明茅盾提倡以羅曼・羅蘭為代表的新理想主義，其真正的含義也就包含在對托爾斯泰的激賞之中，甚至也包含在對波蘭的顯克微支、挪威的比昂遜的認識中，而從他當時強烈的革命民主主義內在要求來說，他也許更注重的是羅曼・羅蘭的「大勇主義」，而不是托爾斯泰的「無抵抗主義」。

除了羅曼・羅蘭之外，茅盾所指的具有新理想主義傾向的作家還有法朗士和巴比塞。他說，法朗士等人「大家稱他們是合寫實主義與感情主義為一的，所以也可以稱是新浪漫主義的前驅。」〔註130〕「巴比塞小說的體裁算得是寫實派，但思想決不是寫實派，可說是新理想派」，其作品「大概都含有一種新人生觀在文學夾行中。」〔註131〕正如他對托爾斯泰的「主義的寫實主義」

〔註126〕《俄國近代文學雜譚》，《小說月報》第 11 卷 1～2 號，1920 年 1～2 月。
〔註127〕《托爾斯泰——一封未發表的信》（1902），《歐美作家論列夫・托爾斯泰》，中國社會科學出版社 1983 年 8 月出版。
〔註128〕《文學上的古典主義浪漫主義和寫實主義》。
〔註129〕《為新文學研究者進一解》。
〔註130〕《對於系統的經濟的介紹西洋文學底意見》。
〔註131〕《為母的・譯者前記》，《東方雜誌》第 17 卷 12 號，1920 年 6 月 25 日。

的讚賞並沒有使他背離現實主義的基本原則一樣，他對以羅曼・羅蘭爲代表的新理想主義的提倡，從其根本上說也仍然是現實主義的。羅曼・羅蘭的那些被茅盾看作是新理想主義代表的早期創作實際上仍然屬於批判現實主義的範疇，而茅盾也並沒有忽視它們的「客觀眞實性」的根本特徵。因此，我們當然可以說，以羅曼・羅蘭爲代表的新理想主義影響於茅盾的並不是使後者轉向對「主觀表現」的追求，而仍然是執著於「客觀眞實」的鍥進，仍然是現實主義原則的加強。而且，由於同時強調了要表現作家的主觀理想，要「開示將來」，這裡的現實主義已不同於傳統的「純粹的寫實主義」而具有新的面目。這種新面目的寫實主義，無論在他「提倡」新浪漫主義時期，還是在「提倡」自然主義時期，他都沒有放棄過，而且始終是他的文學主張的核心；儘管他此時所追求的寫實主義還沒有在一個新質的基礎上穩定下來，然而，像他對寫實主義自然主義的固有缺陷的清醒認識一樣，其中卻孕育著他後來向革命現實主義者轉化的可貴因素。我們認爲這正是以羅曼・羅蘭爲代表的新理想主義影響於茅盾早期文學思想的主要之處。

顯然，羅曼・羅蘭的新理想主義並不會是茅盾文學思想的終點。茅盾曾經表示「不很滿意」羅曼・羅蘭的諷刺劇 Jululi，這是因爲他「以爲不可不讀中，還是少取諷刺體的及主觀濃的作品，多取全面表現的，普遍呼籲的作品。」〔註 132〕這種觀點還很難說得上是一種成熟的見解，不能因此而認爲茅盾當時對羅曼・羅蘭已有所批評。羅曼・羅蘭的作品，就其所表達的理想來說，並沒有超越以博愛爲基礎的資產階級人道主義，他筆下的英雄人物，如約翰・克利斯朵夫，雖敢於反抗資本主義社會的壓迫，但始終是一個個人主義者，最後只能以失敗而告終。羅曼・羅蘭作品中的這些局限是爲當時的茅盾所未能認識的。然而，茅盾作爲新文學家中最早的一個共產黨員，他對黨領導的政治革命的極大熱情，他的思想中日益增長的馬克思主義因素……這一切都使他對新文學所表現的「新思想」的具體內容的理解上包含有鮮明的革命民主主義以至於社會主義的因素，也必然要使他的文學思想日漸突破羅曼・羅蘭影響的局限。1925 年，他終於在蘇聯無產階級文學運動的影響下，批評了羅曼・羅蘭的「民眾藝術」，認爲它「究其極不過是有產階級知識界的一種烏托邦思想而已」，轉向了對無產階級藝術的提倡，也就徹底告別了羅曼・羅蘭的新理想主義。

〔註132〕《通訊——致周作人》，《小說月報》12 卷 2 號，1921 年 2 月。

「新」派文藝譯介中的「拿來主義」

除了以羅曼・羅蘭為代表的新理想主義之外，新浪漫主義還包括了早期象徵派以及後來被總稱為「現代派」的諸種「新」流派。茅盾早在 1919 年就翻譯了比利時作家梅特林克的象徵主義神秘劇《丁泰琪的死》，在同年發表的《近代戲劇家傳》中介紹了「表象主義」（Symblism 即象徵主義）戲劇家多人。20 年代最初幾年，他繼續翻譯歐洲「新」派作家的作品，並撰寫了《表象主義的戲曲》、《近代文學的反流──愛爾蘭的新文學》、《梅特林克評傳》、《霍普特曼的象徵主義作品》、《未來派文學之現勢》、《文學上各種新派興起的原因》等論文，進一步表明自己對這些「新」派藝術的理解，而在《我們現在可以提倡表象主義的文學麼？》、《為新文學研究者進一解》等文章中，他又提出了可以「提倡」新浪漫主義（包括上述「新」派文學）的主張。

在茅盾早期所介紹的「新」派文學中，有象徵派、未來派、表現派、達達派等，也包括唯美派、頹廢派，其中介紹的重點是象徵派。這不僅因為它作為「現代派」文學的始祖，在 19 世紀末「曾風靡歐洲各國」，而且因為它對比於其它的「新」派藝術較為可解，也含有一定的「科學精神」。茅盾當時之所以如此關注這些「新」派文學，是由於他認為：不管是象徵派，還是未來派、表現派、達達派，它們都是「人生的反映」〔註133〕，具有一定的認識價值；這些「新」派文學在藝術表現上「從冷酷的客觀主義解放到熱烈的主觀主義，實是文學的一步前進」；在藝術形式的創造上，表象主義小說「把心理的文學做本運動的中堅」，象徵派詩歌「大都注意於言簡而意遠」，未來派詩人則「要從美中見奇」，都體現了「自由創造的精神」〔註134〕。

按照他的理解，這些、「新」派文學與以羅曼・羅蘭為代表的新理想主義同屬於新浪漫主義，而後者是新浪漫主義的最高體現，前者只是到達後者的「預備」。因此，同他後來「提倡」自然主義一樣，他的對上述「新」派文學的「提倡」也只是做為建設理想的新文學的過渡，並不具有作為文學進化的終極的意義。茅盾此時所矚望的文學實質是一種具有新面目的寫實主義文學。儘管他此時還未能在一個堅固的思想基礎上把自己的美學追求穩定下來，從「新的寫實主義」到「新寫實主義」還有一段很長的距離。然而，文學的「為人生」和「寫實」性卻是他一貫的主張，即使在評介象徵主義等「新」

〔註133〕《文學上各種流派興起的原因》。
〔註134〕《近代文學體系的研究》。

流派時他也沒有背離這一根本宗旨。正是這種追求生發出了他在「提倡」上述「新」派文學時的全部特色。

其特色之一是象徵主義等「新」流派在茅盾的理解中被抹上了濃厚的寫實主義色彩。他所注意的往往是它們（象徵主義等與寫實主義）的相似之處，而不是它們的相異之處。茅盾認爲：「文學的目的是綜合地表現人生，不論是用寫實的方法，是用象徵比譬的方法，其目的總是表現人生，擴大人類的喜悅和同情，有時代的特色做它的背景」，而且「現代的大文學家——無論是浪漫派、神秘派、象徵派——哪個能不受自然主義的洗禮過？」〔註135〕「許多新浪漫作品都是以自然主義的技術爲根據的。」〔註136〕也就是說，在茅盾看來象徵主義等文學思潮也多少具有「自然主義」即「寫實」的精神。這種觀點他曾一再加以表述，如論霍普特曼——「他是一個有詩人的想像，而又有科學家客觀眼光的大天才」，《沉鐘》「情節怪誕不經，人物都是逼真實在的人。」〔註137〕在《霍普特曼的象徵主義作品》一文中，茅盾認爲：霍氏的「這些想像的藝術品，他的背景是有科學精神的。」對於葉芝，茅盾認爲他「也是寫實派——是理論上的寫實派。」作爲這個觀點的補充，他作了如下的闡釋：葉芝「並不注意描寫當代愛爾蘭人的表面上的生活：他注意描寫的，是精神上的生活」，「是愛爾蘭民族思想感情表現的結晶」〔註138〕。這些論述所顯示出來的對「寫實」的理解，已突破了自然主義的「外面真實」的局限，而兼有「內面真實」的含義，這與茅盾的「綜合表現人生」的現實主義主張是相一致的。所以茅盾認爲：「愛爾蘭的新文學……已經合寫實與浪漫爲一」，葉芝的劇本是「寫實和理想相雜」，顯示了「詩人的寫實家」的特色。

其特色之二是茅盾從「爲人生」出發，對世紀末文學思潮中的唯美主義、頹廢主義進行了批判。他早在1920年就指出：「新浪漫主義不盡能包括現在以及將來的趨勢。」〔註139〕這跟他同時提出的「今後的新文學運動該是新浪漫主義的文學」似乎有矛盾，其實後者所說的新浪漫主義是以羅曼·羅蘭爲代表的新理想主義，而前者所包含的對新浪漫主義的批評卻主要指其中那部分「主張純藝術觀的文學」，兩種不同的態度恰好顯示了他在「爲人生」

〔註135〕《最後一頁》。
〔註136〕《霍普特曼傳》，《小說月報》第13卷6號，1922年6月。
〔註137〕《霍普特曼傳》，《小說月報》第13卷6號，1922年6月。
〔註138〕《近代文學的反流——愛爾蘭的新文學》，《東方雜誌》第17卷6～7號。
〔註139〕《文學上的古典主義浪漫主義和寫實主義》。

這一基本立場上的一致。在 1921 年他再一次表示:「曾說新浪漫主義的十分好,這話完全肯定的弊端,我也時時覺得。」〔註 140〕並指出:「王爾德的『藝術是最高的實體,人生不過是裝飾』的思想,不能不說他是和現代精神相反。」〔註 141〕更鮮明的批判出現在他在早期共產黨人文學主張影響下寫成的《雜感——讀代英的〈八股〉》、《「大轉變時期」何時來呢?》這兩篇文章中,他認為唯美主義、頹廢主義的主要弊病就在於「全然脫離人生」,而「為人生的藝術」應當是「有激勵人心的作用的」,「能夠擔負起喚醒民眾而給他們力量的重大責任」。

　　如果我們把茅盾在 20 年代初期對象徵派等文藝「新」思潮的評介從總體上進行考察的話,無庸諱言,其中自有一定的思想局限。當茅盾用文學進化論的觀點去觀察西方文藝思潮的變遷時,他無法透過「進化」的迷霧看到文藝思潮的變革從根本上說是受制於經濟基礎的發展狀況的,而在對象徵派的評介上帶了程度不同的偏頗。前期象徵主義是西方「現代派」的前身,後期象徵主義以及未來主義、表現主義等,開啓了「現代派」的先河。「現代派」文藝是資本主義發展到了帝國主義階段後的產物,是西方社會的全面危機在文藝上的表現,其中絕望以至於頹廢的情緒,反理性的,非現實主義的表現,都是與生俱來,日趨嚴重的。顯然,茅盾對這些「新」思潮的消極因素估計不足,某些評價也難免失當或失實。但我們如果注意到,茅盾的上述評介活動都產生於新文學運動初期,此時西方的「現代派」文藝思潮正處於形成之中,其內部的矛盾還沒有得到充分的暴露;如果我們還注意到,本世紀初歐洲的馬克思主義文藝理論家,如梅林,對新浪漫主義的批判還沒有介紹到中國來,而中國當時的先進分子,對這個問題都很難說得上有較為全面的科學認識的話,我們就不能不承認,茅盾對象徵派等評價上的失當,不僅僅出於思想認識上的局限,而主要是一種歷史的局限所造成的。

　　然而,我們更應該看到茅盾從「為人生」的現實主義基本要求出發,在對象徵主義等文藝思潮的評介中所具有的上述兩個方面的特色。這體現了他實行的是「拿來主義」。這樣,象徵主義等文藝思潮經茅盾之手的引進,事實上已起了種種變化,也即適應於他的「為人生」的現實主義的基本主張的變化。我們不能認為他對象徵主義等文藝思潮的評介是完全切實的批評,然而

────────────────

〔註 140〕《通訊——致周作人》。
〔註 141〕《新文學研究者的責任與努力》。

他的評介的眞正價値主要之處也就在這裡，羅曼・羅蘭說過：「不能要求一個創作天才批評時不偏不倚。當瓦格納和托爾斯泰這樣的藝術家談論貝多芬或莎士比亞時，他們談論的不是貝多芬或莎士比亞，而是談論他們自己，他們在闡述自己的理想」。〔註142〕茅盾的上述評介顯然打上了鮮明的個人的烙印，他所理解的象徵主義已由於「自己的理想」而多少被現實主義化了。這實際上反映了在民族文化交流中的一個普遍的、規律性的現象。由於任何一種民族文學在外擇取時都不能不以本民族的社會背景和文學背景爲基點，所以「一個民族的特點在被對方民族接受之後，它不再與原來的民族文化相同了，而起作用的也不再是那使作家在本國獲得影響的同樣因素。有時這個作家的社會、文學背景已模糊不清或者在對方國家中已經完全湮滅，在這種情況下常會招致讀者對他的誤解。但同時，這位作家的某些重大特點在這個國家裡又往往比在本國中更爲鮮明。」〔註143〕在茅盾早期對象徵主義等「新」流派的認識中，正出現了對方的某些特點被「湮滅」，而另一些特點卻「更爲鮮明」地被凸現出來的情況。之所以如此，那是由我們民族新文學的需要和茅盾個人對現實主義的追求所決定的。

正是基本這樣的理解，我們認爲，茅盾早期對新浪漫主義——包括對象徵主義等「新」派文學——的「提倡」，其眞實含義並不在於企圖在中國推動一個西方本來意義的「新」派文學潮流，而在於探索現實主義的更廣闊的空間，這與他同時期對俄羅斯文學的注重、對寫實主義和自然主義的批評，在理論探求的基點和方向上是一致的。他從「爲人生」開始，走向了現實主義，固然他幾乎一開始就表明了對寫實主義和自然主義固有缺陷的清醒的認識，固然他又多方面地向寫實主義以外的文學潮流進行了吸收，然而，他卻始終沒有偏離現實主義這一中軸，更沒有因此而轉向，他只是以寫實主義作爲基點，尋求著「再前進一步」。他曾經在新浪漫主義文學中，更在俄羅斯文學中發現了他的文學理想，但他也沒有在它們身邊停留下來。他還在探索，從這裡我們可以看出茅盾早期文學思想的特點和強點，看出他的鋒芒。固然從另一方面說，這未始不是一個弱點，他還未能在現實主義與非現實主義之間劃出清楚的界限，這是有待歷史來糾正的。

〔註142〕《托爾斯泰傳》，轉引自《歐美作家論列夫・托爾斯泰》，中國社會科學出版社 1983 年出版。
〔註143〕《托爾斯泰和西歐文學》，《盧卡契文學論文集》。

對「現代派」的再評價

隨著茅盾的文學觀向革命現實主義的發展，他在「清理一番自己過去的文學藝術觀點」〔註144〕的過程中，對「未來派、意象派、表現派等等」進行了批判，表明了對自己曾有過的偏頗的救正。我們在他的《論無產階級藝術》一文中，在他此後所寫的一些論述歐洲文學的專著中，直至在寫於1958年的《夜讀偶記》中，可以理出他對「現代派」再評價的軌迹。

茅盾從20年代中期開始的對「現代派」的再評價包括以下幾個方面的內容：

一、關於「現代派」文學產生的社會根源和階級根源

茅盾指出：「頹廢的神秘象徵派是『世紀末』的陰暗的人心的產物；而這『世紀末』的心情又是歐洲資本主義發展到極頂後暴露不可解的矛盾的產物。」〔註145〕「歐洲以後新奇的表現派、構成派、踏踏主義、未來主義等等……正是世界資本主義崩潰期中必然產生的小資產階級對於資本主義世界之或迎或拒的矛盾複雜的心理的反映。」〔註146〕

二、關於「現代派」文學的思想基礎

茅盾認爲主觀唯心主義的非理性主義和個人主義是這一路文學的共同思想基礎。「自然主義以後的反動的文藝運動就是這麼的完全『個人的』作品」「陷入於絕對主觀而無視了社會的病的狀態」。〔註147〕他在《夜讀偶記》中又指出：「『現代派』諸家的共同的思想基礎用哲學術語來說，就是『非理性』的。」

三、關於「現代派」文學的藝術本質

茅盾曾多次用「超現實」或「超現實主義」這樣的概念來概括「現代派」文學的藝術本質。他指出：「他們剝露了現實的根，然而他們並沒找得出路，他們只有遁逃。」〔註148〕他後來更明確地說：「我以爲『超現實主義』這個術語，倒可以大體上概括了『現代派』的精神實質的。」〔註149〕如果說，茅盾最初對象徵派文學所作出的「寫實與理想相雜」的評價，本質上是對一種能

〔註144〕《我走過的道路》（上）。
〔註145〕《西洋文學通論》。
〔註146〕《「民族主義文藝」的現形》，《文學導報》1卷4期，1931年9月。
〔註147〕《西洋文學通論》。
〔註148〕《西洋文學通論》。
〔註149〕《夜讀偶記》，百花文藝出版社1958年8月出版。

「綜合地表現人生」的新文學的瞻望的話，那麼，當他從蘇聯無產階級文學中尋見了眞正的理想之炬的光照之後，他就決絕地拋掉了象徵派等文學所具有的夢幻式的主觀，夢幻式的理想，他認爲「現代派」文學既沒有「寫實」精神，也沒有「浪漫」精神。他指出：「除了反對客觀描寫而外，浪漫主義所有的鮮明的主張，堅強的意志，毫不含糊的意識，活潑潑地勇往直前的氣概，在神秘主義和象徵主義的文藝中，都是沒有的。我們所見於象徵主義和神秘主義的，只是要逃避現實的苦悶惶惑的臉相！」〔註150〕正是這種對「現代派」文學的「超現實」本質的深刻認識，使茅盾明確把握了「現代派」與現實主義和浪漫主義的根本區別。

四、關於「現代派」文學的藝術形式創新

茅盾認爲「現代派」文學的怪誕的表現手法是從它們的「超現實」本質上生發出來的，他指出：這些各種「新」主義「只是在歪曲（極端歪曲）事物外形的方式下發泄了作者個人的幻想或幻覺，只是在反對陳舊的表現方法的幌子下，摒棄了藝術創作的優秀傳統，只是在反對『形式上的貌似』的掩飾下，造作了另一種形式主義。」〔註151〕

上述認識，茅盾從20年代中期到解放後的幾十年時間裡都是堅持的，儘管其中也有某些變化和發展，然而這些基本認識還是較爲穩定的。我們知道，茅盾在蘇聯無產階級文學的影響下寫了《論無產階級藝術》，從此他開始走向革命現實主義，他的對「現代派」文學的再評價正體現了他恪守革命現實主義的原則立場和在新的思想高度上俯視世界上紛紜複雜的文學思潮時所具有的深刻的洞察力和批判精神。

至於無產階級文學是否可以從中有所吸取的問題，茅盾曾一度這樣斷言：「我們要認明這些新派根本上只是傳統社會將衰落時所發生的一種病象，不配視作健全的結晶，因而亦不能作爲無產階級藝術上的遺產。」〔註152〕我們認爲這個主張，其中的積極的批判意義無疑是主要的，但也包含了某種偏頗。他在同一篇文章中稱比利時象徵主義作家凡爾哈侖的《曉光》「可稱是無產階級所受於舊時代的一份好遺產」。也許應該視之爲上述觀點的一個補正。他在其後的更多文章中都指出了有分析、有批判地吸取西方「現代派」藝術

〔註150〕《西洋文學通論》。
〔註151〕《夜讀偶記》。
〔註152〕《論無產階級藝術》。

的養分對發展新文學的積極意義。他認為，俄國的象徵派「把俄國文字的表現力提高了，充實了，又美化了」；俄國的未來主義「是『繼承』了象徵派的改革俄國韻律的工作而達到完成的」；從未來主義的堡壘裡走上街頭，走向革命的瑪雅可夫斯基，「他的詩是表現了雄偉粗壯的巨人的喊聲」；梅特林克的《青鳥》較為「明白」，「情調亦很愉快」〔註153〕。當然，茅盾此時已不再以早期的「文學進化論者」的姿態，而是從「現實主義屹然始終為主潮」〔註154〕這一基本觀點出發對西方「現代派」加以評論的。也許需要詮釋的是，這裡的「現實主義」已不同於舊現實主義，而是「新現實主義」，即革命現實主義。他的《夜讀偶記》不僅較為科學地評價了西方「現代派」藝術的思想內容，而且在對其形式上的刻意探求進行全面評價之後指出：「我們也不應當否認，象徵主義、印象主義、乃至未來主義在技巧上的新成就可以為現實主義作家或藝術家所吸收，而豐富了現實主義作品的技巧。」如果注意到這部重要藝術論著產生的年代，我們當然要佩服作家的藝術勇氣和遠見卓識的。

　　以上我們粗略地勾勒了幾十年來茅盾對「新浪漫主義」，包括西方「現代派」文學的基本評價及其發展變化之輪廓，並探討了後者對茅盾早期文藝思想的影響。從今天我們理論界所已達到的認識高度來說，也許不能認為茅盾當年對「新浪漫主義」的認識就已十分全面，十分完整了，即使在《夜讀偶記》中，他也沒有能夠完全避免那個時代帶給他的政治上的某些「左」的影響和思維方法上的某種片面性，他對「現代派」文學的再評價，在某些方面可能比他的早期認識還顯得拘謹些，但是，作為歷史，它是不會沒有缺陷的。茅盾對「新浪漫主義」的理論認識的發展變化，其可貴之處就在於：他始終以豐富和發展現實主義作為自己理論探討的起點和歸宿，因此他的探索是富於批判精神的，又是富有建設意義的。

〔註153〕《西洋文學通論》。
〔註154〕茅盾：《現實主義的道路》，重慶《新蜀報‧蜀道》，1942 年 2 月 1 日。

第三章　中國現代歷史的恢宏畫卷
——小說創作外來影響之一

　　當然，茅盾的文學創作，並不止於小說，他寫過散文、雜文、劇本……。然而，從 1927 年 7、8 月間寫成中篇小說《幻滅》，他一發而不可收，終於以一個傑出的現實主義小說家的成就，奠定了他在中國現代文學史上的卓著地位。小說，尤其是中、長篇小說，是茅盾文學創作的主要樣式，也是他最充分地顯示了自己的藝術創造力的領域。因此，我們考察茅盾創作與外國文學的關係，主要也就是考察他的小說所受外來影響的問題，包括作家的選擇、影響的表現、外來的文學養分在被吸收過程中由於主體的獨創性需要而出現的種種變化以及這些選擇、吸收、變化對於作家藝術創造的美學意義等問題。

　　談到自己的小說，茅盾說：

　　　　我覺得我開始寫小說時的憑借還是以前讀過的一些外國小說。我讀得很雜。英國方面，我最多讀的，是迭更斯和司各特；法國的是大仲馬和莫泊桑、左拉；俄國的是托爾斯泰和契訶夫；另外就是一些弱小民族的作家。這幾位作家的重要作品，我常常隔開多少時後拿來再讀一遍。〔註1〕

　　「雜」，正是茅盾小說接受外來影響的一個特點，而且他是在長期的文學研究之後開始小說創作的，這意味著他的小說與外國文學的內在聯繫是廣泛、多方面的。他的作品的某些特徵，既可能是某一個他所喜愛的外國作家

〔註1〕　《談我的研究》，《中學生》第 61 期，1936 年 1 月。

影響的結果，又可以看作是另一些他也同樣喜愛的外國作家影響的結果；同時，當他著重對一些作家的某種藝術養分進行吸收的時候，也可能意味著對對方的另外一些特點的有意無意的漠視或揚棄，這就構成了影響的「正」「負」交錯的複雜的情況。而且，這些影響由於經過了主體的創造性的融化吸收，已成為自身的有機成分，而不再是某些外在的、修飾性的、與整體若即若離的藝術擺設了。這種情況告訴我們，最為重要的是對對象的特點和價值的準確評價，然後我們才可能對其與外國文學的關係進行科學的研究。

第一節　「眞實」的品格

茅盾晚年在談到自己的創作時說：

> 我提倡過自然主義，但當我寫第一部小說時，用的卻是現實主義。我嚴格地按照生活的眞實來寫，我相信，只要眞實地反映了現實，就能打動讀者的心，使讀者認清眞與僞、善與惡、美與醜。
> 〔註2〕

其實，他在《從牯嶺到東京》等文章中就表達過大體相近的意見。對眞實的追求不僅是他一貫的理論思想，而且也是他一貫的創作原則。我們將會看到，他的上述說明不僅對於理解《幻滅》，而且對於理解他的整個小說創作都是有意義的。

對生活眞實的尋求

值得注意的是作者關於「嚴格地按照生活的眞實來寫」的表白。這說明，在他的理解中，「眞實」首先是客觀的。

「眞實」，在不同傾向、不同流派的作家手裡，其內涵、性質和功能當然是各不相同的。例如在浪漫派詩人濟慈的眼裡，「眞實」並不取決於藝術在多大程度上摹仿或印証了客觀世界。他說：

> ……我只確信心靈所愛的神聖和想像的眞實性─想像所認為美的一切必然也就是眞的──不管它過去存在過沒有──因為我認為我們的一切激情和愛情一樣，在他們崇高的時候，都能創造出本

〔註 2〕《我走過的道路》（中）。

質的美。〔註3〕

　　浪漫主義作家所追求的首先是「心靈」的眞實。不同於此，我們在這裡所要考察的是這樣一種「眞實」：它是直接從作家的經驗世界裡生發出來的，它以「存在過」的客觀事實爲創造的依據，它要求將心靈創造的「假定性」規範於現實生活的「經驗性」。主觀對於客觀，「假定」對於「經驗」，在藝術創造中，後者是前者的基礎，它要求細節的具體、逼眞。茅盾在談到歐洲的「寫實派」、「自然派」文學時說：

　　　　寫實派用客觀的眼光，科學的方法做長篇小説和短篇小説，叫
　　人讀了猶如親歷。他不必言悲言歡，而讀者自能在事實中感到悲歡。
　　〔註4〕

　　小説作爲一種敘事文學，它天生與客觀眞實有著更多的親緣關係。茅盾曾系統地研究過中外小説，特別是自笛福、菲爾丁以來的西方近代小説，在他所具體考察的菲爾丁、呂芙、秀斯蘭、配萊、斯蒂文生等人的小説理論中，他們無不把「描寫現實人生」，刻劃「眞實地生活與風土」作爲近代小説的基本特徵。在進行這一番研究之後，茅盾的結論是：

　　　　綜合上所論述，我們可說：Novel（小説，或近代小説）是散
　　文的文藝作品，主要是描寫現實人生，必須有精密的結構，活潑
　　有靈魂的人物，並且要有合於書中時代與人物身份的背景或環
　　境。〔註5〕

　　眞實的客觀性質是茅盾接受於西方近現代小説家的一個根本觀念。這個觀念與他在生活中獲得的強烈而又深刻的感受或印象揉合在一起，形成了不可抑止的創作衝動，甚至可以說，他的全部創作衝動都是從人生的經驗中得來的。他援引過一次英國批評家的話：左拉因爲要做小説，才去經驗人生；托爾斯泰則是經驗了人生以後才來做小説。他認爲：「我不是爲的要做小説，然後去經驗人生」，因此，「到我自己來試作小説的時候，我卻更近於托爾斯泰了。」〔註6〕

　　這當然是對他的《蝕》三部曲等早期作品的說明。也許他左聯時期的一

〔註3〕　《書信選》，見《歐美古典作家論現實主義和浪漫主義》（1），中國社會科學
　　　　出版社1980年3月出版。
〔註4〕　《近代文學體系的研究》。
〔註5〕　《小説研究ABC》，世界書局1928年8月出版。
〔註6〕　《從牯嶺到東京》，《小説月報》第19卷10號，1928年10月。

些小說與此不同，如《子夜》、《春蠶》，它們既是作家人生經驗積累的結果，又與作家的有意觀察有著密不可分的關係。應該說，將人生經驗與有意觀察結合起來，是茅盾小說構思的主要方式。

我們想說明的是，不管是那一種方式，人生經驗都是茅盾小說的基礎。他往往寫自己最熟悉的題材和人物，選擇自己精心研究過或親身經歷過的生活事件作為構思情節和衝突的基礎。他的創作題材最有特色的是對中國現代都市生活描寫，那是因為他長期生活於上海、武漢、重慶、香港等大都市，他熟悉都市，能準確地把握它們的色彩和節奏；他所塑造的各類形象中最為成功的是各種各樣的資本家，那是因為在 30 年代他與出入於盧公館的那些同鄉、親戚、故舊有較多的來往，「他們中有開工廠的，有銀行家，有公務員，有商人，也有正在交易所中投機的。」〔註7〕他在觀察與交談中熟悉了他們，而吳蓀甫這個 30 年代民族資本家的典型，則「部分取之於我對盧表叔的觀察，部分取之於別的同鄉之從事於工業者；他的另一種為人所稱道的形象系列是如慧女士、梅女士那樣的「時代女性」，他熟悉她們，其部分原因是孔德沚當時正從事婦女運動，他們的家自然是現實中的「時代女性」經常出入的地方，而更重要的原因是自大革命以來，他由於各種各樣的機緣，與她們有較久的相處，他熟悉她們的「思想意識、音容笑貌」，他說：「有一次，開完一個小會，正逢下雨，我帶有傘，而在會上遇見的極熟悉的一位女同志卻沒有傘。於是，我送她回家，兩人共持一傘，此時，各種形象，特別是女性的形象在我的想像中紛紛出現，忽來忽往，或隱或顯，好像是電影的斷片」。

經驗和觀察成為茅盾小說題材上的直接來源，這構成他的小說的客觀真實性的基礎。也許指出下列這點還是很有意義的：他在歐洲 19 世紀現實主義文學的影響下，在理論上始終提倡新文學要注重反映下層社會的苦況，在他所闡明的現實主義文學的特點中就有「寫實文學專描寫下等社會的生活」〔註8〕的話，然而他的小說特具長處的恰恰不是描寫下層社會的題材。這並不是由於他的理論主張起了變化，也不是由於理論與實踐的脫節，而是由於他更為熟悉的是青年知識分子與各類資本家，他對農民生活和工人生活的有限的觀察使他寫出了《春蠶》那樣的短篇，而更多的只是為他的都市生活描寫提供某種背景和補充。也許他對城市貧民和一般小市民生活了解最少，他

〔註7〕　《我走過的道路》（中）。
〔註8〕　《文學上的古典主義、浪漫主義和寫實主義》。

的都市描寫中最缺乏的正是老舍式的市民社會。這種理論主張與自身創作不相一致的情況只能說明茅盾對歐洲現實主義文學的吸收最爲注重的是它的客觀眞實性這一根本原則。在各種文學流派中，也許只有現實主義才特別是「經驗」的藝術，在某種意義上我們可以說如果沒有對人生經驗的執著，也就沒有對現實主義原則的恪守。茅盾的小說在面向「客觀」現實，面向「經驗」人生方面正顯示了歐洲現實主義創作原則對他的深刻影響。

客觀描寫

客觀眞實性原則同時要求於作者的是一種冷靜地、客觀地直面人生的創作態度。在茅盾介紹歐洲 19 世紀現實主義文學思潮時，我們可以發現他所使用的「客觀」概念往往涉及到創作的主體態度，所謂「見什麼寫什麼，不想在醜惡的東西上加套子」，所謂「客觀描寫」，即是他所理解的「客觀」內涵的又一方面。

茅盾這種理解當然也影響了自己的創作。他在談到自己的早期創作時說：「我是用了『追憶』的氣氛去寫《幻滅》和《動搖》；我只注意一點：不把個人的主觀混進去，並且要使《幻滅》和《動搖》中的人物對於革命的感應是合於當時的客觀情形。」〔註9〕如果說他的早期作品所體現的主體客觀態度主要表現在使人物「對於革命的感應」即從心理感受上不爲主體的主觀情緒或意識所左右，那麼他 30 年代以後的作品則在人物行動和心理兩方面都追求著描寫對象的更爲充分的「客觀」表現。

這裡要排除一些例外和次要情況（如有的作品中的次要人物的議論不過是作者的「現身說法」，而《追求》中的「極端悲觀的基調」也是作者「自己的」）。從整體上考察茅盾小說，我們可以發現充分的「客觀」性質是對象的基本的、穩定的特質。當他的小說剛在文壇上出現的時候，幾乎是所有的讀者和評論家都注意到了它們的這一特質。正如羅美（沈澤民）在致茅盾信中所說：

> 你是很客觀的敘述自武漢以至南昌時期中的某一部分的現象。中間的人物如慧、靜、王女士、李克，等等，各人有各自的觀點，而你對他們不加絲毫主觀的批評，將他們寫下來。〔註10〕

〔註9〕　《從牯嶺到東京》。
〔註10〕　《關於〈幻滅〉——茅盾收到的一封信》，《茅盾評傳》，伏志英編，現代書局

正是這種基本的、穩定的「客觀」特質清晰地顯示了茅盾小說與歐洲 19 世紀現實主義文學在創作方法上的重要聯繫。徐蔚南說：「著者受著南歐自然主義文學的影響很多。」〔註 11〕創作的客觀態度當是「影響」的一個重要方面。這裡需要補充的是：其「影響」既來自自然主義，更來自現實主義，而且，由於茅盾小說的藝術特質在整體上屬於現實主義，所以現實主義文學的影響當然是更爲重要的。

爲了進一步說明茅盾小說的這種充分的客觀性質，我們還想指出對面的下述兩個方面的特徵：

其一是表現理想的問題。茅盾在對 19 世紀歐洲各種文藝思潮進行介紹時，十分注意表現理想的問題。他在「純粹的寫實主義」與「主義的寫實主義」的對峙中，始終是鍾情於後者的，他甚至還對「新浪漫主義」表示了極大的興趣，其考慮的一個重點就是對方在表現理想上顯示出長足的優勢。然而到他開手創作時，對比於表現理想，作者更爲注意的是「忠實」於當時的客觀情形，「忠實」於人生的本來面目，更準確地說，他似乎有意去回避在作品中豎起一個光明的尾巴。《蝕》的創作也許正由此而引起世人的垢病。對此，茅盾不無感慨地說：

> ……從《幻滅》至《追求》這一段時間正是中國多事之秋，作者當然有許多新感觸，沒有法子不流露出來。我也知道，如果我嘴上說得勇敢些，像一個慷慨激昂之士，大概我的讚美者還要多些罷；但是我素來不善於痛哭流涕劍拔弩張的那一套志士氣概，並且想到自己只能躲在房裡做文章，已經是可鄙的懦怯，何必再不自慚的偏要嘴硬呢？……所以，《幻滅》等三篇只是時代的描寫，是自己想能夠如何忠實便如何忠實的時代描寫。〔註 12〕

顯然，對比於表現理想，作者更爲注重的還是忠實的時代描寫。他從不把生活理想化，在《動搖》中對農民運動的描寫，在《子夜》中對地下工作者的描寫、大都體現了一種「不加粉飾」、如實寫出的特點。他對《地泉》的批評，對革命文學初期「革命的浪漫蒂克」傾向的針貶，對照於他的創作，我們顯然可以看出茅盾對現實主義文學的客觀性原則的自覺。

1931 年出版。
〔註 11〕《〈幻滅〉》，見《茅盾評傳》。
〔註 12〕《從牯嶺到東京》。

其二是塑造理想人物的問題。茅盾在進行現實主義思潮的系統考察時曾注意到托爾斯泰創作的下述特點：「他書中的環境是現實的境環，他書中的陪襯人物，也都是現實的人；獨有書中的主人翁便不是現實的，而是理想的，是托爾斯泰主觀的英雄。」他將這種特點看作是托爾斯泰的「主義的寫實主義」的重要表現〔註13〕。作為一種理論主張，他提倡「主義的寫實主義」，但是到他開手創作時，我們發現，他並沒有塑造這種理想的「英雄」，他倒是更接近於左拉或契訶夫的那種「純粹的寫實主義」，他刻劃了一個又一個神采各異的資本家和知識女性，而他們顯然都不是理想化了的，他們的人格、性格、心理都有著各自的弱點或缺陷。他在30年代以後的作品裡正面刻劃了一些工農形象，但他們大多不作為小說的主角，而不管是《子夜》裡的朱桂英、張阿新，《春蠶》裡的阿多，還是《鍛煉》裡的周阿梅，他們也不是那種理想的「英雄」，即使是為數很少的革命者，茅盾似乎也吝於筆墨，從不在他們頭上塗上理想的光圈。《子夜》裡的吳蓀甫，有人說是理想化的，但事實上，這個形象的理想化成分是微不足道的，相反，作者寫他也曾投靠趙伯韜搞公債投機，對工農運動恨之入骨，在吳公館裡也一樣用家長的淫威建立起小小的專制王國……，顯然，他更是一個充分寫實的民族資本家的形象。

社會分析的理性框架

茅盾小說以追求客觀真實為基本特徵，但這決不意味著他漠視主體激情、理性認識在創作過程中的作用，也不意味著他在作品中有意逃避對他所描寫的生活、衝突，人物的主觀評價以至於或偏愛或憎惡。一般而言，創作中的主觀與客觀的關係是一個統一的關係，激情、思想不僅在創作過程中在作家心中燃燒，而且以不同方式貫注、滲透到作品中去。對於現實主義作家來說，這種關係體現為作家在生活事件、場景、人物、衝突的客觀冷靜的敘述描寫之中自然而然地流露出主體的理性評判與情感傾向。茅盾的特點卻在於：一方面是客觀真實的冷靜刻劃，另一方面卻不僅僅是將主體的意識與情感一般地流露在細節描寫之中，而是在整體結構上給小說規定了一個富於社會哲理內涵的框架，一個從作家的理性出發對社會進行分析、透視的框架。

在這裡，我們可以發現茅盾與托爾斯泰、與左拉在創作上的某些相似之處。

〔註13〕《文學上的古典主義、浪漫主義和寫實主義》。

　　讀托爾斯泰的作品，特別是他的中、後期作品，如《安娜·卡列尼娜》、《復活》，我們可以感到：他的小說從整體上看都暗合於他的思想結構，也就是說，他的全部描寫，當然是客觀社會生活的如實反映，但他又把這些描寫納入了他的倫理道德的理性框架。批評家豪威爾斯說：「他的倫理學和美學是二而一，不可分的，這就是他的全部藝術具有生機勃勃的溫暖之所在。」「他自己和他的藝術是融為一體的」。羅馬評論家彼得列斯庫在談到托爾斯泰的創作時曾把後者與巴爾札克作了對比，他認為巴爾札克作品中的主體情感因素都是作者「在以自己再現事物的力量進行描寫時，才親身加以體會的」，而「托爾斯泰走的則是截然相反的途徑」，「他是先直接地、親身地作為一個人那樣經受了自己作品中的主要的、極其重大的事件和衝突。只有當這些感受形諸筆墨，彷彿在一篇激起良心的公開懺悔或是宣言，一篇社會革命的宣言或是一篇道德革命的宣言中傾注出來後，作者才得到解脫。」〔註 14〕

　　左拉的情況稍有不同，他是自詡為「如實地接受自然，不從任何一點來變化它或削減它」〔註 15〕的，然而我們同樣可以發現，在《盧貢——馬加爾家族》裡，他是完全有意識地用遺傳之樹這種理性框架把 20 部小說作為系列統一起來。而且，我們還可以發現，左拉的遺傳之樹在更準確的意義上說是一種社會學框架，也就是說生理學框架和社會學框架在左拉小說中，其實是重迭的；或者說，左拉的生理學框架是小說結構的一種外在形式，社會分析的框架才真正接近小說所表現的人生。正如盧那察爾斯基所說：左拉「是一位社會學者，甚至連巴爾札克也不如他。」正是在這種社會學分析的框架裡包蘊著一個偉大作家對第二帝國時代苦難生活的神聖憤怒。

　　托爾斯泰和左拉，他們的作品在細節描寫上都是異常真實的，但毫無疑義，其對生活的整體把握卻是深刻地滲透著作家的理性認識和情感傾向的。他們並不強迫自己的人物要這樣做，而不要那樣做，卻在全局的意義上賦予作品一種「思想」，一種「哲學」。這樣，瑣細的細節刻劃不再是分散的、各自顯示意義的、無序的排列，而是以一種「哲學」為背景的完整畫面，形成了結構上的整體感和節奏感。

　　茅盾早年在進行歐洲文藝思潮的考察時，一開始就注意到托爾斯泰等大師們「有哲學做他們的背景」的特點，而他的小說最接近於托爾斯泰和左拉

〔註14〕見《歐美作家論列夫·托爾斯泰》。
〔註15〕《戲劇上的自然主義》。

的也許就是這種對人生作整體的理性把握的特點，尤其在左拉的影響下，形成了一種社會分析的理性框架。

他對《春蠶》的構思過程作了這樣的說明：

> 先是看到了帝國主義的經濟侵略以及國內政治的混亂造成了那時的農村破產，而在這中間的浙江蠶絲業的破產和以育蠶為主要生產的農民的貧困，則又有其特殊原因，——就是中國「廠」經在紐約和里昂受了日本絲的壓迫而陷於破產（日本絲的外銷是受本國政府扶助津貼的，中國絲不但沒有受到扶助津貼，且受苛雜捐稅之困），絲廠主和繭商（二者是一體的）為要苟延殘喘便加倍剝削蠶農，以為補償，事實上，在春蠶上簇的時候，繭商們的托拉斯組織已經定下了繭價，注定了蠶農的虧本，而在中間又有「葉行」（它和蠶行也常常是一體）操縱葉價，加重剝削，結果是春蠶愈熟，蠶農愈困頓。從這一認識出發，算是《春蠶》的主題已經有了，其次便是處理人物，構造故事。

我們可以看出，他的「認識」（或「主題」）是經過一系列的「分析」而後形成的，鮮明的科學「分析」的特徵正是他理論「認識」的前提，是他作品中理性框架的血脈。從這個意義上說，「理性化」不妨看作茅盾小說的一個重要特點。但是我們還要注意到：這種「理性化」並不意味著茅盾小說成為某種社會學命題的演繹，某種與形象思維相排斥的邏輯思維的化身，正如他的《春蠶》是在相當的生活積累以後〔註 16〕才進入構思的，茅盾小說所顯示的恰恰是生活與思想的重合、形象和意義的重合。我們認為：如果說大多數現實主義小說家的創作都體現出形象大於思想的特徵的話，茅盾的特點卻是形象與思想的均衡〔註 17〕。這一特點，《子夜》表現得最為突出了。

茅盾在《〈子夜〉跋》、《〈子夜〉是怎樣寫成的》等文章裡對《子夜》的創作動機和創作過程都有細緻的說明，其中提到的「觀察得到的材料」和中國社會性質論戰的「理論」正是小說構思不可偏廢的兩個方面。正如我們上面分析過的，「嚴格地按照生活的真實來寫」是茅盾創作的一個原則，《子夜》

〔註 16〕 在《我怎樣寫〈春蠶〉》裡，作者對他所了解的農家生活，特別是蠶農，葉市、蠶行的「緊張悲苦」，作了生動的敘述。

〔註 17〕 顯然，我們是就茅盾小說那些成功的作品而言的。無須諱言，他也有少數作品，如《三人行》，是思想大於形象的。

的創作同樣體現了這一原則，它所呈現出的社會分析的理性框架，是以作者對現實生活的觀察和體驗爲基礎的，是茅盾「眞實性」原則的一個特徵，它與任何「主題先行」都是不相容的。

茅盾小說的社會分析理性框架既受到托爾斯泰、左拉的影響，又有著自己的特點。我們指出過：托爾斯泰的理性框架是以倫理道德爲主要內容的，左拉的理性框架是以遺傳之樹和社會學分析的重合爲內容的。茅盾的理性框架則是以馬克思主義的社會科學分析爲內容，尤其是以階級分析爲內容的，它沒有托爾斯泰主義的宗教色彩，也「沒有左拉那種蒲魯東主義的蠢話」。〔註 18〕而且，由於他比前輩作家與實際運動有著更爲密切的聯繫，他的作品所傳達的理性的「發言」更有著鮮明的迫切感和焦灼感，更有著現實功利的意味。當然，這對於他的創作來說，在某種場合是可能帶來一些遺憾的。

細節描寫的眞實與其象徵寓意性的統一

現實主義作家追求細節的眞實，正如別林斯基所說，它的意義在於「忠實於生活的現實性的一切細節、顏色和濃淡色度，在全部赤裸和眞實中來再現生活。」〔註 19〕矛盾小說的細節描寫具體、細膩，著意於色彩的變化和明暗的對比，富於質感和層次感，達到了很高的眞實。《創造》一開篇就對嫻嫻的臥室作了精細的描繪：

> ……沙發塌上亂堆著一些女衣。天藍色沙丁綢的旗袍，玄色綢的旗馬甲，白棉線織的胸褡，還有緋色的褲管口和褲腰都用寬緊帶的短褲：都卷作一團，極像是洗衣作內正待落漂白缸，想是主人脫下時的如何匆忙了。……床右，近門處，是一個停火機，琥珀色綢罩的檯燈莊嚴地坐著，旁邊有的是：角上繡花的小手帕，香水紙，粉紙，小鏡子，用過的電車票，小銀元，百貨公司的發票，寸半大的皮面金頭懷中記事冊，寶石別針，小名片，——凡是少婦手袋裡找得出來的小物件，都在這裡了。一本展開的雜誌，靠了檯燈的支撐，又犧牲了燈罩的正確的姿勢，異樣地直立著。檯燈的古銅座上，

〔註 18〕 瞿秋白：《〈子夜〉和國貨年》，《瞿秋白文集》第 2 卷，人民文學出版社 1953
年 10 月出版。

〔註 19〕 《論俄國中篇小說和果戈理君的中篇小說》，《別林斯基選集》第 1 卷，上海
文藝出版社 1963 年 1 月出版。

有一對小小的展翅作勢的鴿子，側著頭，似乎在猜詳雜誌封面的一
行題字：《婦女與政治》。

作者不惜重筆濃彩去描寫室內的陳設，看起來瑣細，卻處處使人想起城
市資產階級家庭少婦的身份、教養，甚至她的慵懶的姿態。這些眞實而傳神
的筆墨，令我們想起《貝姨》，也想起《娜娜》中那些相類似場面的描寫。

茅盾對細節眞實的重視，刻劃細節時的技巧，當然可以認爲是受到西方
現實主義大師的影響的。然而，更使我們感興趣的是：作者細節描寫中往往
並不只求眞實的再現，而且在其中注入了象徵、寓意的內涵，顯示出別樣的
風采。這一特點的形成，卻與西方象徵主義藝術有著更爲直接的聯繫。

我們曾經談到他在「五四」時期對「新」派藝術的態度，並分析過他的
特點是把象徵主義等「新」派藝術作了現實主義式的理解。事實上，他從來
一直認爲象徵主義藝術是可以作爲現實主義的補充的。追求細節描寫的眞實
性與其象徵、寓意性的統一正是這種主張在茅盾創作上的一個重要表現。

大抵有這麼三種情況：

一種是局部性的情節構思對整部作品的基本衝突起著暗示的作用。《子
夜》第一章中吳老太爺進城的描寫對於整部小說的意義不僅僅是提供了一個
「托爾斯泰式」的結構。在我們看來，吳老太爺從一個「頂括括的維新黨」，
變爲「半身不遂」，終於「僵屍風化」，這一命運其實也暗示著吳蓀甫的結局，
這一局部性情節不妨看作整體衝突的一種象徵，一種諷諭。

另一種情況是把場景、人物的細緻具體刻劃納入一個象徵的框架而表達
哲理性的主題。如《創造》。毫無疑問，這篇作品的細節描寫都是非常眞實的：
場景、人物裝束、言談、動作……都達到了「栩栩如生」的效果；然而，作
者卻把這些眞實的細節描寫納入這麼一個思想框架：「革命既經發動，就會一
發而不可收，它要一往無前，儘管中間要經過許多挫折，但它的前進是任何
力量阻擋不住的。」〔註20〕

再一種細節描寫被作者用來暗示書中人物的特定心境、情緒。《子夜》
第十二章關於吳公館夜間陰慘景象的描寫襯托了吳蓀甫在大風暴到來之前
狂躁不安的心情；而《動搖》末了寫到方羅蘭、陸梅麗等人倉惶出逃在一座
尼庵裡暫歇時，作者以很大篇幅描寫了陸梅麗所注意到的一隻懸在樑上的蜘
蛛，它「凜栗地無效地在掙扎」，「苦悶地麻木地喘息著」，正是陸梅麗以及

〔註20〕《我走過的道路》（中）。

原先「無往而不動搖」，而此時卻向驚魂未定的方羅蘭心境的寫照。

　　茅盾小說的「眞實」品格在許多方面都受到外國作家的影響。這裡應該提到的外國作家，當然不止托爾斯泰和左拉，而且包括契訶夫、莫泊桑、巴比塞……等一大批作家，他們的寫實風格完全可能程度不同地影響了茅盾，那種冷靜、客觀的寫實手法，是可以使我們想起契訶夫、莫泊桑的那些著名的小說的，他後期描寫小市民的那些短篇小說更是顯示了與莫泊桑等人在風格上的接近；而那種「體裁雖仍是寫實，但大概都含有一種新人生觀在文字夾行中」〔註21〕的鮮明特色，又使我們想起巴比塞、羅曼·羅蘭以及茅盾所介紹過的一大批弱小民族的作家。在尋求寫實手法與象徵藝術的溶合上，我們又分明可以看到霍普特曼、葉芝、梅特林克等「新」派作家影響的痕跡。

　　就影響的方面而言，也不僅僅是「客觀指寫」、「理性框架」以及「細節眞實與其象徵寓意性的統一」。人們注意到，茅盾小說特別注重人物的心理描寫，他不僅表現著人物行動、行爲的眞相，而且顯露著人物心理、情緒的眞相。追求人物描寫中的行動眞實與心理眞實的統一，成爲茅盾小說眞實品格的一個重要內容。這一特點，從與外國文學的關係來說，顯然是後者的影響，特別是托爾斯泰影響的結果。

第二節　縱向考察：編年史的方式

歷史的興趣

　　著名的丹麥文學史家勃蘭兌斯曾不無調侃地用這樣的語言談到19世紀英國歷史小說家司各特：「這位作家的作品曾經統治過19世紀20和30年代的書籍市場，他的影響曾經在歐洲各國風靡一時，……然而，在歲月的悄然流逝之中，通過發人深省的時間的考驗，他現在已經成爲一個只能受到十三、四歲的孩子們歡迎的、每一個成年人都曾經讀過但是沒有一個成年人再會去閱讀的作家了。」〔註22〕

　　勃蘭兌斯對司各特的議論，茅盾認爲是「持論比較公平的」，〔註23〕他也

〔註21〕《爲母的·譯者前記》。
〔註22〕《十九世紀文學主流》第四分冊《英國的自然主義》，人民文學出版社 1986年6月出版。
〔註23〕《我走過的道路》（上）。

曾批評司各特小說不講究結構、心理描寫太不深入，不善於描寫自然景物等缺點。然而，我們知道，他不僅標點過林紓的文言譯本《撒克遜劫後英雄略》（即《艾凡赫》），寫過《司各德評傳》和《司各德重要著作題解》，而且多次談到司各特是自己所喜愛的作家之一。相似的情況也出現在他對大仲馬的認識上。造成他這種「喜愛」的原因可能是多方面的，比如他認爲：「司各特的文筆縱橫馳騁，絢爛多采」，「司各特的吸引力就在描寫人物和對話」，「這些類型的歷史的，理想的人物擠滿在司各特的全集裡，他們的品性運命和行動，足使百世後人景仰崇拜」〔註24〕，這些方面當然可以說是對茅盾創作有所影響的。

　　然而，我們認爲，司各特對茅盾小說影響最大的還是他的歷史小說的「歷史」特點。這並不由於他取材於中古，他所完成的不是羅曼斯，而是由於：他擅長於以環境、景物、風俗習慣的出色描寫創造一種歷史氛圍，他的人物具有鮮明的時代特徵，他們的行動、性格和命運總是與當時重大的歷史事件聯繫在一起。這個總體特徵形成了司各特歷史小說特有的「歷史」感。

　　巴爾札克稱讚司各特的「威弗利小說」「把小說提高到歷史哲學的地位」〔註25〕。他並不注意司各特題材的具體年代特徵，卻看到了其中蘊藏著使「每一部小說都描寫一個時代」這一審美理想的胚芽。然而，真正使小說成爲「歷史」的藝術反映的卻是巴爾札克本人。恩格斯在著名的致哈克奈斯的信中這樣評價巴爾札克的創作：

　　　　巴爾札克，我認爲他是過去、現在和未來的一切左拉都要偉大
　　得多的現實主義大師，他在《人間喜劇》裡給我們提供了一部法國
　　「社會」特別是巴黎「上流社會」的卓越的現實主義歷史，他用編
　　年史的方式幾乎逐年把上升的資產階級在 1816 年至 1848 年這一時
　　期對貴族社會日甚一日的衝擊描寫出來，……〔註26〕

這裡所指出的是巴爾札克創作在整體上的兩個特徵：在反映生活的橫向空間寬度上，巴爾札克描繪的是以巴黎「上流社會」爲中心的整個法國「社會」的宏大畫幅；在反映生活的縱向時間長度上，巴爾札克提供的是相當完整的一個階段的當代歷史，恩格斯將後一特點稱爲「編年史的方式」。

〔註24〕《司各德評傳》收入《撒克遜劫後英雄略》，商務印書館 1924 年 3 月出版。
〔註25〕《〈人間喜劇〉前言》見《司各特研究》，外語教學與研究出版社 1982 年 11月出版。
〔註26〕見《馬克思恩格斯選集》第 4 卷。

這種方式以及其中所包含的作家的歷史意識和自覺追求是現代社會的產物。我們看到在司各特作品裡，作者有意識地「讓讀者時時刻刻注意到地點和時間」，他「從《亨利四世》和《亨利五世》裡學會了把歷史人物和歷史場面與低層生活和喜劇的情景、人物結合起來……」〔註27〕然而，我們同時又看到了，無論在莎士比亞，還是在司各特的作品裡，都沒有當代生活。可以說，在中世紀甚至到 17、18 世紀，幾乎還沒有一個作家可能在個人創作中達到用「編年史的方式」去反映當代生活的目的。根本原因是由於那個時代的生活節奏是緩慢的，作家們對「歷史」的興趣往往不是在當代題材而是在歷史題材上表現出來的。他們在眼下發生的事件中，在他們的當代生活中，往往只是看見了「故事」，看見了片斷的「過程」，而不是「歷史」，而只有在結局已經顯露，「過程」已經打上句號之後，才可能看到「歷史」。

對當代生活作編年史式的反映，只屬於現代。而且，我們注意到，即使在巴爾札克所生活的那個時代，小說家們的眼光已從中古轉向當代，他們的作品也包含著「多少關於時代精神的資料」；然而，他們中的大多數由於缺乏深刻的對當代生活的歷史洞察力，也缺乏對廣闊生活進行全般把握的藝術魄力，所以，他們的作品較多是人生片斷的掘進，而較少「歷史」的意義。也許正是在這個意義上，當時的批評家曾不無苛刻地指出：他們的作品「一點也沒有，幾乎一點也沒有表現這個時代」〔註28〕。只有少數偉大的現實主義大師的作品，如巴爾札克的《人間喜劇》，才真正體現了對當代生活作歷史反映的豐富而深邃的審美內涵。顯然，這種文學上的「編年史方式」不僅只屬於現代，而且只屬於那些具有卓越的歷史意識和飽滿的當代精神的現實主義大師。巴爾札克正是在到包括司各特在內的前輩小說家的局限之後，找到了自己小說創作的獨特天地的。他說：「法國社會將要作歷史家，我只能當它的書記。」〔註29〕他的《人間喜劇》是「一幕幕描繪出來的社會史」〔註30〕

除了巴爾札克，我們還要提到的另一個法國作家是左拉。他的 20 卷本的《盧貢——馬加爾家族》，「敘出全部『第二帝政時代』——從『政變』的陰謀襲取直到『塞當』的叛國」的歷史。他把他的皇皇巨著稱為「第二帝政時

〔註27〕 赫伯特·格里爾森：《歷史和小說》，見《司各特研究》。
〔註28〕 布呂納吉耶爾：《巴爾札克》，見《歐美古典作家論現實主義和浪漫主義》（二）。
〔註29〕 《〈人間喜劇〉前言》。
〔註30〕 《巴爾札克致緯斯卡夫人》，轉引自奧勃洛米耶夫斯基的《巴爾札克評傳》，中國社會科學出版社 1983 年 11 月出版。

代一個家族之自然史及社會史」。像巴爾札克一樣，他也是有意追求以「編年史的方式」描寫當代生活的，甚至在各部小說的聯繫上，由於他運用了「遺傳」的框架，比起巴爾札克的「人物互現法」，更顯出結構上的嚴密。

從與茅盾的關係來說，對比於司各特的影響，我們認為，巴爾札克，尤其是左拉的影響是更為顯明，也是更為重要的。

三十年壯劇的一道「印痕」

我們知道，幾乎從投身新文學運動的開始，茅盾就呼喚著新文學的社會性和時代性的。就他所理解的「時代性」而言，他認為，新文學首先必須反映當代生活，亦即「五四」以來的社會生活，其次在選材和表現上都必須真能體現當代風貌，亦即須抓住當代生活的脈動，抓住最能影響當代生活的中心事件，以鮮明的時代精神寫出「五四」以來的歷史的發展和轉換的。茅盾的這一理解特別體現在《讀〈倪煥之〉》這一重要論文中。這裡所表達的理論思想是可以使我們聯想起上面所提到的法國作家的。事實上，不僅司各特與大仲馬，而且巴爾札克與左拉，都是茅盾所熟悉的作家。他說他「讀過不少巴爾札克的作品」，〔註31〕，至於他與左拉的聯繫則是更為重要的。正如我們在第二章裡所說明的，左拉的創作和理論甚至成了茅盾早期「為人生」的現實主義文學觀的一個重要思想來源。左拉是茅盾所愛讀的法國作家之一〔註32〕，他甚至還改寫過左拉的《太太們的樂園》〔註33〕。茅盾當然注意過巴爾札克和左拉的以「編年史的方式」反映當代生活的重大特徵。他在介紹左拉的作品時說：「法國第二帝政時代由商業金融資本轉到工業資本這一轉形期的社會相，在左拉的著作裡表現著。左拉繼承了巴爾札克的《人間喜劇》那樣的大計劃，用畢生的精力寫了總名為《盧貢——馬加爾家族》的二十部長篇小說。」他認為：整個第二帝政時代的法國生活，在左拉的小說裡表現著——盧貢一支的歷史表現了第二帝政時代的「政治的大變動」，馬加爾一支人物的遭遇則表現這一時期的「社會生活的各方面」。〔註34〕

因此，當我們在茅盾小說中發現了用「編年史的方式」反映時代這一具

〔註31〕《我閱讀的中外文學作品》，《福建文學》1981 年 8 期。
〔註32〕《談我的研究》。
〔註33〕改寫本取名為《百貨商店》，上海新生命書局 1934 年 3 月版。
〔註34〕《左拉的〈娜娜〉》，(漢譯西洋文學名著)，中國文化服務社 1935 年 4 月出版。

有全局意義的重大特點時，當然是應該聯想到這一特點的形成中所包含著的與前輩西歐作家的內在聯繫的。

我們可以注意到，茅盾在許多長篇小說的有關說明文字中一再表白了自己努力在創作中對當代生活加以「歷史」地反映的意圖。如：

　　當時……欲爲中國近十年之戲劇，留一印痕。(《虹·跋》)

　　《幻滅》等三篇只是時代的描寫，是自己想能夠如何忠實便如何忠實的時代描寫。(《從牯嶺到東京》)

　　……

事實上，茅盾的自述傳達了他的這樣一種創作欲望：他所努力追求著的是反映整個時代，一個相當完整的歷史階段，不是一般意義的一段人生，也不只是歷史的一截片斷，一個插曲。

如果把茅盾小說所反映的年代加以排列的話，我們看到茅盾幾乎像巴爾札克一樣「逐年描寫了從「五四」前夕到中華人民共和國建國前的歷史，他留下了一幅中國現代史的恢宏畫卷。至於茅盾小說的編年史特徵，已有不少專家學者作過很細緻的分析，我們要指出的是他對比於司各特、大仲馬以及巴爾札克·左拉而顯示出來的下列特點：

一、關於小說（我們這裡說的是一個作家的全部小說）的結構方式。我們知道，巴爾札克把自己的《人間喜劇》分爲《風俗研究》、《哲理研究》和《分析研究》三大部分，他在作品裡，特別在《風俗研究》裡，對法國社會「場景」作歷史的反映，基本上採用的是平行敘述的方式，他將一幕幕相互間並無聯繫的人間悲喜劇鑲嵌在復辟王朝的背景上，只是在部分作品裡採用了「人物互現法」。他的結構的完整性主要是由統一的背景、相近的粗獷雄健風格來實現的。左拉天生「具有建築師的才能」，他一開始就認定「必須事先確定各部作品之間的聯繫」〔註35〕。他選擇了遺傳之樹作爲聯繫作品的脈略，使結構顯得更爲嚴密而勻稱。茅盾以他對社會科學的理解，當然不會接受左拉的遺傳之樹的影響。他倒是對巴爾札克的「人物互現法」有過興趣，在談及《蝕》三部曲的創作時，他說：「如果在最初加以詳細的計劃，使這三篇用同樣的人物，使事實銜接，成爲可離可合的三篇，或者要好些。」結果他沒有完成他的企圖，而「只有史俊和李克是《幻滅》中的次要角色，而在《動

─────────────────────

〔註35〕阿爾芒·拉努：《左拉》，黃河文藝出版社 1985 年 7 月出版。

搖》中則居於較重要的地位」〔註36〕。也許他沒有時間從容地爲他的宏圖作
一個精細的計劃，也許由於他描繪的是眼下正在發生、發展的社會人生，這
使他不可能在各個具體的「人物」和「事實」上作一個通盤的設計。因此，
巴爾札克和左拉的影響主要不在於某些結構技巧的借鑒，而在於啓發他去尋
找一個「歷史」地反映社會人生的獨特視角。

　　這處獨特視角就在於他選擇了「時代女性」和資本家作爲觀察和反映的
對象，通過這兩種形象系列反映了中國現代社會的歷史變遷。在「時代女性」
系列裡，中國現代社會的文化心理以及知識分子的情感與理性選擇得到相當
充分的表現；而在資本家形象系列裡，社會政治、經濟的複雜運動則有著清
晰的反映。對這兩種形象作系列的反映，也許並不是他開始創作時的有意選
擇，然而他的經歷和環境以及由此而產生的生活實感卻爲他所尋求的文學的
時代性作了最好的準備，他對「時代女性」與資本家的系列刻劃自然形成了
他的「編年史方式」的特有內容。

　　二、就反映生活的「歷史」內容而言，茅盾小說比「威弗利小說」，也比
《人間喜劇》和《盧貢——馬加爾家族》具有更爲鮮明的當代性。巴爾札克
把「完成一部描寫 19 世紀法國的作品，作爲自己的目標」，左拉也許比巴爾
札克在時間上更爲逼近他所描寫的那個年代,但當他的 20 部長卷的第一卷《盧
貢家族的命運》在《世紀報》上連載的時候，時間已是 1870 年，他是在一個
時代已近終了時去審視、去再現這個時代的。與此不同的是茅盾的小說總是
緊隨著當代生活的每一個進程，他筆下的生活與現實中的生活幾乎是同步前
行的。他的《幻滅》問世於 1927 年 9 月，描寫的卻是中國南方那個剛剛逝去
的多事之秋；他的《子夜》、《第一階段的故事》……所寫的也都是剛剛過去
或正在進行的那個事件。這種「近距離」地處理題材的方式，由於滲透著強
烈的當代精神，使茅盾小說，即使那些歷史題材的作品，都準確而深刻地揭
示了生活的本質和歷史動向。他在《大澤鄉》裡把困於大澤的閭左貧民寫成
「貧農」，小說末尾有這麼一段描寫：

　　　　風是凱歌，雨是進擊的戰鼓，彌漫了大澤鄉的秋潦是舉義的檄

　　文，從鄉村到鄉村，郡縣到郡縣，他們九百人將盡了歷史的使命，

　　將燃起一切茅屋中鬱積已久的忿火！

〔註36〕《從牯嶺到東京》。

這與其說寫的是歷史，不如說寫的是當代生活，是穿上歷史外衣的當代生活，是借著歷史的一段事實，寫出本世紀 30 年代中國農村的「地火的運行」。

對當代題材、當代精神的關注是茅盾的一個執著而持久的傾向。他不僅是這個時代的忠實兒子，而且是這個時代的弄潮兒。沒有哪一個作家像他一樣，曾如此深入地鼂進時代大潮的中心。他的「內心的趣味」使他與「當今」生活，與「眼下」正在發生的事有著特別密切的情感聯繫。唯其如此，他的關注點和興奮點不能不在「今天」，不能不在那些還熱得燙手的題材上。當然，由於過於逼近題材，有時他還來不及好好地消化題材，而題材本身也可能還來不及露出它的全部面目，茅盾的一些作品，如《路》與《三人行》，顯露出表現浮泛、直截的弊病，缺乏含蓄和從容，這與過於逼近題材是有關係的。

三、在對「歷史」內容的關注點上，茅盾總是以政治、經濟作爲情節構成的中心或人物活動的十分「逼近」的背景，這一點也使茅盾接近於巴爾札克和左拉。

但我們也可以很明顯地看出茅盾與他們的區別。在巴爾札克的《人間喜劇》裡，所謂風俗描寫是占了很大比重的，而左拉在他的《盧貢——馬加爾家族》裡，世俗生活也得到了淋漓盡緻的表現，同時他不僅像巴爾札克那樣注視著中上層社會，而且還注視著小酒店、貧民區、聖密特廣場，注視著下層社會。在茅盾的小說裡，這方面的描寫恰恰是不充分的。他對政治因素的重視大大超過了對世俗風情的重視。這當然是那個時代對他影響的結果，然而，更爲重要的因素也許還是他的經歷，還是他的「內心的趣味」。這樣，一方面，他比前輩作家更爲自覺，更爲完整地從政治這一角度去觀察人，去感受時代的氣氛，去把握生活的脈動，並由此去反映當代生活的歷史內容；另一方面他又不如他的前輩，在他的藝術視野中，風俗生活的印象往往不是很清晰的，其表現也是較爲薄弱的。

關於小說的描寫中的「經濟」因素，茅盾的作品也有著自己的特色。恩格斯說：在巴爾札克作品裡，「甚至在經濟細節方面（如革命以後動產和不動產的重新分配）所學到的東西，也要比從當時所有職業的歷史學家、經濟學家和統計學者那裡學到的全部東西還要多。」至於左拉對經濟生活的描寫卻有著自己的特點。傳記作家阿爾芒·拉努認爲：「一提金錢，在巴爾札克的作品裡，只表現在人與人的關係中。金錢像魔鬼一樣，使人發狂，它使女人們腐化墮落，使男人們獸性大發。然而，巴爾札克並未注意到使社會集團活躍

起來的金錢，也使這些集團你爭我奪、爾虞我詐，演出了社會角逐的種種慘劇。不錯，巴爾札克是一位天才，但他是一個訴訟代理人的眼光來觀察金錢的；而左拉則是一個經濟學家和第一流的社會學家。」〔註37〕

　　顯然，茅盾對巴爾札克和左拉都有所吸收。他在「經濟」的運行中看到了道德的變化，又看到了「經濟」對社會生活各個方面的強大作用。然而，茅盾的特點卻在於透過「經濟」的現象去表現階級與階級的對立，一種社會力量與另一種社會力量的對立，表現經濟變動對政治革命的意義以及政治狀況對經濟生活的強大影響。他筆下的「經濟」運行，其「自發」的特徵是不明顯的，相反，其「人為」的特徵卻極其鮮明地凸現出來。在《子夜》裡，對於造成吳蓀甫悲劇命運的因素，作者有力地表現了「國家不像國家，政府不像政府」的政治狀況、趙伯韜對公債市場的操縱……正是這些非經濟的因素扼殺了中國民族資本的發展，吳蓀甫們面對的不是一個自由競爭的經濟環境，而是一個依仗外國資本和本國軍閥的強權而構築起來的殖民地、半殖民地經濟怪圈，他的雄才大略未能實現他的「雙橋王國」的美夢，卻只能加速他的毀滅，不是投降，就是失敗。在《林家舖子》、《春蠶》裡，那些超經濟的因素對經濟生活的強大影響，都得到了充分而有力的表現。

第三節　橫向考察：從都市照見全社會

社會性：一種對文學的自覺

　　巴爾札克曾經這樣宣稱：「我企圖寫出整個社會的歷史。我常常用這樣一句話說明我的計劃：『一代就是四五千個突出的人物扮演一齣戲。』這齣戲就是我的著作。」〔註38〕從歷史的發展來看，只有在十九世紀現實主義潮流興起之後，一些最偉大的作家才產生以自己的創作給整個社會作全景式描繪的自覺追求。於是巴爾札克寫出了《人間喜劇》、左拉寫出了《盧貢——馬加爾家族》、托爾斯泰寫出了《戰爭與和平》。

　　正是近現代以來的人類對宇宙、對社會、對人類自身認識的「體系化」促成了作家在反映社會生活的「體系化」。勃蘭兌斯在談到巴爾札克的《人間

〔註37〕《左拉》。
〔註38〕《致「星期報」編輯意保利特‧卡斯狄葉先生書》，《文藝理論譯叢》1957 年
　　　　第二期。

喜劇》時說：「這個計劃龐大，完全獨出心裁；在任何已知文學中，尚未出現這種類型。」「它不只是人生的小小片斷被象徵地藝術地擴大成為整體的一個映像；而是按照科學的意義來講，可以正當地要求成為一個整體。」他所創造的小說世界「像一個真正的國度」，「用兩三千個人物，每個人物又代表另外幾百個人物，為法國社會所有不同的階級，因而間接地為他的時代，給世界提供一幅全面的心理解剖圖。」〔註39〕

　　茅盾的關於文學的社會性的思想早在新文學運動初期當他開始譯介外國文學特別是現實主義文學時就開始形成和發展起來了，他的這一思想當然也受到歐洲的現實主義大家的影響，其中有托爾斯泰的影響，司各特的影響，左拉的影響⋯⋯他在談到他閱讀過的外國文學名著時說：「我喜歡規模宏大，文筆恣肆絢爛的作品。」〔註40〕他曾極度稱讚托爾斯泰的《戰爭與和平》寫出了「全般社會相」，他認為：「托爾斯泰是廣闊地多方面地反映現實的藝術巨匠。在他的史詩式的作品中，俄羅斯人民衛國戰爭的波瀾壯闊的雄偉畫面和平凡的日常生活場面，眾多的人物形象和他們之間的聯繫及衝突，他們的外貌和內心世界的深入刻劃都錯綜複雜地交織在一起，構成一幅異常豐滿的栩栩如生的時代生活的圖畫。」〔註41〕他十分欣賞司各特的善於在廣闊的社會背景上描寫人物的才能；對於左拉的20卷巨著，他稱其「真是巨大的風俗畫，《人間喜劇》以後僅有的大計劃」。

　　文學是一種選擇，一方面生活選擇文學，它鼓勵最適合時代需要的創作發展；另一方面作家也選擇生活。這種選擇，既起於作家個人的生活經驗、人生理想、個性氣質，也起於他的文學素養和審美追求。茅盾的關於文學社會性的思想既是現實生活直接推動的產物，又是歐洲19世紀以來現實主義文學的有力影響的結果。那麼，這種影響從20年代到30年代對接受者的理論主張帶來什麼具體變化呢？對於茅盾的創作來說，它在題材上所體現的社會性的最主要特徵是什麼？這種特徵的形成與外國文學的影響又有什麼關係呢？

都市的發現

　　我們認為，這種影響在茅盾的理論主張上則是他從新文學初期對文學社

[註39] 《十九世紀文學主流》第5分冊。
[註40] 《我閱讀的中外文學作品》。
[註41] 《激烈的抗議者，憤怒的揭發者，偉大的批判者》，《世界文學》1960年11期。

會性的一般提倡深化到對無產階級都市文學理論的發現；而他的創作在題材
上的最大特徵則是都市性，他以如椽巨筆，濃墨重彩地描繪了中國現代都市
的種種色相，在一系列充溢著濃重的時代氣氛的矛盾衝突的動態展示中，表
現著都市人生的悲劇和喜劇。都市成爲他俯察全社會的中心。他以現代都市
人生的深刻表現反映著全社會。

　　我們知道。現代都市是伴隨著中國社會殖民地化、半殖民地化的日益加
深而畸形發展起來的。它既是帝國主義勢力、封建主義勢力和官僚買辦勢力
的反革命政治、經濟統治的中心，又是新興的社會力量——工業無產階級的
集結地。它最集中，最迅速地反映著中國社會百年來的風雲變幻。正是這種
社會歷史背景使反映都市人生成爲新文學的必然要求。20 年代中期，魯迅曾
對「現代都會詩人第一人」勃洛克的詩歌藝術進行過介紹，並認爲：「能在雜
沓的都會裡看見詩者，也將在動搖的革命中看見詩。所以勃洛克做出《十二
個》，而且因此『在十月革命的舞台上登場了』。」他又不無遺憾地指出：「中
國沒有這樣的都會詩人。我們有館閣詩人，山林詩人，花月詩人……沒有都
會詩人。」〔註 42〕於此我們可以看出魯迅對「都會詩」以至於整個都市文學
的矚望。事實上，「五四」新文學創作中有關青年知識分子的題材多少帶有都
市生活的色彩，他們在現實中的進退拮据和內心的彷徨苦悶無不與都市文明
的畸形發展有著或多或少的聯繫；而郭沫若的《女神》，其中不少篇章則以「五
四」的狂飆精神反映了現代的都市人生。我們不妨把它們視爲都市文學的先
聲。然而眞正給都市文學以理論發現並在創作中鮮明地顯示都市文學特徵的
則是茅盾。

理論的探尋

　　早在「五四」時期，茅盾就注意到新文學表現「城市勞動者生活」的問
題，並從現實主義的原則要求出發，對「知識階級中人和城市勞動者」的「隔
膜」提出了批評〔註 43〕。然而眞正給「反映都市人生」這一命題賦予理論意
義的是他在 20 年代末以及後來的一些論述。發其端者則是他的《讀〈倪煥
之〉》。

　　在這篇標誌他的現實主義思想的重大發展的著名論文中〔註 44〕，茅盾從

〔註 42〕《集外集拾遺·〈十二個〉後記》。
〔註 43〕《文學與人生》。
〔註 44〕我們認爲《讀〈倪煥之〉》體現了作者從一般的現實主義到革命現實主義的重

「尋求代表『五四』的『時代性』和『社會性』」出發，對第一個十年間的新文學創作進行了批評。其中最能傳達他的都市文學思想的是對《吶喊》、《彷徨》的評論。

眾所周知，茅盾是最早對魯迅創作的社會意義和文學意義進行有力肯定的新文學家之一。他在《讀〈倪煥之〉》中仍然「堅持我從前的意見」，「以爲《吶喊》所表現者，確是現代中國的人生」。他高度評價了魯迅小說在「攻擊傳統思想」上的「驚人色彩」。但是更使我們感到興趣的卻在於他又認爲：「《吶喊》中的鄉村描寫只能代表現代中國人生的一角」，其中「沒有都市，沒有都市中青年們的心的跳動」，「很遺憾地沒曾反映出彈奏著『五四』的基調的都市人生」。我們認爲茅盾這些論述中所表達的文學思想是很值得我們注意的。事實上，他的這些看法並不僅僅是寫於 1923 年《讀〈吶喊〉》的重複，其中對「彈奏著『五四』的基調的都市人生」的認識是他在「眞實地去生活，經驗了動亂中國的最複雜的人生的一幕」〔註 45〕後形成的新鮮認識，也由此而形成了他發展中的文學思想的一個重大特色。所謂「彈奏著『五四』的基調的都市人生」，在他看來，這一命題包含著下列兩方面的內容：

一、作爲對「五四」的時代反映，文學題材的選擇必須把重點放在都市人生或與都市人生緊密相關的其他方面的社會人生上；

二、然而也只有選擇最鮮明有力地顯現「『五四』的基調」的那一部分「都市人生」，即充分顯示出現代衝突和現代節奏的動態的都市人生作爲反映對象，文學才可能較大限度地獲得時代性。

所以，他對《吶喊》中的「鄉村描寫」由於其離開了對「都市人生」的有機聯繫而感到「遺憾」；所以，他對《彷徨》中的《傷逝》和《幸福的家庭》這樣的城市現代知識青年爲描寫對象的作品，由於其「也只能表現了『五四』時代青年的一角」，「不能不使人猶感到不滿足」，而當時文壇上大多數反映城市知識青年生活的作品，由於它們所反映的人生還是「極狹小的、局部的」，沒有表現出『彷徨』的廣闊深入背景」，因此仍然「並沒抓到『五四』的基調」。我們也許並不完全贊成他對魯迅創作所持的上述批評，然而這並不妨礙我們因此而發現茅盾在這些評論中所透出的特異鋒芒。我們可以說，對文學的時代性社會性的追求是茅盾一貫的主張，然而只是到了 20 年代末，他才把

大發展，詳見本書第二章第二節。
〔註 45〕《從牯嶺到東京》。

對「都市人生」的反映視為這一主張的具體內容之一；而他所謂的「都市人生」，並不指城市居民世俗生活的表面，那種灰暗的、貯滿了歷史積塵的人生，而是指「被『五四』的怒潮所衝激」，即以思想解放、政治革命為主潮的動態生活。如果說當時的新文學家大多從「難得變動」的「靜態」生活描寫上去揭示社會人生的悲劇或喜劇，那麼，茅盾則強調從「彈奏著『五四』的基調」的「動態」人生的充分展示中反映「五四」以來的社會現實。

按照他的理解，「在《吶喊》的鄉村描寫發表的當時，中國的鄉村恰正是魯迅所寫的那個樣子」，那麼，所謂「彈奏著『五四』的基調」的，不能不首先在於都市。正是基於這種認識，他高度評價了《倪煥之》的出世在新文學史上的重大意義。他認為：「把一篇小說的時代安放在近十年的歷史過程中的，不能不說這是第一部；而有意地要表示一個人—— 一個富於革命性的小資產階級知識分子，怎樣地受十年來時代的壯潮所激蕩，怎樣地從鄉村到都市，從埋頭教育到群眾運動，從自由主義到集團主義，這《倪煥之》也不能不說是第一部。」在他看來，「從鄉村到都市」是與「五四」以來的「時代的壯潮」，甚至與「到群眾運動」、「到集團主義」等現代意識都密切相關的。正由於第一個十年裡的「時代的壯潮」主要是以都市為舞台的，那麼，都市性與現代性就成為互相包容的概念。

同時也應看到茅盾在提出文學反映「都市人生」的主張的最初時期對都市題材所包含的複雜內容還認識不足。儘管他用「彈奏著『五四』的基調」作為他所主張要著力反映的「都市人生」的限定詞，但在事實上，其重點仍在於要表現都市小資產階級知識青年。隨著他的馬克思主義文藝觀的進一步成熟，他就從建立無產階級革命文學的高度對「都市文學」進行了新的闡釋。這體現在他 1933 年前後所寫的《都市文學》、《機械的頌讚》、《現代的》等一系列文藝論文或隨筆中。

在這些文章中，茅盾不僅第一次提出了「都市文學」的概念，而且在對其中的資產階級、小資產階級文學傾向的批判中闡明了自己的無產階級都市文學的主張。事實上，「都市文學」在 30 年代已經成為文壇上的一股不小的潮流。如艾青的早期作品。他在藍波、阿坡里奈爾、葉賽寧、惠特曼、勃洛克……尤其是比利時的都會詩人凡爾哈侖的深刻影響下寫出了他的「都市的憂鬱」和「農民的憂鬱」。正像在農村題材中有前進的或保守的甚至反動的不同文學傾向一樣，都市文學自身其時也顯露出階級的分野。尼姆‧威爾士在

談到中國 30 年代文藝時說：在左翼文藝蓬勃發展的同時，「還出現了一種頹
廢——肉感派，中國稱之爲『城市派』。這一派專門描寫現代城市生活以娛讀
者，往往帶有一種形同自殺的逃避感。」〔註 46〕這種「城市派」文學的產生
與西歐上一世紀末以來流行的各種文藝「新」潮以及日本的「新感覺派」等
文藝流派的影響有著密切的關係。尼姆・威爾士在這裡所說的是當時一群集
結在《現代》月刊周圍的青年作家。《現代》編者施蟄存當時這樣解釋被人們
稱爲「現代」派的詩作：「《現代》中的詩是詩，而且是純然的現代的詩。它
們是現代人在現代生活中所感受的現代的情緒，同現代的詞藻排列成的現代
的詩形。」「所謂現代生活，這裡面包含著各式各樣獨特的形態：匯集著大船
舶的港灣，轟響著噪音的工廠，深入地下的礦坑，奏著 Jazz 樂的舞場，摩天
樓的百貨店，飛機的空中戰，廣大的賽馬場……甚至連自然景物也與前代的
不同了……」〔註 47〕這裡所述的是多少被論者的想像所「歐化」了的「現代
生活」，其眞正的注腳是當時上海的畸形的「都市生活」。也許「現代」詩派
的創作與編者的宣言不盡一致，他們的作品有的也多少表現了對黑暗現實的
不滿，其成就的高下也相異甚殊，但都市的現代小資產階級感傷主義卻是他
們創作的共同色調。資本主義都市文明中的頹廢、享樂的傾向也許在「城市
派」小說家的創作中更爲明顯。如穆時英的小說。我們當然不可能在這裡對
他作全面的評價，他也一度在左翼浪潮的裹挾下寫出了《南北極》等幾篇有
一定現實意義的作品，我們想指出的是：眞正代表所謂「穆時英作風」的是
《夜總會裡的五個人》、《上海的狐步舞》等表現上海畸形的都市生活的作品，
他在這些作品中用「Jazz，機械，速度，都市文化，美國味，時代美……的產
物的集合體」〔註 48〕來「以娛讀者」。在《黑牡丹》中，他借小說一個人物之
口說出了自己的審美趣味：

> 譬如說，我是在奢侈裡生活著的，脫離了爵士樂，狐步舞，混
> 合酒，秋季的流行色，八汽缸的跑車，埃及菸……我便成了沒有靈
> 魂的人。那麼深深地浸在奢侈裡，抓緊著生活，就在這奢侈裡，在
> 生活裡我是疲倦了。……

所謂「城市派」，他們的創作所體現的正是「都市文學」中的資產階級或小資

〔註 46〕《現代中國文學運動》，《活的中國》附錄一。見《新文學史料》1978 年第 1
　　　　輯。
〔註 47〕《又關於本刊的詩》、《現代》第 4 卷第 1 期。
〔註 48〕穆時英：《公墓・被當作消遣品的男子》。

產階級的傾向。

　　茅盾認為上海 30 年代「生產縮小，消費膨脹」的「畸形發展」造成了「消費和享樂是我們的都市文學的主要色調。」〔註 49〕我們以為這主要是就穆時英、劉吶鷗等人的「城市派」文學傾向而言的。他指出：在這些作品中，「大多數的人物是有閒階級的消費者，闊少爺，大學生，以至於流浪的知識分子，大多數人物活動的場所是咖啡店，電影院，公園；跳舞的爵士音樂代替了工場中機械的喧鬧，霞飛路上的廣告代替了碼頭上的忙碌。」不同於他以前著重從青年知識分子在時代大潮中的進退和思想，心理的劇烈變動去理解「彈奏著『五四』的基調的都市人生」，他認為表現「站在機器旁邊流汗的勞動者」和他們「在生產關係中被剝削到只剩一張皮」的慘狀應是都市文學的重要內容，而要達到這一點，「必先有作家的生活的開拓」，以至於「能夠和生產組織密切」相連，明確指出作家的切身體驗在正確反映城市無產階級時的極端重要性。顯然，他是從文學應當表現工業無產階級，從建立無產階級革命文學的高度去對都市文學進行再認識的。這反映了茅盾的「都市文學」理論在馬克思主義文藝科學光照之下的一個長足發展。區別於資產階級或小資產階級的都市文學，茅盾所主張的是無產階級的都市文學。

　　茅盾認為，無產階級的都市文學在內容上應當做到：一、表現城市工業勞動者的命運和抗爭；二、重視對「縮小的生產」，即關係著都市以及全社會的經濟活動作充分真實的反映，因為可以由此而「更有力地表現了都市的畸形發展，表現了畸形發展都市內的勞動者加倍的被剝削，而且表現了民族工業的加速度沒落」，離開了都市經濟活動的「人」的描寫，消費性的生活方式的描寫……其對都市人生的反映都是不全面的。而在藝術特徵上，無產階級都市文學的主要色調應該是「力」和「速度」，因為它們體現了「新的人類以大無畏的精神急趨於新世界的創造——新生活關係的確立」。〔註 50〕

　　茅盾的上述觀點當然與他長期生活於上海等舊中國都市所形成的切身感受密切相關，然而對於我們的論題更有意義的是：他的這一主張的形成與他對近現代西方文藝的系統、科學的研究有著密切的關係。現代都市是資本主義文明的產物，資產者用立法的或商業的「戰爭」迫使鄉村屈服於城市的統治〔註 51〕。隨著都市的發展，都市題材、都市特徵在西方文學中越來

〔註49〕茅盾《都市文學》，《申報月刊》第 2 卷 5 號。
〔註50〕《現代的》，《東方雜誌》第 30 卷 3 號，1933 年 2 月。
〔註51〕馬克思、恩格斯：《共產黨宣言》。

占有顯著的地位，至於上一世紀末以來的各種文藝「新派」，他們的創作和理論更是都市性的，其對中國現代文學的消極影響則是催生了「城市派」那樣的都市文學。茅盾在「五四」時期，他從「為人生」的現實主義要求出發，曾介紹、甚至提倡過「新」派藝術，然而自從 1925 年後，以《論無產階級藝術》的問世為標誌，他開始「清理一番自己過去的文學藝術觀點」〔註52〕，逐步確立了馬克思主義的文藝觀。此中的曲折對他 1929 年提出表現「彈奏著五四的基調的都市人生」、1932 年前後提出無產階級都市文學的理論主張，是有一定聯繫的。他曾對俄國象徵主義詩人勃留梭夫的下述特點給予很大的注意：「他又是首先把近代都市生活給予詩的描寫的一人。在他的詩裡，不但有汽車、電車、飛機，並且還可以聽得近代產業中心的脈搏。所以在一種意義上，很可以說他是『傾向於機械的』。」〔註53〕他又在《文憑·關於作者》一文中稱讚另一個俄國批判現實主義作家丹青科：「在這篇《文憑》裡將鄉村中間所聽到的都市的宏壯的呼聲用很美妙的文情表達出來」，女主人公安娜·底摩維芙娜的「一顆在跳躍著被『都市』的喧聲所鼓動起來的勇敢的心」，體現了「覺醒了的農村的意識」，顯示了上一世紀 90 年代的俄國「都市」對於「種種方面的人生的影響」。這些評述體現了作者唯物主義的歷史發展觀念。上述兩篇文章分別發表於 1931 年和 1932 年，正是他提出無產階級都市文學主張的前夕，其中的聯繫是很顯明的。

然而，更主要的是由於他運用馬克思主義的歷史觀對殖民地化、半殖民地化日益嚴重的中國社會進行了宏觀的把握。他的都市文學的主張是在對「五四」新文學的反思中產生，在對資產階級、小資產階級都市文學的批判中發展起來的。他是我國在無產階級革命文學的範疇內給「都市文學」以理論發現的第一人。

複雜而多彩的都市人生

也許我們應該注意到茅盾的上述主張正是與他的創作同時起步的。因此，他的都市文學理論主張不能不首先影響著自己的「寫什麼」與「怎麼寫」，而在創作中打下深深的印記。

其表現主要是：

〔註52〕《我走過的道路》。
〔註53〕《勃留梭夫評傳》，《婦女雜誌》第 17 卷第 1 號，1931 年 1 月。

一、都市社會的歷史反映

我們知道，茅盾的創作大多取材於都市人生，他的最爲成功的作品多是「偏重於都市生活的描寫」的。他給新文學留下了一幅又一幅中國都市社會的歷史畫卷。從《蝕》到《子夜》，再到《腐蝕》……其中的都市特徵不僅在於選取上海、武漢、重慶等都市作爲事件展開的環境，即使是像《動搖》中那樣小縣城生活的描寫也充分地感應著大都市政治風雲的變幻，應該看作都市人生的一個側影，而且在於所描寫的衝突都是都市性的，其中的主要人物或是民族資產階級，買辦資產階級和他們的政治、文化代表，或者完全都市化了的小資產階級知識分子，或者城市的產業工人……他的《蝕》三部曲，《虹》、《路》、《三人行》主要是圍繞著「五四」以來至大革命失敗前後小資產階級知識青年在社會革命漩渦中的進退去反映都市人生。政治是這些作品衝突的中心，而所謂「思想界的混亂，社會基礎的動搖，新舊勢力之錯綜肉搏而無顯著的進退」〔註54〕，又是通過靜女士、方羅蘭、梅女士這樣知識青年的神經去觸覺、去表現的。而在《子夜》、《第一階段的故事》、《鍛煉》等作品中，茅盾則從更廣闊的社會背景和歷史背景上反映著三四十年代的都市人生。就塑造的人物而言，這裡有民族資產階級，如吳蓀甫、何耀先、嚴仲平，有買辦資本家，如趙伯韜；有「空談的大學教授、吃利息的高尚詩人」，如李玉亭、范博文；還有產業工人，如朱桂英、趙元生、何祥；還有……色彩繽紛的眾多形象組成了三四十年代中國都市社會的人物畫廊。就描寫的衝突而言，這裡有十里洋場上交易所的狂潮，有民族資本和買辦資本、官僚資本的競爭，有工人與資本家的激烈對抗，有各階層愛國者與親日分子、反動分子的生死衝突……經濟活動與政治鬥爭如此糾纏，互爲因果，密不可分。就反映的時代而言，它簡直活生生地再現了三四十年代中國都市社會的全部歷史，從30年代初的經濟蕭條、蔣馮閻大戰、「一二八」淞滬抗戰，到「大後方」的黑暗，國民黨反動統治的最終崩潰，都在其中得到了眞實、生動、具體的反映，形成了研究者所謂的「史詩特徵」。

顯然，茅盾的這些以「都市人生」爲題材的創作，其對中國現代社會人生的反映決不僅僅囿於「都市」這一社會的局部。他的人物、環境和故事衝突都具有相當的典型意義，因而是全社會性的。如《子夜》，它「差不多要反映中國的全社會，不過是以大都市作中心的」。〔註55〕茅盾的創作從「都市」

〔註54〕茅盾：《讀〈倪煥之〉》。
〔註55〕瞿秋白：《〈子夜〉和國貨年》，《瞿秋白選集》，人民文學出版社1955年出版。

這一視角照見的是整個現代社會。這種在題材上體現的作家認識生活、反映生活的獨特視角形成了茅盾現實主義創作的一個重大特徵。

二、都市人生的動態描寫

應該說，都市題材並不是都市文學的全部特徵，甚至也不是其最重要的特徵。如果離開了對都市人生的「現代」氛圍、「現代」觀念、「現代」生存方式和「現代」衝突的充分描寫，那也就失去了都市文學。這種對都市人生之「現代」性的反映，正是都市文學與市民文學的最大區別。市民文學在我國傳統文學中已十分發達，最著名者莫如宋以來的話本和擬話本。然而它不是都市文學，這是十分顯然的。「五四」以來的新文學中，城市市民生活始終是引起人們關注的題材。無論是當時的京派作家，還是左翼的一些青年作家，他們都曾在這塊領域內各各挖掘出人生的悲劇或喜劇，以引起療救的注意。在這裡以老舍創作為例，是可以說明問題的。他以擅於描寫北方市民社會著稱，描風俗、寫人物，都具有非凡的功力，堪稱為「市民文學」的大師。然而，他的創作之所以不能稱為「都市文學」，在於他所描寫的生活主要是都市中的停滯的部分，是傳統的市民社會的沉積層。他筆下的小商販、小生產所有者、城市貧民、無業遊民、暗娼、窮公務員……所構成的正是一個五光十色的下層市民社會，他們不代表任何新的生產關係，他們是散漫的，保守的，沒有獨立力量的。現代社會的急劇變化很難在他們身上得到積極的反應，他們往往只是消極的、遲緩地去適應這種變化。「靜態」正是老舍筆下市民生活的主要特徵。有的評論家認為老舍創作的時代感不強，甚至他的代表作《駱駝祥子》，其反映的年代至今還是老舍研究中很難解決的一個問題。我們以為這首先是由於描寫對象的固有特徵所決定的。老舍正是在「靜止」的市民生活中發現病態，發現了喜劇，也發現了悲劇，因而深刻地表達了「改造舊生活」的強烈要求。應該承認，老舍在表現市民生活上的貢獻至今仍是十分傑出的，不可代替的。

不同於此，都市文學首先是以自己鮮明的「現代」性格顯示獨異的色彩和氣度的。所謂「現代」性格，用聞一多的話說，首先是「20 世紀是個動的世紀」〔註56〕，在緊張的動態之充分描寫中反映的是現代生活的變革和發展。如果說新文學中以市民生活為題材的創作，其「現代」屬性主要在於其中滲透著作家對灰色人生的強烈批判精神，由此而傳遞出了「五四」的聲息，那

〔註56〕《女神之時代精神》，《創造周報》第 4 號。

麼，茅盾都市題材的創作則由於他在新民主主義革命歷史要求下深刻地反映了都市以至全社會生活的動態、節奏和發展方向，而更具有完整的、鮮明的「現代」意義。他的創作迅速地傳達著現代都市社會的每一律動，尤其是都市社會各階級、各階層在政治、經濟的急劇變動衝激下的心理、思想上的每一律動。與動態人生相對應的是，他認為「力」和「速度」應該「成為現代文藝的主要色調」，事實上，他的創作比他的理論提倡更為充分地體現了這一原則。正是這種「動態」特徵，使他的創作充分「現代」的，因而也是「都市」的，顯示了與市民文學的鮮明區別。《追求》中的章秋柳有一段話：

> 我們這一伙人，都是好動不好靜的；然而在這大變動的時代，卻又處於無事可作的地位。並不是找不到事；我們如果不顧廉恥的話，很可以混混。我們也曾想到閉門讀書這句話，然而我們不是超人，我們有熱火似的感情，我們又不能在這火與血的包圍中，在這魑魅魍魎大活動的環境中，定下心來讀書。我們時時處處看見可羞可鄙的人，時時處處聽得可歌可泣的事，我們的熱血是時時刻刻在沸騰，然而我們無事可作：我們不配做大人老爺，我們又不會做土匪強盜；在這大變動時代，我們等於零，我們幾乎不能自己相信尚是活著的人。我們終日無聊，納悶。到這裡同學會來混過半天，到那裡跳舞場去消磨一個黃昏，在極端苦悶的時候，我們大哭大叫，我們擁抱，我們親嘴。我們含著眼淚，浪漫，頹廢。但是我們何嘗甘心這樣浪漫了我們的一生！我們還是要向前進。

他很少描寫城市生活中那種「停滯」的部分，而選擇那些依照自己的生命規律必然是「好動不好靜」的社會層作為自己的反映對象。他們是都市中最活躍的部分。固然其運動的起點和歸宿、運動的具體形式都各有差異，甚至有質的不同，然而，緊張的動態卻是茅盾筆下都市人生的共同特徵，要麼前進，要麼沒落，各種人的生活和觀念都不在某一點上停滯下來。也許離開現代都市生活的節奏也就談不上對茅盾都市題材創作中時空觀念的正確認識，它影響到故事的情節結構，人物的多重性格設計等諸方面。正如當時的一篇評論在談到《幻滅》時所說的：歐洲「自然主義長篇中篇小說的描寫都是非常緩慢的，我們的著者寫幻滅時在手法上或者以為是很迅速了……」〔註57〕整部《子夜》，它的大小情節在短短的兩個月內展開和收束，然而卻包含了極其豐

〔註57〕徐蔚南：《〈幻滅〉》，《茅盾評傳》。

富的、完整的都市人生，如吳蓀甫的投機活動、建立雙橋王國的野心和最後的破產，如杜竹齋的反水，交易所裡的「愚人節」，如城市裡的工潮⋯⋯體現的正是緊張的動態。

事物運動的動力在於事物自身的內在矛盾衝突。如果說「五四」時期的新文學家在知識青年的題材中大多描寫「新」與「舊」兩種生活，兩種生活觀念的衝突，所謂「父與子」的衝突的話，那麼，茅盾創作更多表現的恰恰是現代都市生活的自身矛盾和衝突。如《虹》描寫梅女士「從鄉村到都市」後，「心理形成一大疑團」，於是就「把這些疑問抽象地寫成一篇短文」，而發表該文的刊物編者在按語中卻說其中「所敘述的戀愛痛苦，也是舊禮教造成的」：

> 梅女士很不滿意這個牛頭不對馬嘴的按語。她想：一切罪惡可以推在舊禮教身上，同時一切罪惡又在打破舊禮教的旗幟下照舊進行，這便是光榮時髦的新文化運動！

顯然，在作者看來，問題不僅在於舊禮教如何喬裝打扮，混跡於「新文化運動」，而更在於後者又如何歷史地服從辯證法則出現分化。這樣，他的都市題材創作就明顯地具有反資本主義文明的意義。他當然不能從「父」輩的眼光去考察這個主題，他需要的是從都市生活的自身矛盾中去把握對象的否定之否定的歷史過程的豐富內容。我們還可以設想一下，如果讓《子夜》中的吳老太爺進了吳公館，居然活了下來，那將演出怎樣的「父與子」的悲喜劇呵。然而作者並沒有這樣做。他也許寧可犧牲這一不乏歷史意義的主題。而把主要衝突建立在都市這個統一的生活實體上。我們是否可以從中體察到作者在組織衝突時的深刻用心呢？

正因為作者如此注重從都市人生的內在矛盾上去揭示對象的緊張動態，那麼他的創作就自然而然地帶有對其發展方向的某種表現或暗示。這種表現或暗示倒不在於作者是否對自己筆下的生活進行了直接的政治或道德的評判，作為一個成熟的現實主義作家，茅盾把自己力量主要訴諸對現實的「如實寫出」。他的作品中的民族資產階級的命運都是悲劇性的，同樣，他的那些沉陷於幻滅之中而不能自拔的「現代女性」的命運也是悲劇性的—— 一種可愛的靈魂老是在污濁的世界裡流浪的悲劇，她們從希望的此岸啟航，由於缺乏實踐的能力，總是到不了理想的彼岸，更何況她們的「彼岸」事實上只是一片幻象呢。這些都是茅盾在都市題材的現實主義描寫中告訴我們的，它們

說明的是中國資產階級由於先天的軟弱而不能獨立領導中國的民主革命，而小資產階級知識分子在其自身的圈子裡也是永遠擺脫不了「流浪」的命運的。我們也許還應該充分重視茅盾對產業工人的描寫。不僅在「勞動者在生產關係中被剝削到只剩一張皮的描寫」〔註 58〕中，而且在朱桂英、張阿新、何秀妹等一系列產業工人形象的塑造中，作者表達了自己對無產階級歷史地位的深刻的認識。當然，我並不認為茅盾對工人階級的表現是很充分的，其不足之處主要在於黨的領導還沒有得到更有力的體現。然而，把工人階級作為獨立的階級力量進行真實、具體的表現的，至少在 30 年代，茅盾還是最為出色的。透過茅盾對都市各階級、各階層人物歷史命運所作的現實主義的描寫，我們看到了半封建半殖民地的舊中國已歷史地選擇了無產階級領導下的新民主主義革命作為分娩出新世紀的產婆，其中當然包括對舊中國都市人生發展動向的科學揭示。我們以為這是茅盾的都市題材創作區別於西方的都市文學，也區別於 30 年代的「城市派」文學的主要之處，由此而鮮明地顯示了自身的民族特徵和無產階級文學性質。

都市陰影下的農村

　　除了「偏重於都市生活的描寫」外，茅盾的創作中還有一些是以鄉村生活為題材的。我們仍可以從這些作品中感受到濃重的都市氣息，它表現為都市生活對破產的農村的巨大影響。我們應該注意到茅盾作品中的農村大多是都市附近的村鎮，如被作者自稱為「描寫鄉村生活的第一次嘗試」〔註 59〕的《林家舖子》，其故事發生的地點就在距離上海並不太遠的一個小市鎮。這種地理上的聯繫顯然是都市影響的基本條件，也體現了作者觀察農村生活的獨特視角。且不說《子夜》中的雙橋鎮本來就是吳蓀甫夢想中的雙橋王國的一部分，就是以農村為直接描寫對象的作品，如《春蠶》、《秋收》、《殘冬》，他也從不把它們描繪成獨立於都市的「桃園式」的社會。如果說魯迅等新文學家，包括 30 年代一些鄉土題材作家，他們對農村生活的反映或是從農村的急劇破產、敗落和緩慢的生活節奏之悲劇性衝突中顯示「不能照舊生活下去」的主題，或是從封建性半封建性農村的自身矛盾上揭示「咆哮的土地」的發展趨勢，那麼，茅盾的特點就在於表現了以都市為中心的帝國主義勢力、反

〔註58〕　《都市文學》。
〔註59〕　《〈春蠶〉跋》，《春蠶》，開明書店 1933 年 5 月出版。

動政治勢力和資本主義經濟對中國農村的侵蝕和危害，鮮明地體現一個革命現實主義作家在馬克思主義光照之下對半封建半殖民地社會的中國農村的深刻洞察。

在《春蠶》中有這麼一段描寫：

嗚！嗚，嗚，嗚，──

汽笛叫聲突然從那邊遠遠的河身的彎曲地方傳了來。就在那邊，蹲著又一個繭廠，遠望去隱約可見那整齊的石「幫岸」。一條柴油引擎的小輪船很威嚴地從那繭廠後馳出來，拖著三條大船，迎面向老通寶來了。滿河平靜的水立刻激起潑刺刺的波浪，一齊向兩旁的泥岸捲過來。一條鄉下「赤膊船」趕快攏岸，船上人揪住了泥岸上的樹根，船和人都好像在那裡打秋千。軋軋軋的輪機聲和洋油臭，飛散在和平的綠的田野。老通寶滿臉恨意，看著這小輪船來，看著它過去，直到又轉一個灣，嗚嗚地又叫了幾聲，就看不見。老通寶向來仇恨小輪船這一類洋鬼子的東西！

像《子夜》開場對大上海夜市的描寫一樣，這裡所畫的正是在大都市陰影下飄搖不安的鄉村生活，不可一世的「小輪船」，有著整齊的石幫岸的繭廠，它們是君臨於農村的都市經濟、都市文明的象徵。老通寶是一老實的農民，他帶著傳統的道德，也帶著自耕農的傳統的保守心理無可奈何地接受了「洋」玩藝兒所帶來的世間的「突變」。資產階級「它的商品的低廉價格，是它用來摧毀一切萬里長城、征服野蠻人最頑強的仇外心理的重炮。它迫使一切民族──如果它們不想滅亡的話──採用資產階級的生產方式；它迫使它們在自己那裡推行所謂文明制度，即變成資產者。一句話，它按照自己的面貌為自己創造出一個世界。」〔註 60〕幾千年沿襲下來的穩固的自給自足自然經濟在外來力量的擠壓下瓦解了，破產了，鄉村迅速地失去了自身的獨立性，而「從屬於城市」。茅盾認為，在 30 年代，「全中國經濟破壞，毒血似的洋貨深入了農村的血管，號稱豐年，農民沒有飯吃！全中國農村騷亂，金錢向安全地帶跑，造成都市經濟的畸形的發展，造成了都市的奢侈豪華、淫逸罪惡，……」〔註 61〕這裡所表達的對舊中國「都市──鄉村」這一動態的反饋系統的清醒認識，也許應該看作是《子夜》等作品的解題之筆。他在《「現代化」的話》

〔註60〕馬克思、恩格斯：《共產黨宣言》。
〔註61〕《緊抓住現在》，《申報・自由談》1933 年 1 月 8 日。

等散文中還描繪了所謂「都市文明」對鄉村的侵蝕：「大都市裡的時髦風氣也很快地灌進內地去了；剪髮，長旗袍，女大衣，廉價的人造絲織品，國產電影，一齊都來了」，「都市的『現代』風氣的裝飾和娛樂流到鄉鎮」。它們和封建主義的傳統結合，形成「中西合璧」的文化怪胎。

　　當然，茅盾在這裡並不是為封建性農村的沒落唱一曲挽歌。他的全部同情無疑都是在破產了的農民身上的，然而他又認為老通寶們對太平盛世的幻想既無濟於擺脱破產的命運，也不合於社會發展的趨勢。他反對當時一些「田園詩人」的「懷鄉病」，對電影《城市之夜》的錯誤傾向進行了批判。〔註62〕他所描寫的舊中國農村的悲劇説明了：只有革命，才是唯一的出路。而崛起於鄉村廢墟之上的，不是別的，卻是被老一輩人視為「忤逆」的多多頭們。這是一代年輕、自信的順應時代潮流的，有能力開闢自己新生活的造反者。他們是破敗了的鄉村的一線曙色。

　　如此從與都市社會的普遍聯繫上對農村生活作立體的透視，並由此而表達了改造農村的強烈願望，這是茅盾農村題材創作的特點。

〔註62〕《〈狂流〉與〈城市之夜〉》，《申報・自由談》1933 年 3 月 24 日。

第四章　藝術地掌握世界的多樣性
——小說創作外來影響之二

第一節　小說創作與現代主義

　　茅盾的小說創作，從總體上看，是屬於革命現實主義的。它是在馬克思主義文藝觀指導下，「嚴格地按照生活的真實來寫」，〔註1〕並在「分析現實描寫現實中指示了未來的途徑」。〔註2〕但是，茅盾的小說在藝術上又是博採眾長的，就其對外國文學的借鑒而言，它除了批判地師承近代歐洲寫實主義文學的經驗外，也有選擇地吸取現代主義的某些藝術技巧，以更好地適應表現錯綜複雜的現代社會生活的需要，這充分體現了他廣泛涉獵的恢宏氣度以及銳意革新、創造的精神。當然，我們又必須看到，茅盾是在現實主義的總體格局下來吸收現代主義的藝術技巧，並加以融化和改造的。這也就是說，茅盾小說中的某些現代主義因素是依附於現實主義而存在的，並不是兩者並列式的交融，這是我們考察茅盾小說與現代主義關係的一個根本出發點。

對象徵主義的借鑒

　　與導向內心和主觀世界的傾向相密切聯繫，反陳述，重聯想、暗示是現代主義的基本特徵。這與重客觀描寫，力圖真實地反映客觀世界的本來面目

〔註1〕　《我走過的道路》（中）。
〔註2〕　《我們所必須創造的文藝作品》，《北斗》第 2 卷第 2 期，1932 年 5 月。

的現實主義有著根本的區別。在現代主義的眾多文學流派中，以要求賦予抽象觀念以具體的可以感知的形式的象徵主義與茅盾小說創作的關係最為密切，正如捷克漢學家馬立安・高利克所指出的，「醒目的象徵主義色調」在茅盾作品中是「非常明顯的」。〔註3〕此外，現代主義的幻覺、幻象描寫、主體視角的運用以及意識流的藝術手法，對茅盾的小說創作都有一定的影響。

黑格爾曾經指出：「象徵所要使人意識到的卻不應是它本身那樣一個具體的個別的事物，而是它所暗示的普遍性意義」。〔註4〕象徵作為一種藝術表現手法，在中外文學中都是源遠流長，古已有之。有人甚至認為，藝術就其本質而論，就是一種象徵。但是，「象徵主義不等於描寫的象徵手法」，「作為一個文學流派的象徵主義卻出現於『世紀末』的西方。」〔註5〕它的產生有著特殊的社會背景，並具有自身的哲學基礎。它的表現方法，既與傳統的象徵手法有著某些共同點，又有較大的差異，也即體現了更為強烈的主體意識，強調「表達意念」；在象徵主義作品中，「自然景物，人的活動，種種具體的現象」，僅作為「可以感知的外表」出現，「其使命在於表示它們與原始意念之間奧秘的相似性」。〔註6〕它的象徵意義與象徵客體之間往往靠隱秘的暗示和寬泛的聯想來溝通，不大容易捉摸。茅盾早期曾明確指出，「表象主義（Symbolism）的文學，在中國是一向沒有的」，〔註7〕他將中國古典文學中常用的比喻、隱避手法與象徵主義作了明確的區分。可以說，他既熟悉作為一般藝術表現手法的象徵，同時又對作為一個文學流派的西方象徵主義有著廣泛的涉獵和深入的研究，這兩者同樣對他的小說創作產生一定的影響。

富有時代性，並在一定程度上具有史詩風格的茅盾小說，固然主要以寫實的客觀描寫為主，追求一種客觀真實性的品格，但出於對一種藝術地把握世界的多樣性的刻意追求以及因囿於客觀環境的限制，某些主觀意念不便直說，也間或運用局部象徵或整體象徵，以增強作品概括現實生活的廣度和深度，從而彌補自己所終身服膺的現實主義的某種不足，這與西方資本主義裡不少作家走向象徵主義，是由於「社會思想貧乏」，「不能深刻理解它面臨的

〔註3〕 《中西文學關係的里程碑》，北京大學出版社1990年8月出版。
〔註4〕 《美學》第2卷，商務印書館1979年1月出版。
〔註5〕 《夜讀偶記》。
〔註6〕 莫雷阿斯：《象徵主義宣言》，轉引自《西方文學思潮概觀》，海峽文藝出版社1988年3月出版。
〔註7〕 《我們現在可以提倡表象主義的文學麼？》。

社會發展的意義」，〔註8〕有著根本不同的出發點和歸宿。只有牢固地把握這一點，才能真正理解茅盾借鑒象徵主義和象徵手法的真髓及其鮮明特色。

茅盾的小說較多是在局部上運用象徵手法：

一是作品命題上的象徵性寓意

在茅盾的小說中有不少作品的題目具有象徵性寓意，如由《幻滅》、《動搖》、《追求》「三部曲合併成爲一部長篇」，由書店出版時，取名爲《蝕》，「表明書中寫的人和事，正像月蝕日蝕一樣，是暫時的，而光明則是長久的；革命也是這樣，挫折是暫時的，最後勝利是必然的」。〔註9〕又如《虹》、《子夜》、《霜葉紅似二月花》等作品也都是象徵性題目，以自然現象來象徵一定的社會現象或人和事。

二是設置象徵性細節

如短篇小說《春蠶》、《當舖前》裡所出現的內河小火輪衝擊鄉下「赤膊船」和沿河田埂的畫面，雖屬於地方風物的描寫範圍，但也寄託一定的寓意，暗示在帝國主義經濟侵略下中國農民處於風雨飄搖，不能掌握自己命運的境地。

三是塑造具有象徵色彩的人物形象

茅盾有時還有意識地在他的小說的主人公身邊，設置一組具有對照意義的人物形象，以更生動地表現主人公錯綜複雜的內心矛盾，其常見的方法是「選擇互爲映襯的兩個女性作爲一個男主人公同時注意的對象」。〔註10〕這類作品，從總體上看，無論是創作精神還是藝術手法，都是屬於現實主義的，但其中「互爲映襯」的一對女性，卻既是寫實的，又有一定程度的象徵色彩。如在《動搖》中，茅盾圍繞著國民黨縣黨部商民部長方羅蘭的愛情糾葛，設置了陸梅麗和孫舞陽這一對女性，「前者象徵著畏葸、盲從、懦弱，後者象徵著熱烈、執著、剛毅」。〔註11〕方羅蘭原來熱愛自己的妻子陸梅麗，後爲孫舞陽所吸引，見異思遷。他在這兩種類型截然不同的女性之間躑躅徘徊，內心深處不時引起一陣陣衝突。茅盾試圖以此表現方羅蘭常處於無往而不動搖的

〔註8〕　普列漢諾夫：《亨利·易卜生》，《世界藝術與美學》第一輯，文化藝術出版社
　　　　1983年3月出版。

〔註9〕　《我走過的道路》（中）。

〔註10〕　約翰·柏寧豪森：《茅盾早期小說中的中心矛盾》，《茅盾研究在國外》，湖南
　　　　人民出版社1984年8月出版。

〔註11〕　豐昀：《茅盾早期小說外來影響探微》，《茅盾研究》第4輯，1990年3月。

狀態，從而更鮮明地揭示他的性格特徵。與《動搖》情況相同，《色盲》的男主人公林白霜身邊的一對年輕女性李蕙芳和趙筠秋，也是分別作為代表「新興資產階級」和「封建官僚」階級的象徵性人物來塑造的。此外，《虹》中「經過許多曲折，終於走上革命的道路」的時代女性梅行素、《追求》裡的陷於消極、頹唐的懷疑派人物史循也是多少具有點象徵色彩的人物。

茅盾的小說也有少數作品「全部是表象」，〔註12〕即在整體上具有象徵意義，它的思想內涵以「轉喻」的方式隱藏於題材的深層之中，如短篇小說集《野薔薇》中的《創造》，短篇小說集《宿莽》中的《色盲》。茅盾曾在晚年所寫的回憶錄中明確點出這兩篇作品的創作意圖及其所體現的象徵意義。

《野薔薇》在茅盾所有短篇小說集中是一個特殊的存在，它並不像其他短篇小說集一樣，大多「集中注意具有時事性的現實」。〔註13〕除了個別作品（如《縣》）外，其他幾篇小說的時代背景並不太明朗。茅盾寫《野薔薇》是在創作《幻滅》、《動搖》、《追求》與《虹》之間。他在《幻滅》受到不太公正的批評後，企圖通過這部短篇小說集明確表達他對社會人生的堅定信念，而並不是著眼於當前所發生的一些事件的直接反映。他曾經指出，《野薔薇》裡的五篇作品「都穿了『戀愛的外衣』，作者是想在各人的戀愛行動中透露各人的階級的意識形態。這是個難以奏功的企圖。但公允的讀者或者總能夠覺得戀愛描寫的背後是有一些重大的問題吧」。〔註14〕這正道出了這部小說集具有超越題材表層意義的哲理性底蘊。也許可以這樣說，茅盾是將他原先熟悉的青年男女戀愛的題材作深入的開掘，尤其是有意識地通過一系列年輕知識女性形象的塑造，提煉出有關社會人生問題的哲理性結論：「不要感傷於既往，也不要空誇著未來，應該凝視現實，分析現實，揭破現實」〔註15〕。我們認為，從總體上來說，《野薔薇》這部短篇小說集仍屬於現實主義範疇，不過，它力圖將「現實主義提高到一種精神崇高和含義深刻的象徵性境地」〔註16〕而已。

《野薔薇》中的《創造》則又與這部短篇小說集的其他作品不同，它不但蘊含上述有關社會人生問題的哲理，而且還有意識地寄託了政治性寓意。

〔註12〕 《表象主義的戲曲》，《時事新報》副刊《學燈》，1920 年 1 月 6 日。
〔註13〕 雅‧普實克：《論茅盾》，《茅盾研究在國外》。
〔註14〕 《寫在〈野薔薇〉的前面》，《野薔薇》，大江書鋪 1929 年 7 月出版。
〔註15〕 《寫在〈野薔薇〉的前面》，《野薔薇》，大江書鋪 1929 年 7 月出版。
〔註16〕 高爾基：《文學書篇》（上）。

茅盾寫《創造》是完全「有意為之」的，〔註17〕是針對批評《幻滅》「整篇的調子太低沉了，一切都幻滅，似乎革命沒有希望了」所作的正面辯解，是為了表達「革命起來了也許還會失敗，但最後終歸要勝利的」這一堅定信念。為此，他採用了雙層的象徵性構架。表層寫一對青年夫婦（君實、嫻嫻）思想感情上的矛盾和糾葛：原先傾向保守的妻子嫻嫻在丈夫、「進步分子」君實的啟發下，衝破封建禮教的束縛，毫無牽掛，勇往直前，而本作為思想上「帶路人」的君實卻嫌嫻嫻走得太快了，以此彼此發生齟齬。而從中所要寄託的深層寓意則是茅盾從中國社會生活實踐中經過反覆思考後所得出的結論：「革命既經發動，就會一發而不可收，它要一往直前，儘管中間要經過許多挫折，但它的前進是任何力量阻擋不住的，被壓迫者的覺醒也是如此」〔註18〕。作品結尾寫嫻嫻起床後在浴室洗澡，後從小門溜走，並託女僕帶給君實口信，她「先走一步了」，希望他能「趕上去」。這一細節顯然是一種隱喻和暗示，也即為了寄託寓意，引起讀者的聯想而所作的故意安排，從而使整篇作品實中透虛，體現超越具體現象的形而上意義。短篇小說集《宿莽》中《色盲》的故事也「採用戀愛的外衣」，通過曾在「大革命的浪濤中翻滾過」的男主人公林白霜在戀愛問題上的「徘徊遲疑」以及最後所作出的抉擇——下決心同時向他所熟悉的兩個年輕女性（「新興資產階級」的女兒李蕙芳和封建官僚家庭的大小姐趙筠秋）求愛，借以表明「這個政治上的色盲者終於想投靠『新興資產階級』或者封建官僚以解除他的苦悶了」〔註19〕。這篇小說實際上為形象地揭示大革命失敗後小資產階級知識分子右翼的政治動向而作。

　　象徵性題目和象徵性情節、細節，在中國古典文學作品中也有，茅盾小說命題上的象徵性寓意以及對象徵性情節、細節的設置，不一定是向西方象徵主義取得借鑒的。尤其是象徵性題目，恐怕更多與繼承我國古典文學中的象徵手法或修辭技巧有關。如《霜葉紅似二月花》這一書名就是將杜牧的「霜葉紅於二月花」詩句中的「於」改為「似」，並反用其意義，以「霜葉」諷喻「出身於地主階級和小資產階級的青年知識分子」中的「假左派」。而整體上具有象徵意義和具有象徵色彩的人物形象的塑造，其藝術上的啟迪顯然

〔註17〕《我走過的道路》（中）。
〔註18〕《我走過的道路》（中）。
〔註19〕《我走過的道路》（中）。

來自西方象徵主義作品，尤其是象徵主義戲劇創作。茅盾早年在介紹象徵主義時，對象徵主義詩歌並不那麼感到興趣，而對象徵主義戲劇卻有過深切的關注，還翻譯了《丁泰琪的死》、《室內》、《沙漏》等作品。戲劇與小說雖屬於不同的文學體裁，在表達方式上有差異，但二者都以塑造人物形象為主，在藝術上完全可以互相借鑒。我們認為，象徵主義劇作家葉芝、梅特林克、霍普德曼的作品對茅盾小說是有一定影響的。如愛爾蘭劇作家葉芝的劇本雖常以「古時的傳說，古英雄的事跡」為材料，而從中所寄寓的卻是愛爾蘭現代的民族精神。他的有些作品則在「寫實的諷刺」中體現象徵意義，如歌頌愛國主義精神的劇本《加絲倫尼霍立亨》。茅盾在整體上具有象徵性構思的作品與這類作品有類似之處。在梅特林克早期的「靜劇」中，人物大都具有明顯的象徵意義。如茅盾早期翻譯的劇本《丁泰琪的死》中，男孩丁泰琪是人類命運的象徵，王后是死神的象徵，丁泰琪姐姐代表人類，她們詛咒死神，卻無法改變人類的命運。另一位象徵主義劇作家霍普德曼對茅盾在一部分小說中設置「互為映襯」的具有象徵色彩的人物，更有啟發作用。霍普德曼的劇作曾經歷了由自然主義到象徵主義的變遷，他的思想在作品中「並不是主觀地直敘出來的，卻是客觀地襯証出來的」。〔註 20〕他在人生中找到一片有價值的人生做題材，在現代人中找得了他劇本中的人物，然後應用題材，驅使他的人物，表現出他的主觀的思想。〔註21〕他尤善於描寫劇中人物的內心衝突，常在主人公身邊設置具有對照意義的人物形象，並通過人物之間的矛盾衝突，生動地揭示主人公內部精神世界的鬥爭。如表現資本主義世界藝術家的創作失敗劇本《沉鐘》，在其主人公、鑄鐘匠海因里希的身邊，就有他的妻子瑪格達夫人和林中女妖羅登得蘭。這兩個人物不僅互相映襯，而且各自象徵著海因里希內心矛盾的一個側面。如果說女妖羅登得蘭是「愛的化身」，那麼，「瑪格達就是谷中世界的代表」。〔註 22〕海因里希在第一次鑄鐘失敗後，既忘不了要他在愛情上同庸人世界保持一致的瑪格達夫人，又捨不得他所遇到的，使他聯想到理想世界情景的女妖羅登得蘭。於是，他只能在理想世界與庸人世界之間猶豫徘徊著，他的激烈的內心衝突正由於這一組女

〔註20〕 《德國戲曲家霍普德曼》，《六個歐洲文學家》，世界書局 1929 年 9 月出版。

〔註21〕 《德國戲曲家霍普德曼》，《六個歐洲文學家》，世界書局 1929 年 9 月出版。

〔註22〕 弗・恩・鮑戈斯洛夫斯基等著：《20世紀外國文學史》第1卷，四川人民出版社 1984 年 7 月出版。

性形象的襯托而得到更爲鮮明的體現。也許可以這樣說，由於茅盾早年曾介紹過霍普德曼的作品，因而霍普德曼在主人公身邊設置具有對照意義的象徵性人物形象這一創作經驗，曾經積澱在茅盾的記憶深處，日後在他創作小說時由於客觀需要而重新得到萌發，並於此取得藝術上的借鑒。

茅盾那些運用局部象徵或整體象徵的作品，具有鮮明的自身特色：

首先，茅盾是在寫實的客觀描寫的基礎上來融進象徵手法的。茅盾很讚賞挪威作家鮑具爾的作品是「寫實的，卻又不止於寫實」，即既具有象徵色彩，卻「仍都保留著『寫實』的氣色」。〔註 23〕茅盾小說中某些作品也正具備寫實與象徵相統一的特點。如短篇小說《創造》就既是寫實的，又在整體上具有象徵意義。又如《動搖》中一對互相映襯的年輕女性，陸梅麗和孫舞陽，既具有鮮明的個性，又有一定的象徵色彩。這與鮑具爾作品中「男男女女都是『活人』，但它們又是「象徵的」，體現了「『人生』的某欲念某行動與理論」，顯然有某些相似之處。其他如事件、細節和自然景物的象徵性也大都建立在眞實描寫的基礎上，也即在「現實主義的細節下隱藏著藝術的象徵」。〔註 24〕

茅盾那些在整體上具有象徵性構思的小說，顯然更爲靠近他曾經介紹過的東歐弱小民族作家莫爾奈、拉茲古等人的作品的。這也許由於社會歷史條件相似而產生美學上的共同追求，形成了他們那種寫實與象徵相統一的鮮明特色。這裡試舉茅盾早年所譯的匈牙利作家拉茲古的短篇小說《一個英雄的死》爲例說明。這篇作品以奧匈戰爭爲背景，描寫一個名叫亞托·卡達的團長受傷後躲在醫院裡痛苦地呻吟，最後終於死去的過程。在這之前，敵人的炮彈擊中了正在掩體裡聽《科拉奇進行曲》唱片的一群士兵，一位名叫梅爾薩的年輕戰士的頭顱被唱片所削掉，但那張唱片仍端端正正覆在血漬的硬頸上。亞托·卡達在醫院裡由此想到戰爭之所以能打起來，主要是士兵的頭腦裡被灌輸了名爲「愛國」，實質上爲反動統治階級效勞賣命的思想。他還產生了自己的頭顱也被割去，一張唱片戴在頸上的幻覺。這篇小說是屬於現實主義的，但又運用象徵手法，通過一個中心意象（戴在士兵頭顱上嗚嗚地高唱《科拉奇進行曲》的唱片）將整篇悲慘故事貫串起來，從而表達了反對不義

〔註 23〕《挪威現存的大文豪鮑具爾》，《小說月報》第 12 卷第 4 號，1925 年 4 月。
〔註 24〕德·梅列日科夫斯基：《論俄國當代文學衰落的原因及其新流派》，《現代主義文學研究》（上），中國社會科學出版社 1989 年 5 月出版。

戰爭的主題。一位美藉華裔文學評論家認爲，正是這種「詳實的細節描寫與創造性運用象徵手法的完美結合」，〔註25〕是拉茲古吸引茅盾的深層原因。後來茅盾在自己的小說創作中也運用了拉茲古作品中的那種「形象的象徵主義」的藝術手法。

其次，茅盾將象徵手法有機地融合於現實主義的作品中，具有象徵意義的明確性和理性色彩，而絲毫沒有西方一些象徵主義作品所存在的朦朧晦澀的弱點。普列漢諾夫曾經指出，「象徵主義者所塑造的藝術形象不夠鮮明是不可避免的，這是和現代社會『思想界』必然產生的實際上完全無力的意願的模糊不清相適應的」。〔註26〕而作爲一個在馬克思主義世界觀指導下進行創作的革命現實主義者茅盾的小說，無論是作品的命題，還是事件、細節的象徵意義，都是通過具體物象清晰地呈現在讀者面前，它在一般情況下並不具有多義性，因而讀者可以毫無困難地把握和領會，而且有時還特地在敘述、描寫之後點明用意。如《虹》開頭女主人公梅行素乘輪船出三峽一段風景描寫，兼有暗喻她的身世之意：她「從此離開了曲折的窄狹的多險的謎一樣的路，從此是進入了廣大，空闊，自由的世間」。這一段意思是由作者用明確的語言告訴讀者的。而西方象徵主義作品則不同，如梅特林克的象徵主義劇本「都是不提著所象徵之物的一字的」，「《青鳥》全篇的主意是問『幸福何在』？篇中青鳥便是象徵幸福的。卻終篇沒有提到幸福兩個字」。〔註27〕當然，茅盾有時對所象徵的內容直接點明也難免有過於直露，缺少耐人尋味的局限。另一方面，茅盾那些在整體上具有象徵意義的作品，如《創造》、《色盲》，又存在過於趨實的弱點，不像魯迅的《狂人日記》那樣虛實結合得如水乳般交融，以致大多數讀者只看到覆蓋在作品表層的生活瑣事的面紗，而不大會進一步去思索作者的原意；或雖也將它看成具有象徵性寓意的作品，卻由於人物形象、細節與作者所要寄託的意念並不協調、相稱，仍然未能收到使讀者心領神會的效果。這說明要把握藝術的分寸和度是並不那麼容易的。

幻象、幻覺描寫

現代主義的主觀性、內向性體現在小說的人物形象塑造上，則是突破傳

〔註25〕陳蘇珊：《茅盾——翻譯家》。

〔註26〕普列漢諾夫：《亨利・易卜生》，《世界藝術與美學》第 1 輯，文化藝術出版社 1983 年 3 月出版。

〔註27〕《〈室內〉譯者附記》，《學生雜誌》第 17 卷第 8 號，1920 年 8 月。

統小說由作者從外部描寫人物的框框，高度重視對人物內心生活的描寫，追求一種所謂「心理的眞實」。固然，近代西方現實主義作家也有十分重視心理描寫的，如司湯達、托爾斯泰、陀思妥耶夫斯基等。但是，一般說來，司湯達、托爾斯泰的小說大都以人物的正常心理爲主，著重在故事情節的展開中，有機地結合著人物的語言和行動，深入刻劃他們在特定情景下產生的典型心理。陀思妥耶夫斯基開始注意表現人物在內心分裂過程中的下意識、潛意識，在心理描寫上鮮明地呈現由現實主義向現代主義過渡的特徵。現代主義則在著重挖掘人物內心的深層結構——深邃的下意識、潛意識，細緻地表現人物的變態心理以及運用意識流手法等方面，進一步開拓了心理描寫的領域，豐富了心理描寫的技巧。

誠然，與現代主義重直覺、印象、感受，否定理智不同，茅盾小說的心理描寫具有較強的理性色彩，善於表現人物的思維活動。有的是作家對人物心理活動進行理性化整理和分析，有的是通過人物內心獨白來體現人物理性思維的邏輯化。這與茅盾具有對錯綜複雜的社會現象作理性分析的習慣和能力有關，同時也是他性格中清醒冷靜的素質在小說創作上的一種體現。這種理性化心理描寫固然有能夠揭示人物心理深度的長處，當然有時也難免將人物的心理發展變成概念的演繹，從而產生觀念大於形象的偏頗。可貴的是，茅盾並未執著於一端，在他的小說中與理性化心理描寫並存的，還有對非理性的幻覺、夢境等下意識、潛意識的揭示。描寫幻覺的，如短篇小說《一個女性》中女主人公楊瓊華在病重時眼前出現她原先所愛的張彥英的面相，它「從窗外飛來，從天花板上飛下來，從桌上，從她的藥碗裡飛來，都聯成一長串，像頸飾似的掛在她眼前」，由此形象地展示楊瓊華充滿創傷的心靈中早已退隱的愛情的重新萌動；描寫夢境的，如長篇小說《腐蝕》中女主人公夢見她和 N 在原野中小心辨認滿布獸蹄鳥爪的印痕的土地上人的足跡，表現了她準備走上自新之路的願望。在茅盾前期的某些作品中，還在一定程度上蘊含精神分析的成分，甚至有時還較爲細緻地描繪人物微妙的性心理活動。但是，茅盾是從更深入地刻劃人物性格出發而作這種描繪的，並未將性心理作爲支配人物行爲、動機的最終動力。

葉聖陶曾經指出，「就一方面說，夢境誠然是虛構的。但就另一方面說，這一類夢境是最眞實的，比事實還要眞實，因爲它剝落了浮面的種種牽纏，

表現了人物的眞際」。〔註28〕與夢境相似的幻覺也是如此。茅盾描寫人物在特定情況下形成的非理性的夢境、幻覺，正是以另一種方式眞實地揭示人物心靈的奧秘，從而進一步豐富對人物性格的塑造。其中，除了以寫實的手法來表現外，有時也間或運用象徵主義、印象主義的藝術手法。西方象徵主義認爲外界客觀事物與人的內心世界息息相通，互相感應契合，從而常以某種具有物質感的形象作爲「客觀對應物」來暗示人物內心的微妙世界。茅盾的小說有時也通過另一事物的折光來揭示人物的深層心理。這是一種與直接解剖人物心理相異的，將人物的心靈「外化」（也即心態具象化）的手法。它既有因「客觀對應物」與人物的直覺相契合帶來的眞實感，也有因隱喻、暗示所形成的耐人尋味的客觀效果。如《動搖》結尾描寫由於縣城出現大反動，陸梅麗在郊外尼庵避難時聽到亂軍殘害婦女的消息後所產生的幻覺：先前從樑上墮落懸在半空中搖曳的小蜘蛛漸漸地放大起來，直到和一個人一樣大。那臃腫痴肥的身體懸空在一縷游絲上，凜栗地無效地在掙扎；那蜘蛛的皺瘦的面孔，苦悶地麻木地喘息著。這臉，立刻幻化成爲無數，在空中亂飛。地下忽又湧出許多帶血，裸體，無首，聳著肥大乳房的屍身來，幻化的苦臉就飛上了流血的頸脖，發出同樣的低低的令人心悸的嘆聲。陸梅麗眼中放大了蜘蛛這一幻象，實際上也就是她那孤獨的心靈的外化的象徵。緊接著這一段，茅盾還寫陸梅麗因見到方羅蘭和孫舞陽在一起親密交談而感受到無窮的侮辱，「她自覺得已經變成了那隻小蜘蛛，孤懸在渺茫無邊的空中，不能自主地被晃動著」，並形象地描繪了從她那蜘蛛的眼中所見的一切：一座古舊高大的建築齊根倒下！從破敗的廢墟上冒著的青煙裡爆長出苔一般的小東西，在搖晃中漸漸放大，都幻出一個面容；古老建築的燼餘飛舞在半空，全力撲在那叢小東西上，一切都急亂地旋轉，化成五光十色的一片，這中間有一團黑氣彌漫在空間，天日無光。這具有心物合一的蜘蛛正形象生動地體現了當時陸梅麗無法把握自己命運的驚恐、苦悶與淒涼的心境，而陸梅麗幻化爲蜘蛛後眼中影現的猙獰可怖的混亂景象，也正是大革命失敗後鬼蜮橫行的黑暗現實的一種曲折投影，並在一定程度上暗示古老腐朽的舊社會在革命風暴的衝擊下必將土崩瓦解，從而傾注了作者鮮明的愛憎感情。它的象徵意義既有多義性，又稍帶模糊性。

〔註28〕《葉聖陶論創作》，上海文藝出版社1982年1月出版。

　　像以上所舉的「心態具象化」的例子在茅盾小說中並非是個別的，有時並非限於表現人物非理性的心理狀態。如《幻滅》第 6 章女主人公章靜房間裡窗玻璃片上的蒼蠅的兩種不同的姿態的描寫（由亂撞硬鑽，發出短促而焦急的嚶嚶的鳴聲，到後來靜靜地搓著兩隻後腳）正折射了這位女主人公內心由原先的焦慮、煩悶而因對母親的愛的回憶漸趨於弛鬆、坦然的過程。又如《第一階段的故事》第 3 章中曾悟生小姐在劇場休息室所見到的燈蛾繞壁燈飛行這一細節，也是她心靈外化的一種表現。這既是與她坐在一起的何家慶在愛情上對她苦苦追求的象徵，又從中揭示她對自己所處優越地位的一種自負自豪的心情。

　　茅盾的小說有時還將人物對客觀現實的所見所聞轉化為象徵性印象，如《腐蝕》中女主人公趙惠明對皖南事變前夕重慶險惡的政治環境的感受：「昨天到『城裡』走了一趟，覺得空氣中若隱若現有股特別的味兒；這是什麼東西在腐爛的期間常常會發生的臭氣，但又帶著血腥的味兒；如果要找一個相當的名稱，我以為應該是『屍臭』二字。……大風暴之前，一定有悶熱。各式各樣的毒蚊，滿身帶著傳染病菌的金頭蒼蠅，張網在暗陬的蜘蛛，伏在屋角的壁虎：嗡嗡地滿天飛舞，嗤嗤地爬行嘶叫，一齊出動，世界是他們的！」與上述所舉例子不同，這裡所描寫的毒蚊、蒼蠅、蜘蛛、壁虎，顯然並非趙惠明心態的具象化，而是國民黨反動統治勢力的象徵，它形象的再現了當時重慶血腥恐怖的氣氛。

　　茅盾的小說運用象徵主義的藝術手法來揭示人物的幻覺、夢境等潛意識，與西方象徵主義作品有關這一方面描寫的差別在於：後者往往離開客觀環境的制約來片面地渲染人物的潛意識，並往往將它寫得朦朧晦澀，撲朔迷離，甚至令人難以捉摸。而茅盾描寫人物的潛意識，正如前面列舉《動搖》例子所表明的，是為了揭示人物在特定情境下形成的非理性的精神狀態，而這種精神狀態又是客觀現實生活在人物心靈上的曲折投影，它的形成原因及其來龍去脈，完全可以得到確切的說明。這也就是說，茅盾是以理性來制約非理性的直覺的描寫的，他在作品中將人物非理性的心理活動進行理性化的整理，從而對人物潛意識的社會內涵作出深入的開掘。

　　茅盾小說中的景物描寫除了絕大部分以客觀寫實的形態來表現外，有時還採取現代主義作品中常用的主體視角，也即通過人物的感官印象來表現現實物象，從而使景物描寫折射、反襯人物的心理，造成一種特殊的效果，如

《追求》第八章寫王仲昭原來抱有很大希望的新聞改革計劃面臨失敗時，作者所作的景物描寫是通過王的視覺、感覺來表現的：「牆壁在他眼前旋轉，家俱亂哄哄的跳舞」，以此生動地揭示主人公所受的重大打擊及其所產生的幻滅心理。又如《子夜》第一章對五光十色的上海夜景的描寫，也是通過坐在發瘋似向前飛跑的汽車裡，處於暈眩狀態的吳老太爺的視覺、聽覺和感覺來表現的，而且客觀物象是以超速、動態、變形的狀態來呈現的，具有鮮明的現代主義色彩。

自由聯想、內心獨白與意識流

在近現代，隨著社會生活的向前發展，人們的思維活動更加複雜化了。處於自然形態的人的意識並不是零零碎碎的不相連貫的片斷，也不是片斷的連接，而是有如一條不斷流動，奔瀉的長河，而心理學所取得的成就又使對人的心理考察進入一個更深的層次。近代西方的現實主義作家已開始在作品的某些部分，嘗試從流動中抒寫人物的心理活動（如托爾斯泰在《安娜‧卡列尼娜》結尾「安娜之死」一節，讓安娜坐著馬車奔馳在街道上，瞬息萬變的外景客觀印象誘發、激起她的自由聯想，她不斷地由一種感觸或回憶迅速地轉向另一種感觸或回憶，不過並不那麼自覺、經常而已。作為現代主義文學作品中所經常運用的一種藝術手法的意識流，則根據有關理論（如詹姆士的「意識流動」說，柏格森的「心理時間」說和弗洛伊德的性心理學），更為自覺、經常地描寫人的意識流動，其中大量是非理性的下意識、潛意識。

以心理描寫作為藝術專注點的茅盾小說對「自由聯想」、「內心獨白」的運用與現代主義文學的意識流手法之間，是既有聯繫，又有區別的，固然，茅盾不少作品運用自由聯想手法，注意從人物的浮想聯翩中來刻劃他們的心理狀態，但不同作品的具體情況並不一致，必須作實事求是的具體分析。其中，有的打破了傳統小說中那種以時間為序，以故事情節為主線貫串的寫法，用主人公不受時空限制的心理流程，作為作品的主要貫串線索。如短篇小說《創造》就是以男主人公君實在起床前後複雜多變的內心活動為中心來組織材料的。作品抒寫君實那天早晨醒來後，躺在床上，為妻子嫻嫻已逸出他的控制而產生的隱憂所觸發，思緒聯翩，既回憶過去，考慮現在，又展望將來。由此，不僅他與嫻嫻戀愛結合的經過以及兩人思想感情上衝突的由來和發展，得到極為緊湊、集中的揭示，而且也使他和嫻嫻兩人不同的性格的心理

活動得到生動的體現。當然，《創造》中君實的心理活動雖夾雜著屬於潛意識的夢境，但基本上還是以理性思維活動為主，並且脈絡清晰，毫不零亂。此外，作者以全知敘事觀點對君實和嫻嫻兩人的介紹以及有關嫻嫻的客觀描寫仍占了一定的篇幅。這些，都與西方現代主義小說中的意識流手法有嚴格的區別。

茅盾小說有的在基本上保持故事情節的框架下，較為集中地展示人物在一小段特定時間內的心理流程。如短篇小說《疊》的女主人公——從大革命浪潮中退下來的張韻，當發現她的同學蘭女士奪走她原先鍾情的對象何若華，並面臨父親逼她嫁給一位軍官的威脅，考慮今後的出路時，作品展示：「一些碎斷的問句紛亂地而又匆忙地在她意識上通過；脫離家庭？怎樣生活呢？我戀愛？向蘭報復？何若華？木板？公園裡長椅上的活劇？高大的女人和矮小的男子？盯梢的惡少？墮落？自由戀愛？悲劇？自立謀生？女職員，教員，女作家，女革命黨，……」這一段自由聯想，既有張韻對過去所經歷的一些印象的回憶，也有對今後怎麼辦的多種設想，且具有一定的跳躍性和朦朧性。應該說，這是借鑒了意識流手法的。

內心獨白可以再現意識的任何一個領域。它作為一種心理描寫手法，在中外文學中早已有之，並不是到現代主義興起時才出現，也不能將它與意識流藝術手法等同起來。當然，它也隨著社會生活和文學的發展而處於不斷嬗變之中。茅盾的小說除了對人物內心活動進行客觀敘述和分析外，也常以內心獨白的方式，讓人物自己來直接披露心靈的奧秘，這在早期作品中運用得更為經常。如短篇小說《自殺》，作者正是讓寄居在姑母家，處於孤獨、苦悶狀態的環小姐在直抒胸臆中透露自己未婚先孕的經過。她在最後痛苦地作出自殺這一決定前，在思想感情上所經歷的不可與人訴說的激烈衝突，正是通過一段段內心獨白來呈現的。與此同時，作品也客觀地敘述交代了環小姐的姑母、表哥、表嫂對她的體貼和關懷，以說明她的自殺並非源於外來的逼迫，而出自她自身的怯懦和脆弱。環小姐深邃的內心活動，雖夾著幻覺等潛意識，但仍以正常意識為主，這與西方現代主義小說常由人物的內心獨白組成整個作品，且大量展示錯亂意識，是有一定區別的。

茅盾小說中的內心獨白有時也體現人物精神世界內部的激烈交戰，如《霜葉紅似二月花》中年輕地主錢良材在發動農民築堰以防洪水後的內心衝突，作者就運用心理分析的方法將它外化為兩個「自我」的博鬥：一個「自

我」充滿自信，認為築堰對農民「一定有利」；另一個「自我」卻對此進行駁詰：「憑什麼又敢斷定為了別人打算的時候也是當然不會錯的？你憑什麼來斷定你覺得好的，人家也一定說好？你憑什麼敢認定你的利害就等於人家的利害？」從而使主人公既自信自負又苦悶、迷惘的心理矛盾得到淋漓盡致的體現。描寫人物內心衝突，甚至是「自我」分裂，在西方現代主義小說中極為常見，而《霜葉紅似二月花》則以其鮮明的理性思維而呈現其獨特色彩。

通過上述具體分析，我們可以看出，茅盾小說對現代主義的借鑒，尤其在寫實與象徵、理性與非理性、客體與主體等關係上較為辯證的處理，既在一定程度上擴大了作品的思想容量和涵蓋面，又進一步增強了審美效應。這說明我們固然絕不能在創作精神和價值取向上去向現代主義求同，卻仍然可以有選擇地吸取其某些有利於豐富和擴大藝術表現力的因素，並根據民族審美情趣和欣賞習慣加以融化和改制，從而使現實主義不斷地發展變化，永葆生命的活力。

第二節　小說創作的藝術手法與外國文學的關係

自「五四」文學革命以來，中國現代作家大都通過對外國文學的學習和借鑒來衝破舊的傳統文學觀念和表現程式的束縛，從而使自己的作品作出適應表現新的時代生活要求的開拓。茅盾在小說創作中也正是這樣做的。他曾經說過，「一直到我開始搞文藝那個時候為止，這些如『民族遺產』『古典小說』之類名詞還沒有聽人說過，也談不到怎樣有意識地去接受民族遺產」。〔註29〕與這相聯繫，他明確提到「開始寫小說時的憑借還是以前讀過的一些外國小說」。〔註30〕出於表現「新的生活環境裡的事物」的需要，他「不能不在古人所已達成的描寫技術之外更探求新的描寫技術」。〔註31〕他著重向反映近現代生活已積累了豐富經驗的西洋小說（主要是歐洲批判現實主義文學）吸取新的藝術表現手法，並將這種借鑒逐步地與繼承民族文學傳統結合起來。

〔註29〕 《關於文藝創作中一些問題的解答》，《電影創作通訊》第 6 期，1955 年 3月。

〔註30〕 《談我的研究》。

〔註31〕 《談描寫的技巧》，《文化雜誌》第 1 卷第 1 期，1942 年 8 月。

小説觀念上的變化

西方小説自弘揚個性自由的文藝復興時代開始，就進入以人爲表現中心的階段，至 19 世紀的批判現實主義文學，在典型人物以及與之相適應的典型環境的塑造上，更達到一個新的高峰。而在「五四」文學革命以前，中國古典小説中的多數作品，還是以表現社會歷史事件爲中心的。自「五四」時期開始，隨著社會生活的向前發展，中國古典小説原有的審美觀念也發生了深刻的變化，其中一個重要方面就是由過去偏重故事情節轉移到對人物形象塑造的高度上來，即自覺地通過人的命運、思想感情與心理的充分抒寫來鮮明地表現他的性格特徵，從而眞實地反映出時代的風貌。這種小説美學觀念上的變化是與當時文學界正在進行的「脫離舊套，收納新潮」這一歷史運動有關的。它使「現代的中國小説……接上了歐洲各國的小説系統，而成了世界文學的一條枝幹」。〔註 32〕

茅盾小説觀中一個極爲重要的內容是將人物形象的塑造視爲小説創作的首要和中心的問題。他在瀏覽和搜集了大量外國小説的歷史資料而寫成的專著《小説研究 ABC》中，曾明確指出，「我們所要明白的，即小説不能沒有人物；一篇小説能給人以深刻的印象，大抵因爲它有特殊的人物的緣故」。與此同時，他反對小説「以做夢似的情節來招徠讀者」，並將過去的小説「都只在結構上用工夫」，「每每以奇特的轉折爲矜尚」，斥之爲「粗淺的章法」。〔註 33〕他常多次鮮明地表達了下列觀點：「人是我寫小説時的第一目標」，〔註 34〕「構成小説的主要成分」，「首先便是人物」；〔註 35〕而爲了研究「人」，就必須注意「『人』和『人』的關係」。以後，他又進一步強調，人物形象的塑造必須具有典型性，將「典型性格的刻畫」看作「永遠是藝術創造的中心問題」。〔註 36〕

在人物與故事的相互關係上，茅盾理所當然地將人物置於較故事更爲重要的地位。19 世紀法國著名小説家左拉曾經以人物爲基礎，對它與故事的辯證關係，作過精闢的分析：「事件只是人物的邏輯發展。最重要的問題是要活

〔註 32〕《現代小説所經過的路程》，《郁達夫文集》第 6 卷，花城出版社 1988 年 1 月出版。

〔註 33〕《近代文學體系的研究》。

〔註 34〕《談我的研究》。

〔註 35〕《關於小説的人物》，《抗戰文藝》第 7 卷第 2、3 期合刊，1941 年 3 月。

〔註 36〕《關於藝術的技巧》，《文藝學習》1956 年第 4 號。

生生的人物站立起來，在讀者面前盡可能自然地演出人間的喜劇」。〔註37〕茅盾在這一方面的見解是與左拉相一致的。他也強調「應當由人物生發出故事。人物是本位，而故事不過是具體地描寫出人物的思想意識」。〔註38〕他還曾形象地將人物與故事的關係比喻爲血肉關係，提出「以故事繫於人物，即人物爲骨而以故事的發展爲肉」。〔註39〕

在人物與環境的關係上，茅盾反對以環境爲本位，強調「應該從交流的，在矛盾中發展的關係上去觀察『人』和『環境』」，「從這樣的觀察，可以灼見現象的過去、現在和未來」，〔註40〕而在這中間，「『人』的能動的作用無論如何不能被忽視的」。〔註41〕由此，他認爲，要「從『人』的行動中寫出『環境』來」。〔註42〕

茅盾明確指出應以人物爲中心來辯證地處理人物與故事、環境之間的關係，正鮮明地體現了他在外國小說理論與創作影響下對中國傳統小說觀念的一種新的追求和超越，而他在以後的小說創作中，正具體地實踐上述主張。

「心靈的辯證法」

作爲一種文學體裁，中外小說在藝術手法上必然具有某些共同性，但由於「民族的『特殊情形』」，也即由民族文化心理結構形成的審美情趣上的差別，「在大同之中必有其獨特的小異」。〔註43〕正是各種具有不同藝術特色的民族文學的交相輝映，才使世界文學的大花園顯得姹紫嫣紅。中國古典小說在人物形象塑造上追求「形神兼備」，「氣韻生動」，往往運用簡煉的寫意的白描手法來鮮明地勾勒對象的本質特徵，一般較少採用將人物的思想性格有分析的敘述出來的直接描寫法（又稱分析描寫）。茅盾對小說中的人物描寫，也是主張少用直接的敘述方法來介紹他們的面相和性格的。他認爲，「寫一個人物，主要不要拿作者的口氣代替這個人物來說明，……而是要作者使這個人物在那裡行動」。〔註44〕他的創作實踐正體現了這種著重從行動中來展

〔註37〕 《論小說》，《歐美古典作家論現實主義和浪漫主義》（二）。
〔註38〕 《創作的準備》。
〔註39〕 《關於大眾文藝》，《文藝論文集》，群眾出版社 1942 年 12 月出版。
〔註40〕 《創作的準備》。
〔註41〕 《創作的準備》。
〔註42〕 《創作的準備》。
〔註43〕 《舊形式、民間形式與民族形式》。
〔註44〕 《「談人物描寫」》，桂林《青年文藝》第 1 卷第 1 期，1942 年 10 月。

示人物性格特徵的主張。茅盾的小說雖並不以故事情節的生動曲折取勝，但他的絕大部分作品還是具有情節的框架的。它是人物性格得以圓滿體現的載體。如《子夜》中吳蓀甫、《春蠶》中老通寶、《林家舖子》中林老闆等人物的性格，都是以簡潔有力的敘述筆調，在小說情節的逐步展開中，通過一連串蘊含著尖銳的矛盾衝突的事件得到鮮明地表現的。對此，捷克漢學家雅・普實克曾經指出，茅盾「不是置書中人物於事件之外作孤立而靜止的表現，而是從人物與事件的關係這個方面來刻劃」。〔註45〕

　　中國古典小說在人物描寫上固然有它不可替代的優點，但確也存在明顯的局限，那就是一般不太注意能體現人物個性特徵的心理描寫。如有涉及，也大都通過間接描寫來揭示，表現在外在的語言和行動中。到了 18、19 世紀，在長篇小說《紅樓夢》、《老殘遊記》等作品中，開始出現直接的心理描寫，有時在個別段落甚至還對人物的心理活動作多層次、多側面的刻劃，但它遠未成一種普遍的美學風尚。而心理分析，也即通過人物內心獨白，讓讀者具體地感受到隱秘細微的心理活動過程，更是「中國小說自來一個付之闕如的現象」。〔註46〕爲了適應描繪現代由單一趨向複雜化的人物個性的歷史要求，茅盾就不能不從近現代西洋小說中學習「如何藝術地滲透到人物心靈深處去的描寫手法」〔註47〕，即除了通過人物的語言、動作，間接地揭示人物的思想感情外，還直接對人物的心理活動進行剖析，從而「表現了他的描寫的一種特有的過程：從外部現實到內部現實。這內部現實就是參與故事的人物的思想和反應。這是一種有意反中國傳統之道而行的方法」。〔註48〕當然，這與茅盾的內省型心理素質也有著一定的關聯。

　　歐美的小說家、評論家大都將注重人物的心理描寫視爲近代小說開端的一個重要標誌。美國女作家愛迭斯・華東（Edith Wharton）曾經指出，「近代小說的眞正開始……就是在把小說的動作從稠人廣眾的街巷而移轉到心理上去的這一點」。〔註49〕17 世紀法國女作家拉法夷特夫人的《克萊芙公主》在這一方面作了最初的嘗試。她由描寫人物的外形的表面「進入內心，從動作進

〔註45〕　《捷文版〈腐蝕〉後記》，《茅盾研究在國外》。
〔註46〕　《八月的鄉村》，《李健吾文學評論選》，寧夏人民出版社 1988 年 3 月出版。
〔註47〕　《捷文版〈腐蝕〉後記》，《茅盾研究在國外》。
〔註48〕　雅・普實克：《論茅盾》，《茅盾研究在國外》。
〔註49〕　轉引自郁達夫《現代小說所經過的路程》，《郁達夫文集》第 6 卷，花城出版社 1983 年 11 月出版。

入思想，從肉體進入靈魂」，〔註50〕將小說表現人物心靈的能力向前推進了一步。至 18 世紀，在英國的感傷主義、法國的啓蒙運動和德國的狂飆運動等文學潮流影響下出現的小說，也大都具有注重人物心理描寫的鮮明特色。19 世紀的批判現實主義小說，將故事情節的發展與人物的內心活動作爲一個有機整體來描寫，並能深刻揭示人物心理形成和發展的社會原因。以後出現的現代派文學又在表現人物的潛意識方面，進一步開拓了心理描寫的領域。茅盾早年對近現代西方文學關於描繪人物心理這一特色就已有明確的認識。1922 年，他在《近代文學體系的研究》中，曾將「心理解析的精微眞確」與眞實地反映人生的「客觀的描寫」，「思想的自由，個性的表現」並列爲近代長短篇小說的三大特點。1925 年，他在《人物的研究》一文中又指出，「近代小說之犧牲了動作的描寫而移以注意於人物心理變化的描寫，乃是小說藝術上的一大進步，只要作者不把心理變化的描寫，視爲最終目的，並且不忘記一部小說中必不可缺的，是事實——動作……。最高等的小說是包括兩者的：有故事，而故事即爲人物之心理與精神的能力所構成」。茅盾在這裡既提到人物心理描寫在近代小說藝術發展中的重大作用，又對小說中故事情節與人物心理活動之間的內在聯繫作了辯證分析，說明了他在這一問題認識上的深化。在茅盾早年翻譯的外國文學作品中，有不少以眞實地揭示人物的心理活動見長，如托爾斯泰的《活屍》，斯特林堡的《情敵》，梅特林克的《室內》等。茅盾在評論外國作家時，也常涉及心理描寫問題，如他提到「斯特林堡（A·Strindberg）可稱是心理劇的大名家。他所做的男女劇本，大都是解剖男女的心理，愛情的心理」；〔註51〕比利時劇作家梅特林克的作品是「要說明心情，下意識和半現實感情」。〔註52〕他對不善於心理描寫的，則視爲創作上的一大弱點。他一方面對 18 世紀英國歷史小說家司各特的宏偉構思與大規模地描繪社會歷史的氣魄表示十分讚賞，另一方面則對他的作品「心理描寫不深入」頗有非議，一針見血地指出，司各特「描寫的人物卻沒有心理變化，他的筆尖不曾觸著他們的靈魂的深處。」〔註 53〕茅盾在心理描寫上所取得的卓越成就顯然與他注意吸收外國文學在這一方面的正反經驗有著一定的關聯。

〔註50〕 《小說研究 ABC》，世界書局 1928 年 8 月出版。
〔註51〕 《近代文學體系的研究》。
〔註52〕 《近代戲劇家傳》，《學生雜誌》第 6 卷第 11～12 號，1919 年 11 月～12 月。
〔註53〕 《司各特評傳》，《撒克遜劫後英雄略》，商務印書館 1924 年 3 月出版。

　　小說的心理描寫有直接描寫（又稱內面的心理描寫，也即直接解剖）與間接描寫（又稱外面的心理描寫，也即通過語言、動作來表達）兩種。茅盾曾經說過，「一個人物的內心世界，一部分通過語言，通過腦子想，表達出來……；而另一部分就是通過舉動聲音笑貌來表達」〔註 54〕，這正概括了兩種不同的心理描寫方式。茅盾小說的心理描寫不同於中國古典小說的是，除了通過人物的語言、動作作間接揭示外，還大大增強了直接描寫的比重。其中，有的是作者對人物的內心活動作客觀敘述，如《子夜》第 7 章對民族資本家吳蓀甫在銀行公會得知做公債買賣上了趙伯韜圈套後的內心活動的描繪：「吳蓀甫的臉色驟然變了。又有老趙！吳蓀甫覺得這回的當是上定了，立刻斷定什麼『公債多頭公司』完全是圈套。他在鼻子裡哼了一聲，什麼話也說不出來了。可是陰暗的心情反倒突然消散，只是忿怒，只是想報復，現在他估量來失敗是不可避免，他反而鎮定，他的勇氣來了，他唯一盼望的是愈快愈好地明白了失敗到如何程度，以便在失敗的廢墟上再建立反攻的陣勢」。有的是人物的內心獨白，如《追求》第 3 章章秋柳的自責：「為什麼如此脆弱，沒有向善的勇氣，也沒有墮落的膽量？為什麼如此自己矛盾？是爹娘生就的呢，抑是自己的不好？都不是的麼？只是混亂社會的反映麼？因為現社會是光明和黑暗這兩大勢力的劇烈的鬥爭，所以在她的心靈上反映著這神與魔的衝突麼？因為自己正是所謂小資產階級知識分子，遺傳，環境，教育，形成了她的脆弱，她既沒有勇氣向善也沒有膽量墮落麼？或者是因為未曾受過訓練，所以只成為似堅實脆的生鐵麼？」並寫到她經過內心的矛盾和鬥爭最後得出了要「用群眾的力量來約束自己，推進自己！」的結論。又如《腐蝕》，「整部小說似乎就只是一段內心獨白，只有女主人公用日記形式述說自己的經歷、回憶、思想、感情。」〔註 55〕此外，茅盾的小說有時還將客觀地剖析人物的心理與披露人物的內心獨白交織起來描寫。這些，對中國古典小說著重間接揭示人物的心理來說顯然是一種新的開拓，它大大增強了穿透人物心靈奧秘的藝術表現力。無論是對人物心理的客觀剖析或是人物的內心獨白，茅盾都比較注意在準確地把握人物性格基調的基礎上，動態地多層次多側面地去展示人物在某一特定場合的心理演變和發展過程，並不直接地簡單地將人物心理活動的現成結論告訴讀者，因而具有細密幽微的風格。這正是茅盾

〔註54〕《關於人物描寫的問題》，《茅盾文藝評論集》上冊。
〔註55〕雅‧普實克：《論茅盾》，《茅盾研究在國外》。

小說心理描寫的一個顯著特點。

　　茅盾小說心理描寫所受外國文學的影響並非單一，法國作家司湯達、羅曼・羅蘭、俄國作家陀思妥耶夫斯基、托爾斯泰等都應估計在內，但就動態地描繪人物心理活動的發展過程而言，應該說得益於托爾斯泰。19 世紀俄國作家大都重視人物心理描寫，但由於藝術個性和審美情趣的差異，不同作家又各具鮮明特點。如果說，屠格涅夫在作品中極其簡潔地揭示人物心理變化的結果，那麼，托爾斯泰則與之相反，若重刻劃的是人物心理活動和過程。他曾明確指出，「主要在於描寫人的內部的、心靈的運動，要加以表現的並不是運動的結果，而是實際的運動過程」。〔註 56〕如《復活》，主人公聶黑留多夫最初為被誣告殺人罪的卡秋莎・瑪絲洛娃奔走伸冤，以後又陪她去西伯利亞流放，托爾斯泰就不僅寫他的外在行動，而且也對他伴隨著每一行動的心理過程作了較為細膩的描繪。俄國革命民主主義文學評論家車爾尼雪夫斯基曾對托爾斯泰這種心理描寫上的特點作過精闢的分析和概括。他說，「托爾斯泰伯爵最感興趣的是心理過程本身，它的形式，它的規律，用特定的術語來說，就是心靈的辯證法」。〔註 57〕他還說，「那種難以捉摸的內心生活現象，彼此異常迅速而又無窮多樣地變換著的，托爾斯泰伯爵卻能巧妙地描寫出來」〔註 58〕。車爾尼雪夫斯基認為這就是托爾斯泰「才華獨具的特點」，「在所有的俄國優秀作家中，他在這方面是一位大師」，而「人類心靈的知識是他才華的基本力量」〔註 59〕。如果細緻地揣摩、體味車爾尼雪夫斯基的分析，「心靈的辯證法」似乎還有更深一層的含義。他說，「托爾斯泰伯爵所最最注意的是一些情感和思想怎樣由別的情感和思想發展而來；他饒有興趣地觀察著，由某種環境或印象直接產生的一種情感怎樣依從於記憶的影響和想像所產生的聯想能力而轉變為另一些情感，它又重新回到以前的出發點，而且一再循著連串的回憶而游移而變化；而由最初的感觸所產生的想法又怎樣引起別的一些想法，而且越來越流連忘返，以至把幻想同真實的感覺、把關於

〔註56〕 轉引自蘇聯莫蒂寥娃著《列・尼・托爾斯泰的世界意義》。

〔註57〕 《〈童年〉和〈少年〉、〈列・尼・托爾斯泰伯爵戰爭小說集〉》（書評）（1856），《俄國作家批評家論列夫・托爾斯泰》。

〔註58〕 《〈童年〉和〈少年〉、〈列・尼・托爾斯泰伯爵戰爭小說集〉》（書評）（1856），《俄國作家批評家論列夫・托爾斯泰》。

〔註59〕 《〈童年〉和〈少年〉、〈列・尼・托爾斯泰伯爵戰爭小說集〉》（書評）（1856），《俄國作家批評家論列夫・托爾斯泰》。

未來的冥想同關於現在的反省融合在一起」〔註60〕。這也就是說托爾斯泰描寫人物的心理過程的特點是：這些情感和思想由外界環境或印象所引起，並隨著回憶或聯想而不斷變化，並且彼此相交織在一起。當然，托爾斯泰小說中的心理描寫並不經常都是如此的。如果我們拿上述車爾尼雪夫斯基分析托爾斯泰「心靈的辯證法」這段話來對照茅盾在《腐蝕》中關於趙惠明複雜多變的心理活動的描寫，可以看出兩者有某些相似之處。如小說開頭「9月15日」這一節，先是寫她「近年感覺到最大的痛苦，是沒有地方可以說話」，並且「還有記憶，不能把過去的事，完全忘記」；使她更加看不起自己，是「還有所謂『希望』」，「甚至於有夢想」……。接著寫她上班應卯時遇到一女特務小蓉，兩人鬧了起來，她賭氣告假回家。從外面「天氣這樣好」聯想起自己生活中的「9月15日」「卻是陰暗而可怕的」，這個日子是自己和孩子的生日，由此又回想起和「一個卑鄙無恥的傢伙」分手和不得已斷想遺棄孩子的經過。最後她想到即使有力「贖」孩子回來，也無法撫育他；她不能讓孩子看見她「一方面極端憎惡自己的環境而一方面又一天天鬼混著」；特別重要的是，她需要單槍匹馬，毫無牽累地向她所憎恨的，所鄙夷的，給以無情的報復！在這裡，思想、情感、印象、聯想、回憶、希望錯綜複雜交織成了色彩斑斕的動態的內心圖畫。像這樣的心理描寫，在《腐蝕》中頗為多見，其藝術上的啓迪顯然來自托爾斯泰。

　　當然，我們不僅應該看到茅盾小說的心理描寫與托爾斯泰的某些共同點，而且還必須辯明由於不同的文化背景與創作個性所帶來的差異。首先，托爾斯泰帶有個性特色的倫理追求，對主人公靈魂的挖掘必然使他十分注意人物的心理活動過程，並頻繁地加以描寫，運用片斷聯成一體，以展示所謂「全人類的道德情感」；而茅盾的小說則著重通過人物形象的塑造去反映自己的國家所經歷的風暴的時代，因此他對人物心理過程的描寫較有節制，也並不將精神探索貫徹作品的始終。其次，托爾斯泰對人物心理過程的描寫有不少是以自我觀察、自身體驗為基礎的，他「作為一個長於心理分析的藝術家，經常分析自己，再現自己的內心生活，自己的發展，自我意識的過程，他的作品是這類過程的總結，作者的自白」。〔註61〕尼考林卡、安德烈、彼埃爾、

〔註60〕《〈童年〉和〈少年〉、〈列・尼・托爾斯泰伯爵戰爭小說集〉》（書評）（1856），
　　　　《俄國作家批評家論列夫・托爾斯泰》。
〔註61〕奧夫夏尼科－庫立柯夫斯基：《列夫・尼古拉維奇・托爾斯泰》（1911），《俄

列文、聶黑留多夫等人物的心靈探索，實際上也就是托爾斯泰心靈探索的寫照。也許可以這樣說，茅盾是在自我觀察、體驗中鍛煉心理分析的能力，從而達到關於人們的深刻認識。他在有些作品中描寫人物的心理過程是通過客觀的觀察、體驗和分析，以揣摩現實社會中人們的心理過程為基礎，有的則遵循人物心理活動的客觀規律，在觀察、體驗和分析之外，再加上必要的想像。無可否認，茅盾小說中也有一些作品（如《兒子開會去了》，《列那和吉地》等）是完全以他自身的經歷寫成的。當然，茅盾在借鑒托爾斯泰等歐洲批判現實主義作家的心理描寫手法的同時，也注意將它與繼承中國古典小說中有關這一方面的藝術經驗結合起來。

寫景與抒情的結合

黑格爾曾經說過，「人要有現實客觀存在，就必須有一個周圍的世界，正如神像不能沒有廟宇來安頓一樣」。〔註62〕小說中的環境描寫，不僅為人物的活動提供了必不可少的舞台，而且還同「戲曲的布景」，「繪畫的配景」一樣，「行使渲染烘托的職務」。〔註63〕一位小說家如能把環境描寫得好，他的作品也就增強了「感動人的力量」〔註64〕。茅盾早年就對環境描寫在小說中的重要地位有明確的認識。他說，「一個人物和一件故事均不能離時地及周圍而存在，故環境亦成為小說的必須品；既是必需，我們就應該注意環境與人物及故事中間的關係，不要把人物完全放在全不相干的環境裡，鬧出張冠李戴的笑話」〔註65〕。後來，他更具體地指出，「要使人物性格突出，形象鮮明，要寫他在什麼環境中活動……一個是自然環境，一個是社會環境」，〔註66〕而要寫好環境，就必須「密切地聯繫著人物的思想和行動」，〔註67〕使之「成為小說的有機部分」。〔註68〕茅盾的小說創作正實踐著上述理論，不僅塑造了眾多栩栩如生，具有鮮明個性特徵的人物形象，而且在圍繞人物活動的環境描寫

國作家批評家論列夫・托爾斯泰》。

〔註62〕《美學》第 1 卷，商務印書 1979 年 1 月出版。
〔註63〕《小說研究 ABC》。
〔註64〕《小說研究 ABC》。
〔註65〕《小說研究 ABC》。
〔註66〕《關於人物描寫的問題》、《電影創作通訊》第 16 期。1955 年 3 月。
〔註67〕《關於藝術的技巧》。
〔註68〕《談最近的短篇小說》，《人民文學》1958 年 6 月號。

上，也取得了相得益彰的成就。這裡著重探討一下茅盾小說的自然環境描寫與中外文學的關係。

中國古典小說中的景物描寫，由於追求一種空靈灑脫的美學世界，是極其簡煉的，並且很少離開人物的活動作孤立的靜止的表現。景物描寫常常展現在適應於表現人物性格的故事發展和情緒變化裡，從而形成一種情景交融的獨特的藝術境界。在這裡，所重視的似乎並不是景物本身，而是作品中人物的情感，內心感受對於景物的反射作用。歐洲自 18 年紀感傷主義文學起，就著力讚美、描繪自然景物，後來的浪漫主義文學繼承並發揚了這一藝術傳統。19 世紀的批判現實主義小說受科學精神的影響，出於對精微準確的客觀真實性的追求，對景物描寫也十分注意，並濃墨重彩地予以舖陳，如法國著名小說家巴爾扎克常在作品的開頭，對主人公所住的城鎮及其周圍的環境，花費很多筆墨，作逼真細緻的描繪，使讀者如身臨其境一般，當然，有時也會因缺少必要的節制而顯得冗長、枯燥。

茅盾早期有些短篇小說用較多篇幅對主人公的生活場景作靜態的描述，如《創造》開頭就有三大段長達一千餘字的對主人公君實、嫻嫻的寢室的具體描繪，從書桌上的擺設，家具的安置到零碎物品，一一都點到了。茅盾曾經指出，「有時對室內的器物作了詳盡細緻的描寫，其目的在於暗示或襯托這間屋子的主人的性格」。〔註 69〕《創造》中的描寫正起到了這樣的作用。像這樣具體而微的場景描寫在中國古典小說中是很難找到的，它顯然是向近代西洋寫實主義小說取得藝術上的借鑒的。有時，茅盾還向與小說臨近的姊妹藝術學習新的場景描寫方法，如長篇小說《鍛煉》第 12 章對陳克明在胡清泉家借住的那間房間的陳設，就很別緻地通過胡家一頭玳瑁貓的「巡視」和「檢查」來展示的：「廂房是狹長形的。對面窗。玳瑁貓側著身子挨進那開了一條縫的窗，輕輕悄悄沿著一把椅子的高背下去，到了地板上。它似乎很滿意自己的侵入家宅的『特權』，站在那裡傲然四顧，半晌以後，這才開始它的『檢查』。第一目標是縮在房角的那張床。一條毛巾被，一個枕頭，一張席子，都很整齊而規矩，顯然，這裡是不可能隱藏著多少的秘密的；富有經驗的玳瑁貓的注意力在床底。那裡有些箱子，玳瑁貓挑了其中一只，認真地張開利爪，在那箱子角上抓了一會兒，然後從床底出來，噗的一下跳上了對面的小書桌。這書桌可不像那張床了，書桌上的東西又多又不整齊。

〔註69〕《試談短篇小說》，《文學青年》1958 年 8 月號。

玳瑁貓輕輕地從書籍的一堆轉到信札和報紙的一堆,又伸出前爪撥弄著一支鉛筆,像一個有經驗的檢查官,它不放過任何一張紙,然而一點痕跡也不留」。這種寫法有點類似電影裡的「搖鏡頭」,是明顯地受到外來影響的。「書桌上的東西又多又不整齊」正好與床舖的整齊、規矩相對照,突出陳克明整日為抗日救亡運動奔忙而無暇加以整理。

茅盾由於考慮到民族原有的審美情趣和大多數讀者的欣賞習慣,對主人公室內裝飾布置的描寫雖較中國小說用的筆墨多,但還是比較簡煉,而且大都在故事情節的逐步展開中插入。如《幻滅》對靜女士在上海的居室的描寫,就不是靜態地安排在作品的開頭,而是穿插在記敘她和朋友慧女士的一段談話之後,只用了簡單的幾筆來突出它的簡陋和局促。茅盾的小說有時還通過人物的內在視角來抒寫人物住所的布置,如《霜葉紅似二月花》第一章對張恂如的彌漫古老氣氛的寢室的描繪就與抒發他早晨醒來時對保守、刻板、沉悶的家庭生活不滿情緒交織在一起:「九點鐘了,他還躺在床上,……。他側著身,手指無聊地刮著那張還是祖太爺手裡傳下來的台灣草席,兩眼似睜非睜瞧著蚊帳上一個閃爍的小小的花圈;看了一會兒,惘然想道:『為什麼臥室裡要放著那麼多會反光的東西,為什麼那一個裝了大鏡門的衣櫥一定要擺在窗口,為什麼這衣櫥的對面又一定要擺著那個又是裝滿了大小鏡子的梳妝台?為什麼臥床一定要靠著房後的板壁,不能擺在房中央?——全是一點理由也沒有的!』他無可奈何地皺了眉頭……繼續惘然想道:『並不好看,也不舒服,可是你要是打算換一個式樣布置一下,那他們就要異口同聲來反對你了』,……他粗暴地揭開帳門,……首先使他感得不大舒服的,乃是房裡所有衣箱衣櫃上的白銅鎖門之類都閃閃發光,像一些惡意的眼睛在嘲笑他,隨即他的眼光落在那張孤獨地站在房中心的黃梔方桌上——這也是他所不解的,為什麼其他的箱櫃櫥桌都挨牆靠壁,而獨有這方桌離群孤立,像一座孤島?他呼那些依壁而聳峙的箱山為『西岸峭壁』,稱這孤零零的方桌為『中流砥柱』。這就比孤立、靜止的描寫勝了一籌,不但刻劃了人物住處的布置,而且也同時顯示了人物性格中不安於現狀,渴望變動的一面。中國古典小說也有通過人物的內視角來寫景的,如《紅樓夢》等作品,從上述例子可以看出,茅盾繼承了這一傳統,並將它與外國文學中常用的直接的較為充分地抒寫人物的心理活動的手法密切地聯繫起來。

茅盾小說也很注意自然風景描寫,「其目的不是為風景而寫風景,即不是

為了裝飾，而是為渲染或襯托故事發生時的氣氛，或者為了加強故事發生時人物的情緒」。〔註70〕有時作品一開頭就寫景，而且是靜態的，散點的，如短篇小說《水藻行》開頭對嚴冬黎明時農村蕭殺、蕭條景色的描寫：一望無際的鉛色的天空；伏在地下，甲蟲似的散散落落七八座矮屋像一條黑蟒，爬過阡陌縱橫的稻田和不規則形的桑園，彎彎地向西去的河流，……為下面悲劇性的故事的發生作了襯托。更多則是在故事情節的開展中進行動態的描繪。美國文學理論家韋勒克、沃倫曾經指出，「背景也可能是一個人的意志的表現。如果是一個自然風景，這背景就可能成為意志的投射。自我分析家區米爾（H.F. Amiel）說，『一片風景就是一種心理狀態』。人和自然顯然是互相關聯的」。〔註71〕茅盾也反對孤立地描寫風景，使之成「布景」或「鏡框子」，主張要將它與「人物的行動和感情聯繫起來」。〔註72〕也即通過人物的行動，眼睛、情緒與當前的自然風景的交互感應來描寫，使之「既是『寫景』，又是『抒情』」。〔註73〕如長篇小說《虹》第一章對險峻而又秀麗的長江三峽風景的展示，除了具體、細緻的直接描繪外，也通過女主人公梅行素的視覺來折射，並與她觸景生情的回憶、聯想，對自己過去的坎坷身世的感嘆，緊密地聯繫在一起。在這裡，自然景物與人物的內心活動是互相滲透，交融的。又如短篇小說《春蠶》第一節對富有歷史特點和地方色彩的自然景物（密密層層的桑樹，關門的繭廠，激起潑刺刺的波浪的小火輪……）的描寫是與抒發老通寶的身世以及他對農事的感受相融合的；在寫景的同時也展示了人物由此而產生的心理活動，既有動態感，不致流於單調，沉悶，又鮮明地展示了人物的勤勞、樸實而又保守的性格。這些，無疑都是自然風景描寫的上乘之作。

開放性的網狀結構

小說的結構「指全篇的架子」〔註74〕，它是作家安排故事情節，展示人物性格，表現作品主題的重要藝術手段。茅盾十分重視結構在一篇小說中所

〔註70〕 《試談短篇小說》。
〔註71〕 《文學理論》，三聯書店 1984 年 11 月出版。
〔註72〕 《新的現實和新的任務》，《文藝報》1953 年第 19 期。
〔註73〕 《談最近的短篇小說》，《人民文學》1958 年 6 月號。
〔註74〕 《漫談文藝創作》，《紅旗》1978 年第 5 期。

起的「機能的作用」。〔註 75〕他認爲,「既然有了故事,有了人物,一個作家須支配那些人物,組織那些故事,故事的發展須是自然的,不見矯揉造作之痕,人物在故事中也應處在極自然的地位,不可有湊搭牽強的毛病。在這些地方,就可以看出作家有沒有結構的能力」。他曾系統、深入地研究過中西小說結構藝術的經驗,並在自己的創作實踐中,創造性地加以吸收和運用。

中西小說在結構藝術上大都先後經歷了一個由簡到繁,由平面到立體,由平行到交錯的變化發展過程。但由於各自的淵源以及民族的哲學思想、審美觀念的不同,它們又必然具有自身的特色。中國古典小說由於是從說話藝術發展而來,一般大都以人物的行動來安排故事情節,形成直線式的結構。它的特點是首尾完整,從頭交代,脈絡分明,層次清晰,其長處是容易爲讀者所理解和接受,與此相伴隨也存在由封閉性而帶來的平板,單調,缺少變化的局限。茅盾的長篇小說所表現的是極其錯綜複雜的現代社會生活內容,並且有史詩性特色,也就必然要對這種傳統的結構形式進行改制和革新。

茅盾小說的宏大構思決定了他的作品必須構建宏大的框架。尤其是他的長篇小說,出於反映變幻莫定的現代生活的需要,更具有開放性、流動性的特點。作品的開頭,沒有對人物的身世和來歷作專門的介紹,而是在迅速展開的蘊含著尖銳的矛盾衝突的故事情節中展示人物的行動,而在結尾,往往並不直接交代人物的下落,其他次要人物也大都無聲地悄然隱去。好像洶湧澎湃的生活流還在連綿不斷地滾滾向前。正如捷克漢學家雅・普實克所指出的,「茅盾有相當多的小說顯得還沒有完,或沒有結論。……《虹》和《子夜》是還沒有寫完的。……有些已完成的小說也顯得故事沒有結束。《腐蝕》就是一例」。〔註 76〕這與中國小說以能交代清楚書中一切人物的結局爲難能可貴,是截然不同的。而與托爾斯泰、左拉等近代歐洲作家的長篇小說的結構則有某些相似之處。法國作家羅曼・羅蘭曾經指出,托爾斯泰的《戰爭與和平》的結構特點是「沒有頭也沒有尾。它就是處在運動中的,像生活本身」。〔註 77〕俄國批評家德・米爾斯基也認爲,托爾斯泰的《戰爭與和平》創造了與福樓拜的《包法利夫人》有開始、中段和結尾的封閉性形式不同的「一種開放性形式」。〔註 78〕托爾斯泰作品這種結構

〔註 75〕 《小說研究 ABC》,世界書局 1928 年 8 月出版。
〔註 76〕 《論茅盾》,《茅盾研究在國外》。
〔註 77〕 《回憶和日記片斷》(摘譯)(1939),《歐美作家論列夫・托爾斯泰》。
〔註 78〕 轉引自莫德:《托爾斯泰 1852 年至 1878 年間的作品》(1930),《歐美作家論

形式在使長篇小說這個體裁兼具史詩性容量上起著重大作用，而茅盾長篇小說結構的開放性、流動性，也使它便於表現廣闊、豐富而又錯綜複雜的現代社會生活。

　　與中國古典長篇小說常截取社會歷史生活的縱剖面相反，茅盾的不少長篇小說常截取社會歷史生活的橫斷面，作品的時間跨度較短，而內容則高度集中。如《子夜》故事發生的時間僅兩個月，《霜葉紅似二月花》故事發生的時間不過二十來天，《鍛煉》以上海「8‧13」抗戰為背景，自開始至結束只有幾個月。茅盾善於將處在同一時間平面上的眾多的事件與人物的活動有機地聯繫起來，組成繁複的多條線索平行發展並相互交織的網狀結構，這與托爾斯泰長篇小說所具有的線索縱橫交錯的龐大、宏偉的結構形式之間也有一定的對應關係。茅盾在談到「讀托翁的大作至少要做三種功夫」時，首先指出的就是要研究「如何布局（結構）」，〔註79〕由此可見他對托爾斯泰長篇小說結構藝術的興趣。

　　茅盾的長篇小說還常在開頭就一下子把主、次要線索同時提了出來，然後再在交叉中分別向前發展，逐步地將故事情節推向高潮。這種結構形式在中國古典長篇小說中是少見的。在後者那裡，矛盾衝突常是一個個引出、展開與解決，整部作品所反映的主要矛盾是通過一個個小矛盾的發生、發展與解決來體現的。

　　茅盾的短篇小說也較多地借鑒西洋短篇小說截取橫斷面的寫法。其中，有的情節性較弱，著重描寫人物的內心活動，並以它的演變過程作為主要線索來組織材料，如《創造》、《夏夜一點鐘》；有的僅集中描繪一個生活場景，類似速寫，如《官艙裡》。這些作品顯然與中國古典短篇小說的結構有明顯的區別。

　　當然，茅盾小說的結構藝術又是博采眾長的，它所借鑒的並不僅限於近現代西洋小說。捷克漢學家雅‧普實克曾經指出，茅盾小說「故事情節豐富、生動、錯綜複雜而又搭配均勻。善於把重大事件的來龍去脈交代清楚，又能注意細節的前後呼應」。〔註80〕他認為，從這裡可以發現茅盾的作品「同偉大的中國古典小說有著緊密的聯繫」。茅盾的短篇小說除了採取橫斷面的寫法

　　　　列夫‧托爾斯泰》。
〔註79〕《「愛讀的書」》，《茅盾文集》第 10 卷，人民文學出版社 1961 年 11 月出版。
〔註80〕捷克版《子夜序》，《茅盾研究在國外》。

外，也有寫一件事情的始末的，如《春蠶》、《林家舖子》，這些作品篇幅長容量大，有點類似壓縮了的中篇，顯然熔鑄了中國古典小說表現事件較全面的藝術經驗在內。

結束語　對世界文學的貢獻

　　茅盾是一位在國內外享有崇高聲譽的革命作家、文化活動家和社會活動家。他自「五四」文學革命以來，同魯迅、郭沫若一起，為我國革命文學運動的成長和發展，奠定了堅實的基礎。在漫長的 60 餘年時間裡，他發表了許多具有真知灼見的文學評論，精心創作了一批優秀的文學作品，並在譯介外國文學，向國外傳播中國新文學，促進中外文化交流方面，做了大量卓有成效的工作，從而對世界文學作出了重大貢獻，並加強了各國人民之間的友誼。

　　自新文學運動初期以來，茅盾不僅精心研究外國文學，介紹世界文藝新潮，翻譯各國的進步文學作品，而且還向廣大讀者普及有關外國文學的各種知識，深入淺出地介紹了幾十部有影響的世界文學名著。在倡導和組織外國文學的譯介上，他數十年如一日地付出了辛勤的勞動，其目的是尋求西洋文學「對創造中國的新文藝」的「幫助」。〔註1〕1920 年初，茅盾剛主持《小說月報》的「小說新潮欄」（專登翻譯的西洋小說和劇本），就針對自本世紀以來所翻譯的小說「不合時代」這一情況，強調對「新派小說」，「應該先從寫實派」、「自然派介紹起」〔註2〕，並制定了相應的選題計劃。1921 年初，茅盾正式接編並全部革新了《小說月報》，使它從一個原為鴛鴦蝴蝶派所把持，宣揚風花雪月的庸俗刊物，變為發表新文學創作，宣揚新思想的陣地。正是為

〔註 1〕　《小說新潮欄宣言》。
〔註 2〕　《小說新潮欄宣言》。

了使新文學能從多方面吸取藝術養料,《小說月報》著重介紹了俄羅斯和世界弱小民族的文學,同時也注意到西歐、南歐、北歐以及拉丁美洲一些國家文學的譯介。茅盾還在這個刊物上開闢了海外文壇消息欄,使讀者獲得最新的文藝信息。這一系列既系統又有明確重點的介紹,使當時的文藝新軍「開始接受世界的現實主義文學流派的教育」,〔註3〕開拓了視野,提高了思想和藝術素養,爲他們的健康成長創造了良好條件。以後,凡是他主編或參與編輯工作的文藝刊物,如《文學》、《文藝陣地》等,也都將譯介外國文學列爲與創作並重的重要內容。

茅盾認爲,「通過文學作品,各國人民可以增進相互了解。歷史書籍可以使各國人民從理智上互相認識,而文學作品則使各國人民從感情上加強團結」。〔註4〕由此,他在譯介外國文學的同時,也十分重視對外介紹中國新文學的工作。魯迅也曾說過,「人類最好是彼此不隔膜,相關心。然而最平近的道路,卻只有用文藝來溝通」。〔註5〕在左翼文藝運動時期,茅盾和魯迅一起,曾兩次幫助外國友人編選中國短篇小說集,以擴大新文學創作在國外的影響。第一次是爲美國進步記者、作家斯諾編的英文版中國現代短篇小說選《活躍的中國》(偏重於介紹「五四」以來老作家的作品)的選目提供意見。第二次是應在上海主編英文刊物《中國論壇》的美國記者伊羅生的邀請,幫助他選編英譯《中國現代短篇小說集》,使之在選題上體現向國外介紹中國左翼青年作家爲宗旨。茅盾還特地爲這個集子寫了自傳,幾則有關作家作品的介紹和《中國左翼文藝定期刊編目》。這部小說集幾經反覆磋商編成後,伊羅生將它取名爲《草鞋腳》。由茅盾起草,和魯迅聯合署名的給伊羅生的信中說,「我們覺得像這本《草鞋腳》那樣的小說集,在西方還不曾有過。中國的革命文學青年於你這有意義的工作,一定很感謝的」。由於種種原因,這個集子直到1974年才在美國正式出版,所選編目也有較大變動,但它在現代中外進步文化交流史上,卻是一件具有開創意義的工作。在這之後,茅盾繼續保持了同外國作家之間的聯繫和交往。1946年冬,茅盾應邀赴蘇聯參觀訪問,廣泛接觸了蘇聯文藝界人士,也向他們介紹了『五四』以來中國新文藝發展的道路、「中國文壇現時主要的傾向」、「中國文藝界統一戰線之現狀」等情況。〔註6〕

〔註3〕 黃源:《沉痛悼念導師雁冰同志》,《浙江日報》1981年4月17日。
〔註4〕 《致德國讀者》,《茅盾研究在國外》。
〔註5〕 《且介亭雜文末編・捷克語本》。
〔註6〕 《我走過的道路》(下)。

解放後，茅盾曾會見了不少來訪的外國作家、文學研究家，回答了他們所提出的有關自己的文學活動、創作以及其他方面的問題。他參加過亞洲作家會議，第一、二次亞非作家會議，第三次蘇聯作家代表大會。他還率領中國文化代表團兩次訪問波蘭，多次訪問蘇聯。這些活動，有力地促進了中外文化交流，加強了中外作家之間的友好關係。

茅盾譯介外國文學、與外國作家的交往以及對外介紹中國新文學，溝通和密切了中外文學之間的聯繫，不僅促進了中國新文學的發展，使它實現了向現代化的轉變，而且也改變中國文學原先偏處一隅的封閉狀態，適應現代各國文學之間交流、撞擊、互相借鑒這一歷史發展趨勢，進一步走向世界，從而成為全世界人民的共同精神財富。

中國作為一個東方大國，「五四」運動後它在無產階級及其先鋒隊——中國共產黨領導下所進行的新民主主義革命鬥爭是具有世界意義的。真實、生動地反映自「五四」時期至解放前夕錯綜複雜的中國社會生活和中國民主革命艱苦、曲折歷程的新文學作品必然為全世界人民所深切關注。茅盾從事文學活動，一貫具有強烈的社會責任感和歷史使命感。他曾明確宣告，「所能自信的只有兩點：一，未嘗敢『粗製濫造』；二，未嘗為要創作而創作——換言之，未嘗敢忘記了文學的社會的意義」；〔註7〕強調文藝必須是「社會現象的正確而有為的反映」〔註8〕！在中國新文學史上，茅盾正是眾所公認的「第一位將革命記錄下來的歷史家」。〔註9〕他的小說創作「一直是聯繫著和反映著中國民族與中國人民大眾的解放事業的」。〔註10〕以它對現代中國各階段的社會生活所作的較為連續的反映而在一定程度上體現了史詩性。不是以寫作時間，而是以所反映的社會生活的前後次序來排列，從長篇小說《霜葉紅似二月花》到短篇小說《驚蟄》、《春天》，正形象地表現中國舊民主主義革命終結至新民主主義革命取得勝利的全過程。如果說，魯迅短篇小說集《吶喊》、《彷徨》中的某些作品是中國舊民主主義革命的一面鏡子，那麼，茅盾的長篇、短篇小說、劇本則為我們大體上提供了一部反映「中國大時代的潮

〔註7〕　《我的回顧》，《茅盾自選集》，天馬書店 1933 年 4 月出版。
〔註8〕　《我的回顧》，《茅盾自選集》，天馬書店 1933 年 4 月出版。
〔註9〕　《〈法國大拉魯斯百科全書〉中的茅盾條目》，《茅盾研究在國外》。
〔註10〕　王若飛：《中國文化界的光榮，中國知識分子的光榮》，《新華日報》1940 年 6 月 24 日。

汐」的新民主主義革命編年史。有一位外國漢學家甚至這樣說,「在中國作家裡,還不曾有誰像他那樣映現出從 1911 年中華民國成立直到建立了中華人民共和國這整個一段歷史進程中,中國城市鄉村廣闊縱橫的社會生活畫面。如果我們想把中國某個作家的作品稱之爲現代中國的一部小型的《人間喜劇》的話,那就可能是茅盾的作品了」。〔註11〕

茅盾小說所精心繪製的規模宏大、色彩絢麗的中國新民主主義革命時期社會生活的歷史畫卷,不僅具有較高的認識教育意義和美學價值,而且也爲世界進步文學創作提供了一些新鮮經驗。茅盾「在文學作品中捕捉現實和傳達現實的特點,是集中注意具有時事件的現實」;在這之前「在全世界偉大作家的作品中,很少有人像茅盾那樣緊密地,經常地,直接聯繫著當代的重要的政治經濟事件」;〔註12〕而「茅盾的作品總是緊緊地抓住現實,抓住那正在流逝但尚未全部消失的現實」,「以宏大的氣勢迅速地藝術再現瞬息即逝的片刻」。〔註13〕他「將自己的作品與最具時事性的事件牢牢連接,似乎是想在當時就記錄下自己的國家所經歷的風暴的時代」〔註14〕。不僅《蝕》、《子夜》、《第一階段的故事》等長篇小說如此,而且茅盾在 30 年代所寫的一部分短篇小說,「幾乎都同當時的形勢和事件有著直接的聯繫」。〔註15〕《林家舖子》、《春蠶》「好像就是茅盾在日本進攻上海前後,中國所發生的一些事件的直接反映」〔註16〕;又如《右第二章》,也「直接反映了『1‧28』淞滬抗戰這一事件的本質」〔註17〕。當然,茅盾也有個別作品在對時代發生的重大事變進行跟蹤時,由於對這一段社會生活尚缺少深刻的了解和體驗,並經過必要的審美轉化,就匆促寫成,結果導致藝術上的失敗。

茅盾的小說並不僅僅停留在「當代重大的政治經濟事件」的迅速反映上,而且也注意「在分析現實描寫現實中指示了未來的途徑」;〔註18〕在深刻地揭示「時代給予人們以怎樣的影響」的同時,也表現了先進的「人們的集團的活力」「又怎樣地將時代推進了新方向」,「催促歷史進入了必然的新

〔註11〕馬立安‧嘎立克:《捷文版〈林家舖子〉前言》,《茅盾研究在國外》。

〔註12〕雅‧普實克:《論茅盾》,《茅盾研究在國外》。

〔註13〕雅‧普實克:《捷文版〈腐蝕〉後記》,《茅盾研究在國外》。

〔註14〕雅‧普實克:《論茅盾》,《茅盾研究在國外》。

〔註15〕雅‧普實克:《捷文版〈茅盾短篇小說選〉後記》,《茅盾研究在國外》。

〔註16〕雅‧普實克:《捷文版〈茅盾短篇小說選〉後記》,《茅盾研究在國外》。

〔註17〕雅‧普實克:《捷文版〈茅盾短篇小說選〉後記》,《茅盾研究在國外》。

〔註18〕茅盾:《我們所必須創造的文藝作品》,《北斗》第 1 卷第 2 期,1930 年 5 月。

時代」。〔註19〕茅盾的創作，迅速地「捕捉現實和傳達現實」，既使他的作品具有巨大的歷史性內容，同時也爲他作品中人物的活動提供了十分廣闊的社會背景，從而使人物的性格與迅速變動著的社會現實息息相關，有助於典型環境中典型性格的塑造這一任務的圓滿完成。茅盾曾經說過，「偉大的作家，不但是一個藝術家，而且同時是思想家——在現代，並且同時一定是不倦的戰士」。在他的身上，正鮮明地體現了藝術家與思想家、戰士的有機統一。關心祖國和人民的利益，永遠站在時代的前列，積極參加改造社會的鬥爭，並具有精湛的藝術修養，正是茅盾的作品能夠「集中注意具有時事性的現實」，達到革命現實主義高度的重要條件。

茅盾那種「自覺追求主題和題材的重大性、史詩性的創作特色」，〔註20〕開創了我國現代長篇小說的優良傳統，對以後的長篇小說創作產生了深遠的影響。魯迅曾經指出，短篇小說是「借一斑略知全豹，以一目盡傳精神」。〔註21〕茅盾有些短篇小說體現了這一特點，採取橫截面的寫法，短小精悍，明快集中。有些作品（如《林家舖子》還不是嚴格意義上的短篇小說，它的容量大，注意表現某一事件的全過程。茅盾在寫作之前，由於在橫的方面，熟知社會生活的各個環節，在縱的方面，明確社會發展的方向，也就能夠「在繁複的社會現象中恰恰好地選取了最有代表性、典型性」，即「具有深刻的思想性的一事一物」爲題材，〔註22〕使作品體現了深廣的社會意義。

茅盾還在人物形象塑造上爲世界文學增添了新的藝術典型。他在從事小說創作的二十多年時間裡，將他的筆幾乎觸及中國社會的各個階級、階層，栩栩如生地描繪了眾多的具有鮮明性格特徵的人物形象。其中，最爲成功，影響也最大的是「時代女性」和民族資本家形象，尤其是民族資本家形象的推出，不僅在中國現代文學史上具有突出地位，而且也是對世界文學的重要貢獻，可以毫不誇張地說，只有茅盾的小說才完整、系統地提供了中國民族資本家思想和性格的發展史。如果說，世界現實主義大師巴爾扎克在《人間喜劇》中通過一系列藝術形象，深刻地揭露了歐洲封建貴族官吏沒落時期新興資產階級的發跡史，那麼，茅盾則通過吳蓀甫、唐子嘉、何耀先、嚴仲平

〔註19〕茅盾《讀〈倪煥之〉》，《文藝周報》第 8 卷第 20 期，1929 年 5 月。
〔註20〕王瑤：《茅盾對中國現代文學的歷史貢獻》，《茅盾研究論文選集》上冊，湖南人民出版社 1983 年 11 月出版。
〔註21〕《〈近代世界短篇小說集〉小引》。
〔註22〕《〈茅盾選集〉自序》，《茅盾選集》，開明書店 1950 年出版。

等人物形象的塑造，生動地展示了半封建半殖民地舊中國社會的民族資本家在尖銳複雜的兩重矛盾中（既受帝國主義、官僚資本主義的排擠，壓制，又剝削、壓迫工農群眾），所走過的曲折歷程。其中，有的人物形象（如《子夜》中的關蔭甫）已達到了藝術典型的高度，充實、豐富了多姿多采的世界文學的人物畫廊。

蘇聯的茅盾研究專家索羅金曾經指出，「茅盾的優秀作品是世界進步文化寶庫的有機組成部分」，「它藝術地反映了一個民族歷史上重要的、艱苦的時代的生活」。〔註23〕這一評價是完全符合客觀實際的。茅盾的作品早在 30 年代就被介紹到國外。建國以後，由於我國國際地位的提高和中外文化交流的進一步開展，茅盾的著作（包括創作和評論）更是被大量譯成外國文字（據不完全統計，約有近二十種）。在全世界幾部重要的百科全書中，都專門列有關於茅盾的條目。茅盾研究在國外，也有了顯著的進展。除了數量可觀的單篇論文外，還出版了不少專著，如費德林的《茅盾》（1956）、索羅金的《茅盾創作道路》（1962）、松井博光的《黎明的文學——中國現實主義作家茅盾》（1979）、馬立安·嘎利克的《茅盾·中國現代文學批評的產生》（1980）等。在中國文學走向世界的歷史性進程中，茅盾的創作也與魯迅、郭沫若的作品一樣，始終處於前哨地位。

茅盾既主張對外國文學進行廣泛的學習、借鑒，又十分重視文學的民族性和民族形式問題，並較為辯證地處理了民族文學與世界文學之間的關係。

任何一個國家、地區的文學要對世界文學作出自己的一份貢獻，必須具有鮮明的民族特色（包括民族生活內容和民族形式兩個方面）。魯迅曾經說過，「現在的文學也一樣，有地方色彩的，倒容易成為世界的，即為別國所注意」。〔註24〕這反過來說明，那些缺乏地方、民族色彩的文學，是決不能自立於世界文學之林的。民族文學和世界文學之間的辯證關係，也正是應該這樣來理解的，早在 20 年代初期，茅盾就明確宣稱：「我們的最終目的是要在世界文學中爭個地位，並作出我們民族對於將來文明的貢獻」。〔註25〕當然，也只有具有鮮明的民族特色的作品，才能以自身的異彩，進一步豐富世

〔註23〕 《紀念茅盾》，蘇聯《文學報》1981 年 4 月 8 日。
〔註24〕 《魯迅書信集·致何白濤（1923 年 12 月 19 日）》。
〔註25〕 茅盾致李石岑的信，轉引自《我走過的道路》（上）。

界文學的寶庫。在 40 年代，茅盾既領會革命導師馬克思、恩格斯根據世界歷史發展趨勢，在《共產黨宣言》中所提出的「世界文學」這一概念，同時又明確認爲，「這種世界性的文學藝術並不是拋棄了現有各民族文藝的成果，而憑空建立起來的。恰恰相反，這是以同一偉大理想，但是以不同的社會現實爲內容的各民族形式的文藝各自高度發展之後，互相影響溶化而得的結果。是故各民族文學之更高的發展，適爲世界文學之產生奠定了基礎。」〔註26〕他還指出，「世界上無論那一國家的文學，都各有獨特的風格」，〔註27〕因此強調「我們中華民族當然也須具有中華民族所獨創特有的文藝作風」〔註28〕，而這種「『中國化的文化』，是中國的民族形式的，同時亦是國際主義的」。〔註29〕在茅盾看來，文學上的「民族形式的建立正是達到將來世界文學的必經的階段」。

一個民族的文學是否具有自己的民族形式，形成獨特民族風格，是衡量一個民族的文學是否趨於成熟的重要標誌之一。茅盾對於文學的民族性和民族形式問題曾發表過不少精闢的意見。當然，他在這一方面的理論建樹也經歷了一個演變和發展的過程。早年他在譯介外國文學時已開始重視文學的民族性問題，認爲「五四」文學革命後建立起來的新文學應是「民族的文學」。但當時他對文學的民族性的理解尚偏重於作品的內容方面，強調「民族的文學」要具有「祖國的氣味」、「本國的情調」等等。〔註30〕以後，他進一步認識到一個民族的文學要適應時代發展的需要，建立新的文學形式，一定要注意對原有文學傳統形式的繼承和革新。40 年代初期，在抗日民族革命戰爭旗幟的指引下，適應新文學創作必須具有中國作風與中國氣派，爲人民大眾所喜聞樂見的歷史要求，革命文藝界曾就如何建立新的民族形式問題開展熱烈的論爭。這不僅涉及「五四」以來新文學運動的成就和局限的評價，又直接牽連對民族文學傳統的態度。如果說茅盾在 30 年代針對當時封建復古逆流的泛濫，曾強調要著重繼承外國文學遺產，發表過一些帶有偏頗的言論，那麼，在建立新文學民族形式問題上，他就充分地肯定了繼承本民族遺產的重大作用。他認爲，「『創造』是從『學習』中間產生出來」，『學習』是『創造』

〔註26〕《舊形式、民間形式與民族形式》。
〔註27〕《問題的兩面觀》，《文藝月刊》第 3 卷第 1 期，1939 年 9 月。
〔註28〕《問題的兩面觀》，《文藝月刊》第 3 卷第 1 期，1939 年 9 月。
〔註29〕《通俗化、大眾化與中國化》，《反帝戰線》第 3 卷第 5 期，1940 年 3 月。
〔註30〕《創作的前途》，《小說月報》第 12 卷第 7 號，1921 年 7 月。

的前提，又是『創造』的過程；〔註 31〕而要「學習文學的民族形式」，其道路是：「一，向中國民族的文學遺產去學習；二，向人民大眾的生活去學習」〔註 32〕。他根據歷史唯物主義關於文學與社會生活關係的基本原理，強調文藝工作者「更要深入於今日的民族現實，提煉熔鑄其新鮮活潑的質素」。〔註 33〕他所提到的學習「民族的文學遺產」的內涵，並不單指作品的認識意義與藝術表現手法，而且還包括思想內容在內。他明確指出，民族的文學遺產中的「民主性精華」主要體現在具有現實主義精神的「市民文學」中，這種文學「或多或少是代表了極大多數人民大眾的利益，表白了人民大眾的思想情感、喜怒愛憎」，其中，「才有我們民族的文學形式，或文學的民族形式」〔註 34〕。這也就解答了他早年雖曾提到卻並未具體闡明的關於舊文學中所包含的「美」「好」的內涵問題。與那些「把民族形式了解爲狹隘的民族主義口號」，並主張應以民間形式爲民族形式的中心源泉的論者不同，茅盾是在與世界文學的廣泛聯繫中來把握民族形式的，因而他提出除了「吸取過去民族文藝的優秀的傳統」外，還要「繼續發展五四以來的優秀作風」，「更要學習外國古典文藝以及新現實主義的偉大作品的典範」。〔註 35〕

　　建國以後，茅盾對文學作品的民族形式的內涵，作了更爲具體、充分的論述。他從內容與形式既相聯繫又有區別的辯證觀點出發，不同意將作品中所表現的民族生活內容（地方色彩、風俗習慣、民族思想感情、人物性格的民族性等等）也看作民族形式的重要因素。他明確指出，「文學的民族形式包含兩個因素，一是語言——文學語言。這是主要的，起決定作用的。二是表現方式（即體裁），這是次要的，只起輔助作用」。〔註 36〕他還認爲「表現方法畢竟是藝術技巧，而藝術技巧是有普遍性的」〔註 37〕。因此，「獨立地來看表現方法還不能說這個一定是甲民族文學的民族形式」，「那個一定是乙民族文學的民族形式」，而必須結合「根源於民族語言而經過加工的文學語言」這一個最爲重要的因素，才能最終確定它是那一個民族文學的民族形式。〔註 38〕

〔註 31〕《論如何學習文學的民族形式》，《中國文化》第 1 卷第 5 期，1940 年 7 月。
〔註 32〕《論如何學習文學的民族形式》。
〔註 33〕《舊形式、民間形式與民族形式》。
〔註 34〕《論如何學習文學的民族形式》。
〔註 35〕《舊形式、民間形式與民族形式》。
〔註 36〕《漫談文學的民族形式》，《人民日報》1959 年 2 月 24 日。
〔註 37〕《漫談文學的民族形式》，《人民日報》1959 年 2 月 24 日。
〔註 38〕《漫談文學的民族形式》，《人民日報》1959 年 2 月 24 日。

這些意見體現了文學創作的普遍性規律，因此，不僅對於中國文學，而且對於其他民族文學的民族形式的進一步完善和發展，也提供了有益的啓示。

茅盾的小說雖學習、借鑒外國文學的某些藝術經驗，但仍然具有鮮明的民族特色。這不僅是指它所反映的民族生活的深厚內容以及它所塑造的人物形象是地地道道中國式的，而且也指它的語言和藝術表現手法。在語言方面，茅盾既適當吸收外來的語法、詞匯，以有效地提高漢語的表達能力，同時也注意向中國古典小說的語言學習，有時在行文中夾雜運用古語，或熔鑄文言使之白話化，以使作品的語言更爲精煉。《多角關係》、《第一階段的故事》都具有語言通俗化，讀者容易理解的優點。《子夜》在當時的小說中，它的「文字還是歐洲味道最少的」。〔註39〕如果說，茅盾早期的小說曾較爲明顯地受到外國文學的影響，那麼，在他以後的作品中，大眾化和中國化的作風卻有了明顯的進展，有時「更多的吸收中國文學的優良作風，爭取更廣大的讀者」，〔註40〕如《霜葉紅似二月花》。這並不是說原來所受的外來影響已經消失或褪盡，而是已得到了有機的吸收和溶化，並與對民族文學傳統的繼承相結合。在人物描寫上，茅盾既注意到中國古典小說存在的心理描寫不深入，且著重於間接揭示，難以表現現代人錯綜複雜的心態等弱點，努力向近現代小說借鑒了精微眞確的心理分析與「心態具象化」（即以某種「客觀對應物」來曲折地揭示人物心靈的奧秘）等藝術手法，同時又繼承了中國古典小說的「粗線條的勾勒」和「工筆的細描」相結合的方法。這正如法國女作家蘇·貝爾納在概括茅盾小說的藝術特點時所說的，「在故事敘述之中，突然插入幾筆繪聲繪色的描寫，於是人物表情，環境景物，喜怒哀樂，便躍然紙上。有時是酣暢淋漓的揮灑，繼之而來卻是玲瓏剔透的工筆」。〔註41〕在自然環境描寫上，茅盾既適當借鑒外國小說作具體細微的描繪以及用濃墨重彩渲染氣氛等長處，以烘托人物的性格，又繼承了中國古典小說的情景交融的藝術手法。在結構藝術上，茅盾對中國古典小說陳舊的不適合表現錯綜複雜的現代生活的首尾完整，從頭交代的線性方法進行革新，向近現代外國小說借鑒了適應生活本身的無限豐富性的開放性的結構形式，注意外在情節線索與內在的人物

〔註39〕茅盾致莊鍾慶信，引自莊鍾慶著《茅盾史實發微》，湖南人民出版社1985年2月出版。

〔註40〕王若飛：《中國文化界的光榮，中國知識分子的光榮》。

〔註41〕《走訪茅盾》，《新文學史料》1979年第3輯。

心理線索的密切結合，而在處理作品的整體與局部的關係以及在局部上突出重點，在基本情節發展中有時穿插一些小插曲，使之具有「可分可合，疏密相間，似斷實聯」〔註 42〕等特點方面，則又在一定程度上繼承了中國古典小說結構的某些優點。「沒有創新，傳統就不可能存在，特別是在個人創作中，……而真正的創作總是使傳統和創新統一起來，創新永遠是決定性的方面和主導的力量。只有在實現了某種創新的情況下，與它相適應的傳統才能表現出來」。〔註 43〕茅盾在小說創作中是通過對外國文學的借鑒來實現本民族文學傳統的革新的，並在革新中逐步實現繼承。它所提供的立足本國，適應表現新的民族生活和需要，在革新中動態地處理借鑒外國文學與繼承民族文學傳統的辯證關係，創造具有強烈的時代精神與鮮明的民族特色的新文學來豐富世界文學的歷史經驗，在一定程度上是具有世界意義的。

〔註42〕 《漫談文學的民族形式》。

〔註43〕 波斯彼洛夫：《文學原理》，三聯書店 1985 年 8 月出版。

附錄一　茅盾與外國文學關係研究述評

　　在「五四」中西文化撞擊和交匯的新時代，茅盾是從研究和譯介外國文學開始他的文學活動的。在長達六十餘年的時間裡，他既注意繼承民族文學優良傳統，又始終以寬廣的視野，密切注視著世界文學潮流的嬗變，為介紹近現代文學思潮流派，最終實現「取精用宏」，創造劃時代的新文學」這一崇高目標，作出了卓越的貢獻。無論是茅盾譯介外國文學的歷史經驗，還是他在自己富於革新、創造精神的理論批評與創作實踐中對外國文學的借鑒，其內容都是極為豐富、深刻的，至今仍具有重要的啟迪意義，理應成為茅盾研究的一項重要課題。

　　嚴格地說，茅盾與外國文學關係的研究，還是在我國進入新時期以來才蓬勃地開展起來的。自 20 年代末期至 40 年代中期，曾有一些評論文章涉及茅盾與外國文學的關係，但大都片言隻語，並未作具體、深入的探討。在茅盾與外國文學的比較研究上，第一篇專題論文當推林海（鄭朝宗）的《〈子夜〉與〈戰爭與和平〉》，[註1] 它從內容、結構、人物形象塑造與藝術風格等方面，比較了這兩部文學名著的異同，而又將重點放在以《戰爭與和平》為參照，審視《子夜》的「小疵」上。雖然作者對《子夜》的批評較為嚴厲，但最後仍然肯定它是「我們新小說中最佳的一部」，表現了一種科學的求實精神。自解放至 1966 年「文化大革命」開始前，茅盾研究雖取得不少新的重要進展，但研究的範圍「基本上集中在對茅盾小說、散文創作的分析研究與茅盾文學道路的評述上」，而對「茅盾在文藝理論批評與中外文學傳統的繼承、創新等

〔註1〕《時與文》（周刊）第 3 卷第 23 期，1948 年 9 月。

方面的成就，則很少有人問津」。〔註2〕這種情況到了 80 年代初才有了根本的改變。隨著學術界思維空間的開拓，比較文學學科的復甦及其對文學研究方法所產生的深刻影響，使茅盾與外國文學關係逐漸成爲茅盾研究領域的一個「熱點」。當然，從根本上說，這也是茅盾研究深入發展的必然的、內在的需要所促成的。因爲離開了茅盾與中外文學的關係，就無法對他的文學成就作出科學的闡釋與中肯的評價。

1983 年 3 月在北京召開的全國首屆茅盾研究學術討論會，對茅盾與外國文學關係研究的廣泛開展，起到了強有力的推動作用。在這次會議開幕式上，我國著名翻譯家、外國文學研究家戈寶權同志曾明確指出，「對茅盾同志作爲一個偉大的作家、評論家、編輯都要研究，對於作爲傑出的外國文學研究者和翻譯介紹者的茅盾，也需要很好地研究。」〔註3〕葉子銘同志在題名爲《茅盾研究的歷史和現狀》的發言中提出了擴大茅盾研究範圍的建議，其中也包括了茅盾對外國文學的翻譯介紹與他的翻譯理論、茅盾對外國文藝思潮、流派的評價、茅盾小說與中外小說的淵源關係和創新等項內容。後來他撰寫了《茅盾：創造新時代的文學》，〔註4〕就茅盾一生學習、研究和借鑒外國文學的歷史經驗，作了較爲全面系統的總結。

探討茅盾與外國文學的關係，資料的發掘、收集和整理是一項必不可少的重要的基礎工作。自 1981 年以來，莊鍾慶提供的茅盾的《我閱讀的中外文學作品》〔註5〕的公開發表與佚文《文學上各種新派興起的原因》〔註6〕的發現，爲研究者提供了第一手寶貴資料。黎舟的《茅盾譯介外國文學的歷程》〔註7〕聯繫茅盾文學思想的發展，具體論述了茅盾在各個時期譯介外國文學的內容、重點及其所經歷的觀點、方法上的變化，從而使讀者對茅盾這一重要文學活動的基本內容有一個較爲完整的印象。

茅盾在早年不僅從事譯介外國文學的具體實踐，而且也從理論的高度，對譯介外國文學的目的、原則與方法，發表過許多精闢的意見。楊健民的《茅

〔註2〕 葉子銘《茅盾研究的歷史和現狀》，《茅盾研究》第 1 輯，文化藝術出版社 1984 年 6 月出版。

〔註3〕 《茅盾——傑出的外國文學翻譯家和評論家》，《茅盾研究》第 7 輯，文化藝術出版社 1984 年 6 月出版。

〔註4〕 《走向世界文學》，湖南人民出版社 1985 年 7 月出版。

〔註5〕 《中國現代文學研究叢刊》1982 年第 1 輯。

〔註6〕 《中國現代文學研究叢刊》1984 年第 1 輯。

〔註7〕 《齊魯學刊》1984 年第 1 期。

盾早期譯介外國文學的理論》〔註 8〕從茅盾所關注的翻譯與時代、創作的關係，譯前的研究工作與翻譯的標準、方法等三個方面，深入地分析了他在「為人生」的文學觀指導下對譯介外國文學理論所作出的重大貢獻，並實事求是地指出它所存在的某些不足之處。

　　茅盾還是我國比較文學學科開拓者之一。早年他曾對比較文學提出過不少獨到的見解，並在自己的文學評論中付諸實踐，而運用比較方法進行文學研究也相應地促進了他的文學思想的發展。過去，學術界對此尚未給予應有的注意。1983 年發表的孫昌熙、孫愼之的《茅盾早期的比較文學研究》〔註 9〕第一次系統介紹了新文學運動初期茅盾在比較文學方面的理論觀點，具體論述了茅盾運用比較文學的原則和方法對新文學的思想方向和創作方法所作出的有益探索。

　　茅盾從最初倡導寫實主義、自然主義，弘揚浪漫主義的「思想自由」、「勇於創造」的精神，到後來倡導革命現實主義，與他所受的近現代外國文藝思潮的影響有較為密切的關係。也可以說，他是立足於本國社會生活的土壤，從新文學發展的客觀需要出發，對外國文藝思潮進行廣泛而又有重點的吸收、改制，從而使之成為自己的現實主義理論體系的一個重要來源。從總體上探討這一問題的有黎舟、闞國虬的《茅盾與外國文藝思潮流派》，〔註 10〕它闡明了茅盾對待外國文藝思潮流派的原則和方法，著重分析了茅盾的革命現實主義文學觀的形成和發展與俄羅斯、蘇聯文學的關係，並論述了茅盾評價「現代派」文藝所經歷的曲折過程及其所顯示的科學態度和批判精神。

　　茅盾是一位偉大的現實主義作家，這一向為研究者所公認。但是，他在尚未接觸世界無產階級文學與樹立馬克思主義文藝思想以前，又曾一度提倡新浪漫主義，介紹自然主義，這同樣也是無法回避的客觀事實。近年來，出於探索茅盾早期現實主義文學觀點底蘊的需要，茅盾與新浪漫主義的關係引起研究者極大關注。而由西方現代主義對中國當代文學進程產生影響所引起的聯想，也許是誘發研究者對這一課題的興趣的另一個重要原因。已發表的論文，大都根據接受美學的理論，注意到在特定的歷史背景下，具有自身社會理想和審美理想的茅盾對新浪漫主義所作出的選擇和揚棄，他並非企圖

〔註 8〕　《論茅盾的早期文學思想》，湖南文藝出版社 1987 年 7 月出版。
〔註 9〕　《文史哲》1983 年第 5 期。
〔註 10〕　《文藝研究》1983 年第 6 期。

「移植」西方新浪漫主義，而是有自己獨特的理解，並賦予它以特定的內涵。黎舟在《論茅盾早期提倡新浪漫主義與介紹自然主義》〔註11〕一文中認為，「茅盾是在認真研究十九世紀歐洲文學史，比較清楚地看到了批判現實主義、自然主義的缺點後才提出新浪漫主義的」。他還認為，茅盾早期所提倡的新浪漫主義是「以法國作家羅曼·羅蘭的新理想主義」為主要內涵的，其目的是「克服寫實文學重客觀、輕主觀的偏頗」、復活為寫實文學所缺少的『浪漫的精神』」；取其「兼觀察與想像的長處」，以「綜合地表現人生」。作者的另一篇論文《茅盾與象徵主義》，〔註12〕著重分析了茅盾對作為新浪漫主義的重要組成部分的象徵主義的認識發展過程，明確指出茅盾早期是從「為人生」的文學觀出發對它進行擇取和揚棄的。程金城的《論茅盾的「新浪漫主義」的文學主張》〔註13〕一文點出了茅盾對新浪漫主義的理解（「新浪漫主義文學與人生的關係又『束緊了一步』」；「充滿浪漫的精神」和「新浪漫主義的顯著特徵」；「新浪漫主義具備一種新的、科學的創作方法」）與本來意義上的新浪漫主義的原則區別，最後得出結論：茅盾對新浪漫主義的「誤解」和「改造」使他「對新浪漫主義的看法與原來意義上的新浪漫主義愈來愈遠，而與自己的文藝觀點愈來愈近，以致使自己早期的文學主張以『新浪漫主義』的表現形態出現了」。王中忱的《論茅盾與新浪漫主義文學思潮》〔註14〕以研究方法的新穎和分析的精當引起人們的注意。它以外來文藝思潮衝擊波的強弱與接受者的自我控制反饋相聯繫的觀點，精闢闡述了茅盾在現實主義的立足點和觀察點上對新浪漫主義的提倡，以至否定、揚棄的過程，並強調揚棄「不是拋棄」，就是在茅盾接受革命現實主義以後，「對於現實主義向新浪漫主義吸收表現技巧問題，他不僅進行著長期的理論思考，也勤勉地從事實踐的探索」。不限於茅盾早期與新浪漫主義的關係，而是就茅盾一生如何評價「現代派」文學作出科學分析的，還有莊鍾慶的《略說茅盾怎樣看待現代派》〔註15〕等論文。

茅盾早期在介紹寫實主義的同時也介紹了自然主義。近年來，由於克服了對西歐自然主義思潮認識上的偏頗，明確了它是「現實主義在 19 世紀後期

〔註11〕《茅盾研究》第 1 輯，文化藝術出版社 1984 年 6 月出版。
〔註12〕《福建論壇》1985 年第 2 期。
〔註13〕《蘭州大學學報》1984 年第 4 期。
〔註14〕《浙江學刊》1985 年第 4 期。
〔註15〕《福建文學》1984 年 7 期。

歷史條件下的一種特殊形式，是現實主義的演變與發展」，〔註16〕使這一問題
的研究有了新的進展。羅鋼的《茅盾前期文學觀與西方現實主義、自然主義》
〔註17〕在闡述了「五四」時期茅盾「爲人生而藝術」觀念的基本理論內涵（「表
現生活、指導生活」、「宣傳新思想」，「表現人們對於未來光明的信仰」）及其
與俄國革命民主主義美學思想、與俄國現實主義文學之間的內在聯繫後，充
分肯定了茅盾提倡自然主義對他的現實主義文學觀的深化和完成所起的積極
作用，即更爲明確地把握了「客觀眞實地反映現實生活」這一現實主義內部
的本質要求和本質規律，從而「使得他前期過於倚重傾向性的文藝觀因爲對
藝術眞實性的規律的強調而得到平衡，使他從過去重視現實主義文學的外部
規律深入到研究現實主義文學的內部規律」。將茅盾前期提倡自然主義的作用
提到如此高度尚屬首次。徐學的《茅盾早期創作觀與左拉自然主義文學理論》
〔註18〕較爲深入地探討了以往研究中較少涉及的「科學」、「客觀」等概念在
左拉自然主義理論與茅盾早期創作觀中的同異，明確指出茅盾在這些問題中
所注入的新的內容及其無法完全避免的消極影響，並進一步闡明了茅盾對左
拉自然主義文學理論的借助與改造對於促進「五四」時期中國現實主義文學
思想的傳播和他自身創作觀的完善上所起的積極作用。楊健民的《茅盾早期
介紹寫實主義自然主義問題》〔註19〕則在廣闊的歷史背景上，論述了茅盾早
期介紹寫實主義、自然主義所具有的歷史進步性、發展性及其爲建立中國現
代的革命現實主義理論體系所作出的獨特貢獻（「提供了眞實性、表現理想和
表現個性的基石」），並以歷史唯物主義觀點，聯繫當時國內外的理論現象，
對茅盾既能分清寫實主義和自然主義在某些本質問題上的區別（如覺察到兩
者「對生活材料的選取不同」，「對生活的認識和作用不同」），又在認識上一
度產生「混同」現象，作出富有說服力的分析。

　　除了茅盾的文學思想外，茅盾小說創作對外國文學的借鑒，也日益引起
研究者的關注。探討茅盾小說與 19 世紀西歐現實主義文學關係的論文有費勇
的《茅盾與十九世紀法國現實主義文學》。〔註20〕文章認爲，與茅盾接受托爾
斯泰、蘇聯文學的影響相比，「十九世紀法國現實主義文學對於茅盾的影響，

〔註16〕　《自然主義功過芻議》，《讀書》1986 年第 4 期。
〔註17〕　《北京師大學報》1988 年第 4 期。
〔註18〕　《文學評論》1986 年第 4 期。
〔註19〕　《論茅盾的早期文學思想》。
〔註20〕　《中國現代文學研究叢刊》1988 年第 3 輯。

更多地表現為一種氛圍、一種精神，乃至於相似的觀念、情調的滲透」。它從「關於人本體的觀念」（「把人看作是社會動物」）、「十分注意作品中人物的社會環境」、「科學的理性精神」等方面揭示了茅盾小說與 19 世紀法國現實主義文學精神上的聯繫，也細緻地分析了二者的差異，並從茅盾的生活環境以及由這種環境所促成的個性上，探討了茅盾所以接受這種影響的主客觀原因。十九世紀西歐的自然主義除了影響茅盾早期的文學觀點外，是否對他的早期小說創作也產生影響？這種影響的後果又是什麼？丁帆的《試論茅盾早期的自然主義理論主張及創作傾向》〔註 21〕一文試圖解答這一問題。他肯定茅盾的前期作品裡確確實實地存在著「自然主義傾向」，「這種傾向是表現為他吸取了自然主義的精華部分——描寫的真實性」。作者通過對具體作品的分析後指出：「茅盾的『自然主義』創作實際上就是不自覺地以現實主義創作方法為指南的藝術實踐過程，他用自然主義的創作理論寫出了具有現實主義意義的優秀作品」。

茅盾很注意有分析有選擇地吸取其他非現實主義文學流派中的藝術養料，以豐富和開拓自己的創作，這充分顯示了他在藝術上廣泛涉獵、借鑒的恢宏氣度以及銳意革新創造的精神。在近現代西方眾多的非現實主義文學流派中，象徵主義對茅盾小說創作的影響最為顯著。王功亮、丁帆的《論茅盾小說創作的象徵色彩》。〔註 22〕從「以抒發作家主觀的思想和情緒為主，使作品的情節、人物、環境統統成為作家思想的『客觀對應物』和『情緒方程式』（象徵體）」，「設置象徵性人物，以表現某種抽象意念或人物複雜的內心世界」，「組織象徵性的情節和細節，以暗示作品的主題思想或人物複雜的內心世界」等三個方面，具體、細緻地分析了茅盾小說所運用的象徵主義手法，並探求其所受西方象徵主義文學的影響。論文在有些問題上提出了較為新穎、獨到的見解，但將《追求》視為「一部以『外界的物質的動靜』為描寫對象」的「表現作家主觀思想情緒起伏變化的象徵主義小說」，則可能並不完全符合這部作品的客觀實際。李慶信在《茅盾研究》第四輯發表了《關於茅盾小說中的象徵》一文對王、丁的論點提出商榷，指出該文：不僅沒把一般象徵手法與象徵主義適當加以區別，而且：誇大象徵主義對茅盾小說創作的影響，「以至把《蝕》三部曲中的《追求》武斷地定為『象徵主義小說』，把

〔註21〕《文藝論叢》第 20 期，上海文藝出版社 1984 年出版。
〔註22〕《茅盾研究》第 2 輯，文化藝術出版社 1984 年 12 月出版。

《追求》等作品中一系列人物輕率地定爲『象徵性人物』」。

　　探討茅盾與外國作家的關係，這幾年以茅盾與托爾斯泰的比較研究論文數量最多，成果也最爲顯著。托爾斯泰是茅盾最喜愛的外國作家之一，他始終伴隨著茅盾漫長的文學生涯。在已發表的論文中，有從「創作取向原則和藝術審美趣味」的「契合」上，比較全面地論述茅盾對托爾斯泰的「創造性的接受」的，如丁亞平的《新文學價值意識，藝術思維和審美組織的歷史選擇——論茅盾對托爾斯泰的接受》；〔註23〕有研究茅盾前期文學觀所受托爾斯泰影響的，如孫愼之的《茅盾文學道路的光輝起點——讀〈托爾斯泰與今日之俄羅斯〉》，〔註24〕翟耀的《茅盾前期的文學思想與托爾斯泰》；〔註25〕也有將茅盾與托爾斯泰的小說作比較的，如吳承誠的《托爾斯泰與茅盾的文學創作特色》，〔註26〕它從作品結構、構思的「史詩性」，敘述的風格、方法角度與人物塑造的原則上，具體分析了茅盾小說在藝術上接近於托爾斯泰之處。陳幼學的《茅盾與托爾斯泰》〔註27〕則從「『立體』地反映全部社會關係的現狀和歷史」、選擇那些「和許多人物事件和現象發生聯繫和接觸」、「能夠環繞他描繪他的整個時代」的人物作爲主人公，「創造了外在較爲鬆散的多條情節線索與內在緊密聯繫的多種人物心理線索相結合的結構形式」等方面，剖析了茅盾對托爾斯泰小說史詩風格的學習和借鑒。

　　茅盾與另一位他所喜愛的法國作家左拉的關係，除了較多論文探討他的早期文學思想創作所受左拉的影響外，對《子夜》與《金錢》的比較是這幾年研究者所關注的一個「熱點」。最先發表的論文是曾廣燦的《〈子夜〉與〈金錢〉》，〔註28〕作者不同意瞿秋白早在 30 年代提出的《子夜》曾受左拉《金錢》影響的觀點，明確指出《子夜》與《金錢》是「兩個國度、兩個時代、兩部性質完全不同的作品」，具體表現在「作者的立場觀點不同」、「所描寫的範圍和揭示的思想不同」、主人公（吳蓀甫、薩加爾）形象所揭示的典型意義不同、創作方法不同（「《金錢》是左拉自然主義創作方法結出的果實」，「《子夜》則是一部革命現實主義的巨著」）。邵伯周的《兩部成就不同的現實主義

〔註23〕　《寧夏社會科學》1988 年第 4 期。
〔註24〕　《聊城師院學報》1982 年第 2 期。
〔註25〕　《山西大學學報》1984 年第 1 期。
〔註26〕　《中國比較文學》第 3 期，浙江文藝出版社 1986 年 2 月出版。
〔註27〕　《中山大學學報》1986 年第 2 期。
〔註28〕　《齊魯學刊》1980 年第 4 期。

小說──〈子夜〉與〈金錢〉的比較研究》〔註29〕也否認《子夜》曾受《金錢》的影響，將兩者在題材、故事情節和細節描寫上的相似歸因於「社會生活本身有著類似之處和藝術創作中的某些共同規律」。與曾文不同的是，邵文將《金錢》同《子夜》都列為現實主義作品（前者是批判現實主義的，後者是革命現實主義的），著重以平行比較的方法，深入細緻地分析了兩部作品的異同。張明亮的《〈子夜〉與〈金錢〉的比較論》〔註30〕則同意瞿秋白提出的《子夜》是「帶著」而非「全受」《金錢》影響的觀點，認為「瞿秋白高度概括的論述是極為嚴肅和精闢的」，並通過對革命現實主義的真實性、主人公的形象的異同、在正確世界觀指導下對社會生活作科學的「實地觀察」和認真深入體驗等問題的具體分析，作出了與上述兩篇論文不同的結論：「《子夜》就是茅盾在創作實踐上，借鑒和揚棄了左拉，尤其是他的《金錢》所獲得的巨大的成功。」

　　茅盾創作對外國文學的借鑒是多方面的。孫中田的《〈子夜〉與外國文學的因緣》〔註31〕沒有停留於一般的單向探源上，而是對這部現代文學名著所受外來影響作多向性的認真考察。它既分別具體闡明了托爾斯泰、左拉、辛克萊等作家的創作對《子夜》的影響，又精闢地分析了《子夜》在創造性的背離中所體現的獨特風采。

　　茅盾在文學創作上所取得的重大成就與他能正確處理借鑒與繼承的關係有著密切的關聯。吳福輝的《在與世界文學潮流的聯結中把握傳統──茅盾的民族文學借鑒體系》〔註32〕在現代中西文化撞擊和融合的廣闊背景上，將茅盾繼承、革新民族文學傳統與他對外國文學的借鑒辯證地聯繫起來考察，深入地探討了他的「整個民族文學借鑒體系的構成與功能，外國文學借鑒體系對傳統借鑒體系的撞擊、調整、滲透的作用，對作家創作產生的『激活力』、『再生能力』，他的借鑒的模式」等問題。

　　茅盾在六十年的文學活動中，既對外國文學進行廣泛的學習和借鑒，又以自己創造性的勞動，為世界文學增添了寶貴的精神財富。戈寶權在《談茅盾對世界文學所作出的重大貢獻》〔註33〕一文中以大量翔實的材料，從茅盾

〔註29〕　《茅盾研究》第 1 輯，文化藝術出版社 1984 年 6 月出版。
〔註30〕　《中國現代文學研究叢刊》1983 年第 3 輯。
〔註31〕　《北方論叢》1986 年第 3 期。
〔註32〕　《中國現代文學研究叢刊》1986 年第 3 期。
〔註33〕　《茅盾研究在國外》，湖南人民出版社 1984 年 6 月出版。

譯介外國文學，擴大了我國文藝界人士眼界；創作了反映「五四」以來中國現實生活和革命鬥爭的傑出作品；通過同外國作家的交往，促進了中外文化交流等方面，闡述了茅盾對世界文學所作出的不可磨滅的貢獻。莊鍾慶的《茅盾作品在國外》〔註34〕著重介紹了俄、英、日、捷、德等國譯介茅盾作品的情況，認為茅盾作品之所以受到國際上的好評，是「同他的作品思想的深刻性分不開的」。李岫的《半個世紀以來國外茅盾研究概述》〔註35〕詳細地介紹了國外研究茅盾的文學思想與作品所取得的成就，也分析了它所存在的某些局限。她編纂的《茅盾研究在國外》是一部內容相當豐富的國外茅盾研究資料與論文的匯編，具有一定的參考價值。

綜上所述，自80年代初期以來，在改革、開放的新形勢下，由於研究者恢復和發揚了實事求是的學風，逐步清除了「左」的思想影響，在茅盾譯介和評價外國文學，茅盾的文學思想、小說創作與外國文學的關係，茅盾作品在國外等方面的研究，都取得了較為豐碩的成果，相應地促進了茅盾研究其他有關課題的深入發展。但是，由於起步較晚以及其他方面的原因，在茅盾與外國文學關係的研究上，也還存在一些問題。首先，在研究內容上尚有不少空白點與薄弱環節。如在茅盾與外國文藝思潮流派方面，對他與寫實主義、自然主義的關係，與新浪漫主義的關係研究較多，成績較為顯著；而對他與國際無產階級文學思潮的關係以及將馬克思主義文藝理論中國化等問題，則尚未深入地進行研究。其中，茅盾是否曾受三十年代國際無產階級文學運動「左」的思想影響，就很值得探討。對茅盾與國別文學（如俄國文學、法國文學）的總體性研究，也暫付闕如。在茅盾與外國作家的關係上，對他與他所喜愛的司各特、大仲馬等作家的比較研究，至今未有專題論文出現。茅盾小說創作與外國文學關係的研究，尚需進一步深入；而茅盾散文創作對外國文學的借鑒，還未引起研究者的關注。茅盾與魯迅、郭沫若同為我國著名的外國文學翻譯家、研究家，他們在譯介、借鑒外國文學方面到底有什麼同異？也很值得研究，這將有助於加深對中國新文學與外國文學關係的規律性認識。至於茅盾作品與外國文學作品的平行比較，天地十分廣闊，更待有志者的馳騁。其次，要繼續克服在研究方法上尚存在的平面、單向的局限。正像茅盾研究的其他領域一樣，茅盾與外國文學關係的研究也必須是立體的，多

〔註34〕《新文學史料》1982年第3期。
〔註35〕《茅盾研究在國外》，湖南人民出版社1984年6月出版。

面的。茅盾一生研究、借鑒外國文學，堅持了正確的方向，積累了豐富的成功經驗，這無疑是主要的；但是，在某一時間、某一具體問題上，也可能有失誤，如在《西洋文學通論》中對作為社會上層建築的一部分的文藝思潮與經濟基礎關係理解是否稍嫌簡單？這同樣必須實事求是地進行辯證分析，得出科學的結論。再次，在已發表的部分茅盾與外國文學關係的研究論文中，還存在流於簡單的表層比附、理論性薄弱等弱點，未能在廣闊的時代背景上，緊密聯繫茅盾的文化心理結構、審美理想與創作個性作深層的探討，總結出帶有客觀規律性的歷史經驗，給讀者以深刻的啓迪。這就要求研究者除了進一步加深對茅盾的理解外，還要擴展、增新自身的知識結構，加強理論思維能力，實現新的突破和超越。我們熱烈地期待著！

附錄二 茅盾與外國文學關係研究資料索引

1. 茅盾——傑出的外國文學翻譯家和評論家，戈寶權，《茅盾研究》第 1 輯。

2. 茅盾——中國現代文學的又一面旗幟，孫席珍，《茅盾研究》第 1 輯。

3. 茅盾：創造新時代的文學，葉子銘，《走向世界文學》。

4. 讀茅盾給我的信，莊鍾慶，《中國現代文學研究叢刊》1982 年第 1 期。

5. 茅盾的譯介外國文學歷程，黎舟，《齊魯學刊》1984 年第 1 期。

6. 論茅盾早期介紹外國文學的特點，翟德耀，《齊魯學刊》1984 年第 1 期。

7. 茅盾譯介外國文學的歷史經驗，黎舟，《福建師大學報》1985 年第 4 期。

8. 茅盾早期的比較文學研究，孫昌熙，孫慎之，《文史哲》1983 年第 5 期。

9. 茅盾與比較文學，羅志野，《嘉興師專學報》1984 年增刊。

10. 在與世界文學潮流的聯結中把握傳統，吳福輝，《中國現代文學研究叢刊》1986 年第 3 期。

11. 繼承傳統　借鑒外國——茅盾的民族文學借鑒體系，華忱之，《茅盾研究》第 2 輯。

12. 茅盾處理繼承與借鑒關係的歷史經驗，黎舟，《福建論壇》(文史哲版) 1988 年第 2 期。

13. 談茅盾對世界文學所作出的重大貢獻，戈寶權，《茅盾研究》第 2 輯。

14. 茅盾對世界文學的貢獻，黎舟，《福建師大學報》1986 年第 3 期。

15. 世界文學——茅盾早期文藝思想的一個重要表徵，馬華，《湖州師專學報》1989 年第 3 期。

16. 茅盾作品在國外，莊鍾慶，《新文學史料》1982 年第 3 期。

17. 超越時代和民族的界限，李岫，《文化交流》1982 年第 2 期。

18. 試析茅盾、巴金在接受外來影響上的差異，彭兆榮，王偉力，《貴州社會科學》1985 年第 3 期。

19. 茅盾早期譯介外國文學的理論，楊健民，《論茅盾的早期文學思想》

20. 茅盾的翻譯觀，楊郁，《翻譯通訊》1983 年第 1 期。

21. 茅盾談翻譯及其他，楊郁，《藝譚》1986 年第 1 期。

22. 試論茅盾的翻譯標準，楊郁，《南京教育學院學報》1988 年第 1 期。

23. 茅盾與外國文藝思潮流派，黎舟，關國虬，《文藝研究》1983 年第 6 期。

24. 論茅盾早期介紹寫實主義自然主義問題，楊健民，《茅盾研究》第 2 輯。

25. 外國文學和茅盾早期的現實主義文學觀，王志明，《蘭州教育學院學報》1985 年創刊號。

26. 論茅盾和「自然主義」及其他，查國華，《齊魯學刊》1982 年第 4 期。

27. 茅盾與文學上的自然主義，朱德發，《山東師大學報》1982 年第 5 期。

28. 茅盾與自然主義，呂效平，武鎖平，《中國現代文學研究叢刊》1983 年第 1 期。

29. 論茅盾早期的自然主義理論主張及創作傾向，丁帆，《文藝論叢》第 20 輯。

30. 茅盾早期創作觀與左拉自然主義文學理論，徐學，《文學評論》1986 年第 4 期。

31. 茅盾前期文藝觀與西方現實主義、自然主義，羅鋼，《北京師大學報》1988 年第 3 期。

32. 茅盾與法國 19 世紀現實主義文學，費勇，《中國現代文學研究叢刊》1988 年第 3 期。

33. 文學研究會時的茅盾與法國文學，蘇華，《文藝理論與批評》1990 年第 3 期。

34. 茅盾與近代法國文學的科學理性精神，黎舟，《福建師大學報》1991 年第 1 期。

35. 茅盾與新浪漫主義，孫慎之，《茅盾研究論文選集》，湖南人民出版社。

36. 論茅盾早期提倡新浪漫主義與介紹自然主義，黎舟，《茅盾研究》第 1 輯。

37. 論茅盾早期介紹外國文藝思潮的兩個問題，黎舟，《福建師大學報》1984 年第 4 期。

38. 新文學理論上的巨大建樹，王欣榮，《茅盾研究論文選集》，湖南人民出版社。

39. 論茅盾的新浪漫主義的文學主張，程金城，《蘭州大學學報》1984 年第 4 期。

40. 論茅盾與新浪漫主義思潮，王中枕，《浙江學刊》1986 年第 4 期。

41. 茅盾與新浪漫主義，關國虹，《茅盾 90 誕辰紀念論文集》。

42. 略談茅盾怎樣看待現代派，莊鍾慶，《福建文學》1984 年第 7 期。

43. 茅盾與象徵主義，黎舟，《福建論壇》（文史哲版）1984 年第 2 期。

44. 茅盾與象徵主義，陳幼學，《中山大學研究生學刊》1985 年第 1 期。

45. 茅盾與現代派及我的思考，李庶長，《文學評論家》1987 年第 8 期。

46. 茅盾與現代主義文學，汪亞明，《湖州師專學報》1989 年第 3 期。

47. 從海外文壇消息看茅盾早期的文藝思想，胡敏，《浙江學刊》1985 年第 1 期。

48. 論茅盾「五四」前後的無產階級文學觀，朱德發，《中國現代文學研究叢刊》1982 年第 2 輯。

49. 茅盾早期文學思想與俄蘇文學的關係，劉秀蘭，《長春師院學報》1984 年第 2 期。

50. 關於茅盾《論無產階級藝術》的寫作，孫中田，《文藝報》1988 年 8 月 20 日。

51. 關於《無產階級藝術》，〔日〕白水紀子，顧忠國譯，《湖州師專學報》1989 年第 3 期。

52. 茅盾的革命現實主義文學觀與蘇聯文學的影響，關國虹，《福建師大學報》1987 年第 2 期。

53. 茅盾與世界弱小民族文學，劉秀蘭，《長春師院學報》1985 年第 4 期。

54. 茅盾早期小說外來影響探微，豐昀，《茅盾研究》第 4 輯。

55. 論茅盾小說的象徵色彩，王功亮，丁帆，《茅盾研究》第 2 輯。

56. 論茅盾小說的象徵藝術，許志安，《文譚》1985 年第 4 期。

57. 關於茅盾小說中的象徵 ——與王功亮、丁帆同志商榷，李慶信，《茅盾研究》第 4 輯。

58. 把左拉方式和托爾斯泰方式結合起來，丁爾綱，《山東師院學報》1985 年第 2 期。

59. 茅盾小說的人物描寫與外國文學的關係，黎舟，《福建論壇》（文史哲版）1986 年第 4 期。

60. 茅盾小說的心理描寫及其與中外文學的關係，黎舟，《茅盾研究》第 4 輯。

61. 取精用宏 推陳出新——試論茅盾長篇小說對中外小說結構藝術的繼承與革新，許志安，《茅盾研究論文選集》，湖南人出版社。

62. 論茅盾小說對中外時空藝術的繼承與革新，許志安，《文學探索》1980 年 2 期。

63. 《子夜》與《戰爭與和平》，林海，《時與文》第 3 卷第 23 期。

64. 《子夜》與外國文學的因緣，孫中田，《北方論叢》1986 年第 3 期。

65. 茅盾文學道路的光輝起點，——讀《托爾斯泰與今日之俄羅斯》，孫慎之，《聊城師院學報》1982 年第 2 期。

66. 托爾斯泰與茅盾早期的文學觀，陳幼學，《中山大學研究生學刊》1983 年第 4 期。

67. 茅盾的《蝕》與托爾斯泰小說藝術比較，陳幼學，《中山大學研究生學刊》1984 年第 3 期。

68. 托爾斯泰對茅盾的影響，吳承誠，《承德師專學報》1984 年第 2 期。

69. 茅盾的前期文學思想與托爾斯泰，翟耀，《山西大學學報》1984 年第 1 期。

70. 托爾斯泰與茅盾的文學創作特色，吳承誠，《中國比較文學》第 3 期。

71. 茅盾與托爾斯泰的比較論，吳承誠，《國外文學》1985 年第 2 期。

72. 新文學價值意識、藝術思維與審美組織的歷史選擇，丁亞平，《寧夏社會科學》1988 年第 4 期。

73. 比較分析列夫·托爾斯泰、茅盾小說創作中的心理描寫——論茅盾對托爾斯泰的接受，王聰文，《茅盾研究》第 4 輯。

74. 茅盾與高爾基，華玲嘗，《茅盾研究》第 3 輯。

75. 舊知識分子革命蟬蛻的深刻剖析——茅盾和阿·托爾斯泰筆下的知識分子，謝家駒，《上海教育學院學報》1987 年第 2 期。

76. 茅盾與尼采，顧國拉等，《濟寧師專學報》1987 年第 4 期。

77. 新文學批評意識和批評模式的引進與重構——論茅盾對丹納的接受，丁亞平，《天津社會科學》1987 年第 4 期。

78. 泰納藝術理論與茅盾小說的美學個性，張頌南，《杭州大學學報》1989 年第 3 期。

79. 《子夜》與《金錢》，曾廣燦，《齊魯學刊》1980 年第 4 期。

80. 兩部成就不同的現實主義小說——《子夜》與《金錢》的比較研究，邵伯周，《茅盾研究論文選集》，湖南人民出版社。

81. 《子夜》與《金錢》的比較論，張明亮，《中國現代文學研究叢刊》1983 年第 3 期。

82. 《子夜》、《金錢》比較談，張德美，《安徽師大學報》1986 年第 1 期。

83. 《子夜》與《金錢》主人的形象比較談，宋文耀，《杭州大學學報》1987 年第 1 期。

84. 茅盾創作與左拉，張明亮，《中國文學研究》1986 年第 1 期。

85. 茅盾與左拉，李庶長，《昌維師專學報》1988 年第 1 期。

86. 馬拉默德的《伙計》與茅盾的《林家鋪子》，李山田，《北京師大學報》1980 年第 4 期。

後　記

　　《茅盾與外國文學》的寫作始於 1984 年春天，因尚有教學和其他科研任務，這一工作是斷斷續續地進行的，待全部完稿時已是 1990 年冬季。

　　其中，第一、第二章作爲我們在福建師大中文系開設「茅盾與外國文學」選修課的教材，於 1986 年春季在內部打印過，部分章節也曾在刊物公開發表。

　　在廣闊的世界性文學視野內，探討茅盾的文學理論建樹和創作實踐與外國文學之間的有機聯繫及其體現的獨創性，是茅盾研究的一項重要課題，本書僅在這一方面作了初步的梳理，其粗淺自不待言。我們當爭取在今後更進一步的深入研究中能逐步較前有所超越。

　　本書的引言，第一章、第四章、結束語及附錄由黎舟撰寫，第二章、第三章由闕國虬撰寫，最後，全書由黎舟修訂、定稿。

　　廈門大學出版社領導、有關編輯同志和廈大中文系莊鍾慶教授，對本書的出版給予熱誠的關懷和支持；福州三星電腦排版有限公司、福安市印刷廠又以最快的速度排版，印刷，使這本小書得以在「茅盾研究國際學術討論會」召開之際問世，在此謹致衷心的謝意！

著者

1991 年 8 月於福州